虚子散文の世界へ

本井　英

ウエップ

虚子散文の世界へ＊目次

【凡例】

本文中の引用は概ね初出に拠ったが、適宜単行本、各種全集も参照、採用した。
殊に総ルビ、それに準ずる場合のルビ・圏点等は外した。
ゴシック体の作品名の作年については、適宜掲載年と置き換えられたい。

虚子散文の世界へ

第一章　初期諸作、どうやって飯を食うか

▼「はじめに」

昭和十七年十二月に上梓された『俳句の五十年』は虚子六十九歳の回想として、簡潔に軽快に描かれた彼の半生記である。その最後の章に「文章の誘惑」があり、

私と俳句との関係は、切つても切れない絆となつてしまつた事は、前にも申した通りでありますが、それと同時に文章もまた、私の絆となつて、一生附きまとつてきてゐるやうな感じがいたします。其事も前に申しました、馬琴の言葉ではないが、「綯へる縄の如し」といつたやうな関係で、文章と俳句は裏表になり、綯ひ交ぜになり、私の生涯に附きまとつてきてゐるやうに感じます。やはり小説とか文章とかいふものは、老年になつた今日でも心をひくところのものでありまして、もし、他から強圧的に執筆を余儀なくせられるやうな場合があつたならば、しばらく俳句の方は休んでも、その方に力を尽す時が来ないとも限らない、もしかしたらさういふ時が来はしないかといふやうな恐れが、往々にしてあるのであります。

と結んでいる。「強圧的に」とか「執筆を余儀なく」とか妙に持って回った言い方をしているが、

この年、虚子は日本文学報国会の俳句部会長に就任しており、「俳句」に挺身することで「国に報いる」立場であってみれば、「俳句」にかけるべき時間を「文章」に振り向けることは、道義的に許されないという、彼なりの考えから編み出された言辞であったと考えていい。ともかく自らの「文学」を俳句だけで括られてしまうことへの虚子なりの抵抗が記させた最終章と考えてよいだろう。

明治四十一年、「国民新聞」に連載された自伝的小説「俳諧師」も最終回の末尾に、虚子は「三蔵（小説の主人公、虚子自身がモデル）は尚ほ小説に意を絶つことが出来ぬ。当時売出しの硯友社の作物などを見ると物足らぬ所が多く何所にか新たらしい境地があるやうな心持がする。が、扨て筆を取つて見ると相変らず何も書けぬ。已むを得ず時機の到るを待つこと、して、暫く俳句専攻者として立つことにする。小説俳諧師は之を以て一段落とする」と記した。小説家になることを夢見ながら、時機が至らず暫くは「俳人」として雌伏した、ある時代の自分を「そのまま」描いたものであるが、この「俳諧師」執筆の時点で虚子は、あっぱれ「俳人」を卒業して「小説家」となっていたわけであった。

それがまた、さまざまの理由から専門俳人として世に立たざるを得ない大正期、昭和期を過ごした果てに、冒頭の一文となったわけである。

虚子が懸命に「綯へる縄の如し」と自らの内部の「俳句」と「文章」を対置してみせても、皮肉なことに偉大なる俳人として「完成された」虚子像はゆるぐことがなかった。

昭和四十八年から配本された毎日新聞社版『定本高濱虚子全集』は俳句篇四冊の他に小説篇、写生文篇と散文に多くの紙幅を費やしてはいるものの、虚子の「散文世界」全体に目を配った上の編輯とは言いがたく、いくつもの珠玉の作品を落としてしまっていた。

　虚子自らが「私の絆となつて、一生附きまとつてきてゐる」という「散文世界」をもう一度点検し、評価することで、虚子の全体像へと迫り、そこで明らかになったことが、再び虚子の俳句作品の価値をも照らし出してくれるものと確信する。

▼「飯が食へぬ」（明治二十五年作）

　昭和十四年十月号の「ホトトギス」に虚子は「飯が食へぬ」という文章を記している。それは当時、新潮社から刊行する『年代順虚子俳句全集』（全四巻）の原稿を点検している時に、明治二十五年に「飯が食へぬ」という文章を子規に送ったという記述に出会って書かれたものである。この『年代順虚子俳句全集』は、それ以前に改造社版「虚子全集」の制作を担当した井手原太郎によって編輯されたもの。井手は虚子すら忘れていた「飯が食へぬ」という文章があったことをどこからか調べてきたのであった。

　虚子は言う、

> この「飯が食へぬ」といふ文章は、今は全く手許に残つてゐないのであつて、どんな文章であつたのか明瞭でないのであるが、只当時正岡子規が此文章を褒めてよこした手紙が残つてゐることは記憶にある。（中略）
> 　考へて見るのに、其頃は慥か私が文学志望を決心した上り（ママ）であつて、親代りになつて私を世話して居た長兄にその事を話したのであるが、元来長兄は細心な経済本位の人であり、それ

に家計が豊かでない中に家族のものを養つて行かなければならない苦しい立場にあつたので、つね〴〵私に、医者になつたらどうか、医者ならば食ふのに困るやうな事はない、と言う事を口癖のやうにいつて居たので、内心それを喜ばなかつたことは想像にあまりある。文学といつた処でどういふことをいふのであるか、国漢文であるか、西洋の文学であるか、それ等と衣食の道とはどういふ関係にあるのか、（中略）小説にしても春廼家朧の「書生気質」、尾崎紅葉の「色懺悔」、幸田露伴の「風流仏」、森鷗外の「舞姫」、宮崎湖處子の「帰省」といふものなぞがぽつ〳〵現れ始めたくらゐのものであり、まだ馬琴の八犬伝や弓張月の類が一般に愛読せられてゐたのであつて、小説といふものがどういふ性質のものであるかそれも充分に判らなかつたのであるから、長兄にしても確実な職業を選んだものと考へなかつたのも尤なことであつた。（後略）

昭和十四年、六十六歳の虚子が自らの十九歳当時を回想しての文章だが、往時の虚子一家の豊かでない暮らし向きも偲ばれる。もともと虚子の生家池内の家は（虚子は九歳の時に祖母方の高濱家を継いでいたが、実質的には池内の四男として育てられていた。）松山藩内でも家格の高い方ともいえず、大政奉還に際して、ささやかな禄券を与えられたに過ぎなかった。池内家は松山郊外の風早村西の下に帰農するが、父荘四郎政忠はすっかり家長としての自信と気構えを失ってしまっていた。そこで長兄政忠がさまざまに収入の途を講じて両親や弟達の面倒を見たのであった。時に貧窮のあまり、次兄の信嘉を呼び出して、二人で飯を一椀ずつ減ずる提案をしたところが、信嘉はそれは出来ぬと悲しんだというエピソードまで残っている。

そんな爪に火を灯すような暮らしの中から、末子清の学費が捻出されていた。政忠の「医者になつたらどうか」には切実な一家の願いがこめられていたのである。それに対する虚子の反応は、いつの時代にもいる「親の心子知らず」の典型であったろう。

また文中、その当時の文学状況の回想も興味深い。地方に限らず大衆文学としての「八犬伝」の人気はいまだ絶大であったのである。「ご一新」から二十数年、文化の基盤はまだまだ江戸時代であったことが窺える。

この「飯が食へぬ」は明治二十五年一月二十日付の子規宛書簡に同封されたものであるが、「生活問題」は以前から虚子の悩みの種であり、そのことを打ち明けられた碧梧桐を通じてすでに子規にも伝わっていた。それに関して一月十三日付で子規から虚子へ次のような手紙が届いた。

（前略）又青桐（碧梧桐の旧号―注筆者）君の書に大兄小説家になつては飯ガ食へヌトテ御嘆キノ由若シ真ナラバ小生ハ大息セザルヲ得ズ。小生ハ家族ヲ率ユルノ身也是ニ於テカ束縛セラル、所少〻ならず。それでさへ稍決心する所あり。貴兄家族も厄介もなくして（有トモ少〻ナラン）何ヲ苦ンデカ呻吟し給ふや、小説家で飯がくへねバ、百姓でもよし教師でもよし。はた乞食したとて何か苦しかるべき。貴兄ハ飯くふ為に世に生れ給ひたるか、はた他に目的あるか。小説家トナリタシトノ目的ハはた他ニ目的有之候哉。小説家トナリタイガ食へヌニ困ルト仰セアラバ小生衰ヘタリト雖貴兄ニ半椀ノ飯ヲ分タン。其代り立派ナ小説家になり給ハヾ小生ノ喜何ぞ之にしかん。小生友なし。只貴兄及び青桐兄を以て忘年の友となす。大兄請フ努力セヨ。家事ニセヨ学問ニセヨ兄ノ目的ニ故障ヲ与フル者あらバ小生乍不及痩腕ヲふるハん。小生敢テ大兄ニ小説家トナレト勧ムルニ非ス。只其意志ヲ貫ケト云フノミ齷齪たる勿レトいふのミ目的物ヲ手ニ入レル為ニ費スベキ最後ノ租税ハ生命ナリト云フコトヲ記臆セヨト云フノミ

子規という人物の教育者的側面の実に強く表れた書簡で、「半椀の飯ヲ分タン」には「はったり」ではない子規の熱情が見えて頼もしい。ここまで鼓舞されては誰しも後へ引くことは出来まい。そこで虚子は「飯が食へぬ」を執筆することとなる。明治二十五年に書かれたそれは、当然ながら虚子の手許にはなかったが、子規の手許に残っていた。比較的短いものなので全文を紹介しておこう。

飯か食へぬ

飯か食へぬとハそも何事ぞや病ミはらばひて食通せさるを云ふか逆旅に嘯て古寺の月に涙を灑くの時を云ふかおのれこれを知らす去れど恐く其道世に容れられず貧瘻《ママ》にして空しき腹をかヽゆるをこそ云ふめれ敢て問ふ飯か食へぬとはそも何事ぞ

病ミはらばひ食通せさるハつらしと云ふ目におもしろきものを見耳におかしきものを聞く皆其身すこやかなる後にてこそと云ふ身逆旅にさまよひて夢魂いたづらに故山の月に追随する抑も亦悲哀の一ツなりと云ふ道其世に容れられず襤褸はだへをまとふに足らす糟糠腹を肥やすに足らず花になき月に嘯く苦も亦此に至て大なりと云ふ花ハおかしきものなり雪ハめてたきものなり而も其花になき雪に嘯く之をしも楽しき境界と云ふ可き歟と云ふそも世事は様〻なり世の人の眼は種々なり一椀のかゆに隋喜の涙を流すの時あれハ佳味珍肴に憂憤の涙をはろふの時あ

り同しなミだをしかも同じまぶたよりあふらすに尚こと様の光りを見るもし夫れ其人を異にせバもし夫れ其種類を異にせハ知るべし世の面白さは爰

風流は障子の破れなりと、云はれたり然れとも尚狭ひかな逆旅枕頭子規声と、云はれたり然れとも尚狭ひ哉罪なくして配所の月を見んと、云はれたり然れとも尚狭ひかな一椀の粥にも風流あり佳味珍肴にも風流あり花になく鶯水にすむ蛙いつれか風流の種ならさらん思ひ得たり身世に容れられずして空しき腹をかゝゆこれも亦風流の粋仏子ハ云ふ此の世ハかりの宿りなりと富貴驕漫も貧窮冷笑も落れは同し谷川の水いつれか斯土の戯れならさらん地獄程遠からす極楽隣りに在り石の腸かんてなまこの骨を食ふ尚撃壌の哥を謡ふべし飯か食へぬとハそも何事ぞや近頃面白きことを聞く虚子なるもの飯か食へぬと嘆せりと何れの時にか此言をなせし思へハよくも云ひしものかな如何なる口より出てしおもへはよき口を持ちたりけりあゝ

世の人の眼は様々なり世の中の事ハ種々なり唯風流の神の宿らせ玉ふ所風流の鶴は舞ひ風流の月ハ澄む風流の鏡に照らす風流の影ぞおもしろけれ思へハ尊き眼なるかな

夢に神あり異香薫し霊響四方に聞ゆる内声すゞやかにおほせ言ありなれの眼ハ障子の破れなりと有難しと眼をひらけバ成程夜来の月澄んで障子の破れあきらかなり遙に聞ゆ鶴の一声

またありや花見にゆかん老の杖

本文は講談社版「子規全集別巻一、子規あての書簡」から引用した。用字の上で、濁音表記が現在と異なっていたり、ときに片仮名表記も混じるなど読みにくい部分もあるが了承願いたい。基本的には漢文訓読調の文語文で「飯が食へぬ」という言い回しから考えつく状況を列挙しつ

つ、自らを悩ませる「生活問題」に触れ、その「生活問題」もそれ自体が「風流の粋」たり得るものだとの結論を導き出す。後半「風流」が芸術の謂として多用されているが、おそらく〈風流の始めや奥の田植歌　芭蕉〉あたりを念頭に置いての措辞であろう。後年、写生文が小説味を帯びた初めてのものと言われている作品に「風流懺法」と名付けた小説があるが、その淵源がすでに此処にあると指摘することもできる。一月十三日付の虚子宛子規書簡の「激励」に応えた虚子の「文章」として虚子の少年期の心持ちを推測させる好資料であるばかりでなく、当時の地方の一中学生の侮りがたい文章力を示している一文と言えよう。

因みにこの文章に対する子規の激賞は以下の如くであった。

○最後に「飯が食へぬ」といふ文章驚愕の外なし。乍失敬、貴兄にこれだけの敏才ありとハ今まで知らざりき。貴兄恐らくハ俳文を読ミ給ふこと多からじ。然れども是位の文章ハ風俗文選和漢文操鶉衣いづれを尋ねても沢山ハ無之候。蓋し第一に其題目がよき也。「飯が食へぬ」といふ偶然の間違ひ一変して此大文字を現出し来る。奇也妙也。只願ハくハ此文を一時の戯作とせずして猶よりよりに熟読御改刪あらん事を

（明治二十五年一月二十五日付「虚子宛子規書簡」）

これを読んだ時の虚子の喜びようは想像に余りある。さらにこの手紙による激励が清少年の文学に対する決定的な自信と大望を抱かせる一因となったと言っていいであろう。

冒頭に紹介した昭和十四年の回想談では後半にこんなことを記している。

其頃の私は殊に不健康なからだであつて、ひそかに二十五歳か三十歳ばかり迄生命があればい丶くらゐに考へてゐて、其でなるべく早く創作の方に手を出して見度くなり、其頃子規が最も熱心に鼓吹しはじめた俳句、又文章等に筆を執つて見たい気持が強くなつて来て、終に高等中学を中途で退学してしまつたのであつた。さうすると此の飯が食へぬといふ問題が今は実際の問題として私に当面して来たのである。飯が食へぬといふことは前途の暗い陰影として心の中にとき〳〵頭を持ち上げるのに過ぎなかつたものが、今は自ら好んで其暗い道を選んだが為に忽ち現実の問題として眼の前に立ち塞がつて来た。それから多少の晴れたり曇つたりはあつたけれども此の不愉快な問題は殆ど私の全生涯につき纏うて離れなかつた。かくて漸く其問題から離れ得たのは先づ〳〵最近の十年許りといつてよからう。

文中「此の不愉快な問題は殆ど私の全生涯につき纏うて」の部分にはやや意外の感もあるが、「最近の十年許り」はこの不愉快な問題から解き放たれたと言う。即ち、明治・大正を通じ、さらに昭和の初年まで、虚子の「生活問題」は決して楽観を許すものではなかったということである。虚子が金銭的な問題にはかなり「シビアー」であったという話はよく耳にするが、文学という摑みどころのない世界に身を投じ、さらに俳句という金銭的な保証を得にくい世界を生きてきた虚子の本音と考えて間違いなかろう。

先ずこの「飯が食へぬ」を以て、「虚子散文の世界」への狭い、「障子の穴」のような入り口としたい。

▼「木曾路の記」（明治二十七年作）

明治二十五年九月、虚子は一家の期待を双肩に担って京都第三高等中学に遊学する。月々十円ほどかかる学費は長兄の政忠と次兄信嘉がほぼ折半して負担した。その十一月には、東京の正岡子規が京都の虚子を訪ねて来た。この時子規は東京大学を中退、新聞「日本」への入社が決まり、松山に残していた母と妹を迎えに行く旅中であったのである。この折、二人で遊んだ嵐山の思い出を子規は生涯で最も楽しかった記憶として「松蘿玉液」に記している。

翌年三月、今度は虚子が東京への徒歩旅行を試み、途中汽車を利用することもあったが、無事着京。子規、鳴雪、藤井紫影、田岡嶺雲、伊藤松宇等が歓迎句会を催してくれた。まだまだ年端も行かない文学少年としては随分楽しい旅であったろう。

三高時代の虚子　（虚子記念文学館所蔵）

一方、京都での勉学は少年にとって決して「楽しい」ものではなかった。文学に夢中になっている頭脳には修めるべき学問がうまく入っていかず、精神的にも肉体的にも堪え難き苦痛を感じていた。「吉田町の何とかいふ開業医は余に一年間の静養を勧めた。けれども余は思ひ切つて休学する勇気も無かつた」（「子規居士と余」）の状態のなか、明治二十六年には、親友の河東碧梧桐が同じ京都第三高等中学に進学してきた。碧梧桐はもともとは同級であったが、前々年に第一高等中学受験のために上京、受験に失敗して松山に戻っていたのである。二人は同じ吉田の下宿屋に住み込み、そこを「双松庵」とか「虚桐庵」などと戯れに呼んで俳句三昧のぐうたらした日々を送った。東京からは新海非風、内藤鳴雪、五百木飄亭といった「大人」達までが面白がって京都の「二少年」を訪ねてきた。

その冬。虚子はとうとう退学届を碧梧桐に預けて、五百木飄亭に連れられて上京してしまう。その折りの虚子の本当の気持ちは現在の我々にはなかなか想像できない。

鳴雪翁の一句を得るに苦心惨澹せらるゝと、飄亭君の見るもの聞くもの悉く十七字になるのとは頗る我等二人を驚かすものがあつた。斯くして直ちに文学者の生活に移るべく学校生活を嫌悪するの情は漸く又抑へることが出来無くなつて来た。斯くして其学年の終らぬうちに余は遂に退学を決行して東京に上つた。

（「子規居士と余」）

どうも、これだけでは退学の理由としては漠然としているし、郷里で倹約に倹約を重ねて学資を捻出してくれている兄達への言い訳は全く立たないように思われる。それよりも当時の高等中学のカリキュラムが現在の高校、大学のそれに比較して格段に程度が高く、文学や俳句にうつつを抜かしていては、とても追いつかなかったと考える方が実際に近いかも知れない。近年刊行された『井泉水日記』などを読むにつけ、往時の高校生の勉強ぶりは凄まじく、どの教科についてもそれなりの点数を確保するには余程日々の努力が必要であったことが想像される。俳句にうつつを抜かして文学を夢見ているうちに学力の点で級友に水をあけられてしまったというところが現実であったかも知れない。

さて蛮勇をふるって、上京を果たした虚子であったが、「文学修行」といっても具体的に何をすれば良いか皆目見当がつかない。まさに手探り状態であったらしい。

退学を決行して東京に上つた余は大海に泳ぎ出た鮒のやうなものでどうしてい丶んだか判らなかつた。関根正直氏の小説史稿や、坪内逍遙氏の小説神髄や書生気質や妹背鏡や、森鷗外氏の埋木やそんなものを古書肆から猟つて来て其等を耽読したり上野の図書館に通つて日を消したりし乍ら、扨て小説に筆を染めて見ようとすると何を書いてい丶んだか判らなかつた。

（「子規居士と余」）

虚子少年は上野の図書館に行ってみたり、創刊間もない「小日本」の編集室を覗いてみたりの毎日であったらしい。その上、俳句会に出席しても成績はぱっとせず、一座の人々が「道楽者の行く末を心配して自分を憫殺する」のが面白くなく、結局、浅草から向島から東京市中を歩き回って日を過ごすばかりであった。

ある時は子規の指示で日本新聞に来ていた案内状と「パッス」を持たされて「小金井の桜」へ紀行文を書くべく取材に赴いたのだが結局一行も書けず、また向島百花園の春色を描いた文章を子規に見せたところが、「こりや文章になつて居らん。第一これぢや時間の順序が立つてゐないぢや無いか。其に場所も判きりしないい。」と言われ、「お前はもう専門家ぢや無いか。学校に通学してゐる傍で作る文章なら此位でもよからうけれど、学校迄止めてか丶つた人としてはこんな事ではいかんぢやないか」と叱責される始末であった。

結局、進退窮まり、仕方なく京都第三中学に復学ということになる。五月六日、東京から京都に向けて虚子は「木曾路」を辿った。

「木曾路」をとったのは勿論子規の「かけはしの記」に倣ったもので、子規はその驥に〈馬で行け和田塩尻の五月雨　子規〉の句を贈った。「和田・塩尻」は「かけはしの記」の辿らなかった中山道の難所。自分の行かなかった場所に弟分の虚子が挑むことを喜び励ましての吟であった。

風早の夕日の浦に防風摘みし昔はまぼろし許り残りて腰折山の小杜若を旅の枕に忍ぶ夜の夢明け易き人生は逆旅固より何処を宿と定むべき旧都の山水に詩歌の精神を探り東海の駅路に古人の幽魂を吊《とふら》ひし二十年夢中の難行さめやらぬ煩悩のきづな果敢なくも明日は命を木曾のかけ橋にからまんと五月六日根岸獺祭書屋の折戸を立ち出づるといふに主が

馬で行け和田塩尻の五月雨

と餞別せし菅笠風に軽く陸舟走るや三十里の武蔵野人生も斯くばかりとこそ

武蔵野や水田にうつる五月雲
麦負ふて痩馬帰る夕日かな
夕栄や秩父あたりの五月雲
夏山の小村の夕静かなり
土橋あり夏山の小村馬戻る
夏山や蠶の小村灯のともる

これが「木曾路の記」の冒頭、「小日本」明治二十七年六月十六日付紙面に掲載された、虚子生涯で初めて活字になった文章である。文中「風早」は虚子が幼年時代を過ごした松山郊外の地。「腰折山」は同地の山の名。「小杜若」は「エヒメアヤメ」の古称、腰折山に自生する。「旧都」は京都に遊学していたこと、「東海」は今回の上京の途次の苦労である。「明日は命を木曾のかけ橋に」云々は木曾路の常套的な言い回し。何処をとっても旧態依然たる「美文」には違いない。しかし高等中学の学生の文章と考えれば「上出来」というべきで、書いた当人が一番嬉しかったことであろう。

一方「陸舟走るや三十里」には近代文明の粋たる汽車を「陸舟」と表現しながら、近代を強調するあたり、あっぱれ新聞記者の「卵ぐらい」には成長していた。俳句六句は悪くなく、どれも嫌みのない叙景句でいつの間に此処まで進歩したかという趣である。

この後の旅程を略記しておけば、信越線の汽車を軽井沢で下車、一泊の後、中山道を辿り、佐久から笠取峠、和田峠を経て諏訪へ。さらに塩尻峠を越え、木曾路に入って、鳥居峠、寝覚の床、馬籠峠を越えて中津川に至った。その直後、道を間違えて「野宿」などという経験を加えながら美濃に入り、大田の渡しから犬山をかすめて岐阜に至り、そこからは汽車で京都へ戻ったのであった。

道中、中津川を出て大井宿を経、細久手宿に向かう途中で道を間違えて苦しむあたりを紹介すれば、

中津川に日いまだ残れば大井を宿と志す。茶店に憩ひて岐阜迄の道程を問へば岐阜といふ処

知らずと婆々様の目をしほ〳〵として人顔を見るも哀れなり。
大井にも中河にも我を泊めてくれる宿なし。細久手を志す。
紫の夏の夕雲宿も無し
爪先上りの山道にかゝりて二里許りも来しと思ふに細久手の駅に着かず。日はいつしか暮れて松の闇心細く、いたむ足引きかぬるさへあるに腹空しうして泣き出でん許りになりぬ。道踏迷ひけんかとあやぶまるゝに問ふ人さへ無く暫く松の根方に腰掛けて休らへば闇より現はるゝ螢に声ありて三人の子供の我前を過ぐるを見る。呼びとめて細久手はと問へば知らずと答へて行き過ぎんとす。茶店など無きかと問へばありと答へ棄てゝ、再び螢追ふ声のみ闇に残れり。力を得て辿る程に半丁許りにしてまだ灯もつけぬ一軒家あり。宿を乞へども許されず纔に一飯の恩に預る。先の子供等螢を紙袋に入れたるを擁いて帰り来る。
松並木美濃路の螢大いなり
細久手はと問へば嫗怪しみてこゝは中山道に非ず伊勢街道なりといふ。こはいかにせんと悲めば、飯焚く火を行燈に移して懇ろに行手の道を教へくるゝ嬉しさ、これより二里行けば竈といふ村あり、其より一里半の峠を越えて日吉村に出で又二里の峠を越ゆれば御嶽に出で始めて中山道に会すべし、峠は物騒なれば今夜は御嶽泊りに定め玉へといふ。尚二里の夜道は堪へ難く難かるべく覚ゆれど一杯の濁酒に勢を得て立ち出づ。
夏川の音聞えけり星明り
曇りし空晴れて上弦の月松にかゝる。
ほとゝぎす月上弦の美濃路行く

半里も歩みたりと思ふ頃足の痛み今は堪へ難くなりて木の根小石に躓き勝ちなるに濁酒の酔疲れたる五体に浸み渉りて一歩も歩むべからず。道傍の畑中に下り立ちて刈り棄てある豆殻を氈とし菅笠顔に被りて倒るゝと思へば夢に入る。

短夜の山の低くさや枕許

寒さ五体に浸みわたりて目醒むれば、酒の酔已に全く去りて身は野中の露にまみれて臥せり。上弦の月落ちて銀河さへ西に傾くを見れども未だ夜の明くべう景色なし。星暗くして時計の針見えねば時を知らず、足に任せて再び歩む。

短夜の星が飛ぶなり顔の上

竈村と覚しきに出でたれど家々ひたと閉ぢて宿乞はんすべも無し。追分を右に取れば坂にかゝる。

恐ろしき峠にかゝる螢かな

中山道は当時すでに江戸時代ほどの往来は無く、所々道も付け変わっていた模様である。まして日が暮れてしまってからは初々しき旅人の歩ける状況ではなかったのではあるまいか。虚子が道を踏み間違えたのは事実のようで、「伊勢街道」、「竈村」といった地名を辿って推測すれば、虚子は大井宿、現在の恵那市を通り抜けて登り道にかかり、暫く行った槙ケ根追分を左に曲がって「伊勢街道」に進んでしまった模様である。大分進んで、現在の三郷郵便局あたりで、「蛍狩り」の子供達と出会ったに違いない。

それにしても、このあたりは旅行中最大のピンチであるにも拘らず、洵に落ち着いた筆致で報告できており、型どおりの気取った紀行文とは違う生きた文章になっているのは頼もしいかぎりと言えよう。

▼「初夢」（明治三十一年作）

明治三十一年、虚子は「反省雑誌」（後の「中央公論」）一月号に「初夢」（後に「元旦の衣ちゃん」と改題）を執筆した。

「木曾路の記」から此処までの虚子の軌跡をあらあらと辿っておけば、

明治二十七年夏、二十一歳の虚子は木曾路を辿って京都に戻ったものの、折りからの学制改革で京都第三高等中学は解散。仕方なしに碧梧桐と共に仙台、第二高等中学に転学するが、二人とも一向に学問に興味が持てず、結局、連袂退学、子規を頼って上京する。

明治二十八年、東京の盛り場あたりを彷徨、二人して「ぐうたら人生」を始めた。一方、四月、日清戦争に従軍した子規は大陸で病勢を悪化させ、帰国して神戸・須磨と闘病の日々を送る。虚子はそれに付き添った。同年末、道灌山で子規に後継者となることを依嘱されるが謝絶。これは虚子の性格からして、例えば「俳句分類」のような仕事はとても出来ないと思ったからであろう。

二十九年には長兄看病のため帰省。折りから松山赴任中の夏目漱石や村上霽月と「神仙体」の句を楽しんだ。また一方その頃森鷗外が始めた「めざまし草」では、一人前の俳人として扱われ、可愛がられた。四月、松山から熊本五高に転任する漱石と宮島に遊び、漱石から学資を応援するから大学へ進むように諭される。漱石は虚子の性格が気に入って、これから後もさまざまに応援してくれたのは周知の通り。

明治三十年正月、子規が「日本」に執筆した「明治二十九年の俳句界」で虚子と碧梧桐は特別に推奨され、子規門の双璧の地位を二十三歳にして確立した。また同じ一月には松山から柳原極堂が「ホトトギス」を創刊、子規の文学運動はようやく軌道に乗った。子規が世間に認められるに従って虚子にも俳句関係の仕事が舞い込むようになり、世間的に「俳人」として遇せられるようになった。六月、神田の下宿高田屋の娘いとと結婚。九月には上京して来た三兄政夫の下宿営業を手伝う。十一月府下北豊島郡日暮里村元金杉一三七番地山岸方に引越す。

この日暮里時代に執筆されたのが「初夢」であった。

お衣《きぬ》は愈〻眼が覚めたのである。

もう一時間も前に何かの物音が耳に這入つたのであるが、まだ其の時は半分は夢心地であつて、一所に寝て居た母上《かあさん》の、もうお寝間に居らつしやらないことだけ手探ぐりに知つて、其の引き続いて聞こえる物音は、聞き馴れた俎板の音で、お衣《きぬ》は斯う思つた。

いつもの通り、母上《かあさん》が台所の浮槽《ながし》のもとで、薄暗いラムプをつけて、泰《たい》吉さんの為めに朝餉《あさ》の仕度を為て、お弁当をこしらへて居らつしやるのであらうと、其の時のお衣《きぬ》は、どつちかといへば、眠の神の領分の方が多い小さい頭で、実にこれ丈けを考へたのであるから、今日が待ちに待ち、楽しみに楽しんで居た元日であるといふことなどは、一寸も考へ出さなかつたので、いつもは此の俎板の音が一寸耳に附いてから、また一時間あまり寝るのであるから、今朝もお衣《きぬ》は寝返りを打つて忽ち又百人一首の絵で見た几帳の蔭にかくれかけて居る、式子内親王の後ろ姿のやうな夢の後を追ひかけて眠りに落ちて、さうして今度は非常に恐い夢を見て、それから愈〻眼が覚めたのである。

一読、お判りのように「である調」の言文一致体の文章である。虚子は自分の文章が言文一致となったのは明治三十二年二月号「ホトトギス」の「半日あるき」からであると、何カ所かに書いているが、実際はこの「初夢」がすでに言文一致体であったのである。虚子自身の記憶違いであろう。しかし文章としてはまだまだ馴れないところが多く、例えば一センテンスの長さには閉口してしまう。前記引用の冒頭十二行が実はたった三つのセンテンスから成り立っていることに気づかれたであろうか。特に三番目の文章は途中で主語がころころ変りながらねじれた文が止めどなく連続していく、西鶴あたりに見られる所謂曲流文の趣がある。

「初夢」にはストーリーらしいものも特にないが、明けて九歳になる「お衣」が元日の朝に大いに寝坊をして眼を覚ます。目覚める直前に牡丹と百合のおぞましい色合いの花の上に女郎蜘蛛が下りてくる恐い夢を見て、「初夢」に悪い夢を見たと心配すると、母親が初夢は正月二日に見るもので、お衣の見たものは「初夢」では無いから安心して良いと諭す、というものである。

文中「泰《たい》吉さん」という勤人らしき男が、末尾付近では「隣の八畳の座敷で年始状を書いて居た泰吉」として描かれ、どうやら「お衣」の父親らしいが確とは判らぬところ、はじめ「お衣」であった主人公が、母親の科白の中に一度「衣《きい》ちゃん」と呼ばれてからは「衣ちゃん」として描かれるところ、などやや拙いところも目立つ。

また寒さの象徴として「いぢわる」という、やや滑稽な妖精のようなものが登場するが、虚子という人物の本来持っている、夢想の世界を我々に垣間見させてくれる。

背の非常に高い、鼻と目の尖つた、きいきいいふ声を出す、剃刀のやうな歯が並んでゐる、彼の菊の枯葉などを、折節戯れに一寸噛み切つて見て、冷や〳〵にた〳〵笑ふ、長い〳〵両方の手の爪が、また剣のやうになつてゐる、

現代なら子供向けの怪獣映画にでも出て来そうな「いぢわる」だが、虚子の脳裏には着実に棲んでいたのであろう。

また「榛の木の林」や「鼻の尖った細君」、さらにはお正月の「羽根つき」などは、全体として後に書かれる小説「三畳と四畳半」の舞台そのものである。当時八ヶ月の身重の妻と二人だけの三畳暮らしの日々の中で、お腹の子供の九年後の元旦を夢見て小説を書いている虚子を想像すると、如何にも現実離れした、「夢見るような」虚子の性癖を見る思いがする。虚子自身は以下のように往時を回想する。

又、「反省雑誌」といふ雑誌が出てをりました。これは今日の「中央公論」の前身でありまして、もと〳〵本願寺から出資しまして出してをつた雑誌でありました。それで、本願寺からその財政を監督する人に、麻田駒之助がをりました。この麻田駒之助は、後に長く「中央公論」の社長であつた人でありまして、今日の俳人麻田椎花であります。

その「反省雑誌」にも俳句の選をしてをつたかと思ひます。その「反省雑誌」には、その翌年の三十一年の正月号に頼まれまして、幼稚なものではありましたけれども、一つのお伽小説

めいたものを書きました。

（『俳句の五十年』）

まさに虚子自身が言うように「お伽小説」と呼ぶのが相応しい作品と言えよう。またこの「初夢」については糸夫人の思い出話もある。兄政夫の下宿経営を手伝う生活が終わって、十一月に日暮里の三畳一間の貸家に住まっていた頃である。

お父さんは木綿の着物を着て、木綿の縦絞のへこ帯をしめて、手拭を長く四つ折りにして、それを折りたたんで帯にさげて、書生さん書生さんと人に云われていらっしたわ。

その頃は家に落着いて何か書いていらっした。今の中央公論（昔は「反省雑誌」と云っていた）に初めて小説をのせなさった。原稿料を六円もらったわ。その小説の書出しは、

「お絹は眼をさましたのである。あのはんの木の……」

幾度も幾度もお父さんが読んで下さるので、その書き出しの言葉「はんの木の……」までを母さんは今でもすぐ云う事が出来る。けれど、その後は忘れてしまったのよ。

（高木晴子著『遙かなる父・虚子』より）

糸夫人の回想からは、初めての小説にかける虚子の意気込みが感ぜられるし、「幾度も幾度も」読み聞かせたという箇所からは「新しい文体」への虚子の模索の様子も察することができる。所謂「写生文体」に辿り着くまでの虚子の悪戦苦闘ぶりが、想像されて微笑ましい。

「反省雑誌」所載「初夢」の筆名は「高濱虚子」ではなく「高濱きよし」であった。明治三十一年、

俳人への道がやや安易に準備されていく中で「高濱きよし」は、この時、小説家として原稿料を懐にしたのである。

第二章　「浅草寺のくさぐ〵」ほか、文体の模索

▼「浅草寺のくさぐ〵」（明治三十一年作）

前出「初夢」が掲載された「反省雑誌」が世に出た頃、田岡嶺雲の誘いがあって、虚子は「万朝報」に入社、やっと口に糊する手立てを得た。二月には日暮里の三畳一間の陋屋を出て神田五軒町に転居。六畳と二畳二間という、これなら狭いながらも何とか出産を迎えることが出来る家を持てたわけだ。三月、長女真砂子誕生。虚子の最初の著作『俳句入門』はこのお産の費用、二十円を捻り出すためのものだったという。そしてその五月、松山の母の病状が思わしくないことから、虚子は妻子を伴って帰省、母の看病に日を費やしている内に、「万朝報」の記者を除籍されてしまう。折も折、柳原極堂から、やる気を失いかけていた俳句雑誌「ホトトギス」を譲り受けて経営してみないかとの話が持ち上がり、虚子は三百円を投じて「ホトトギス」を買い取り経営に乗り出すこととなった。この辺りのニュアンスは後年、昭和二十一年十二月号に寒川鼠骨が書いた「うれしさに」という六百号記念随筆に詳しい。編輯顧問格で参画した子規は「僕は雑誌と討死するのはかまはん、併し自分にも不満足な雑誌をこしらへて、それの犠牲になるのでは僕の命が余り可愛さうだ。心中を察してくれ」と他に漏らすほどの覚悟で「ホトトギス」に肩入れをしてきた。

そんな二人の運命を賭けた東京版「ホトトギス」の創刊号、即ち「ホトトギス」二巻一号から虚子が連載執筆した文章が「浅草寺のくさぐ〳〵」である。

写生文「浅草寺のくさぐ〳〵」は六章に分かれており、「(一) 昔と今」、「(二) 仲見世」、「(三) 浅草寺」を「ホトトギス」明治三十一年十月号に、「(四) 奥山」を十一月号に、「(五) 公園の夜」を翌二月号に、そして最終回「(六) 矢場・銘酒屋」が明治三十二年三月号に掲載されている。十月号掲載分については、十月十日付虚子宛子規書簡に、

雑誌の出来一体わるくない。只一つ残念なのはチト誤字が多過ぎたことだ。口絵は存外淋しい。浅草寺は尤も引立たり配合の上より極めてよし。これが一番の出来かと思ふ。(後略)

とあり、子規の満足ぶりと、虚子の気持ちを引き立てようとの子規の気配りも見てとれる。しかし実際の「出来」は本人もやや不満だったようで後年、大正二年一月の「ホトトギス」に掲載した「文章入門」なる文章では以下のように回想している。

ホト丶ギスを東京に移して初めて第二巻一号を発行する時に私は何か一つ文章を書いて見度いと思ひました。其より前私は紀行文を書いたり、小説会――子規居士を中心としての――に短篇小説を書いた事はありましたが殆ど文章らしいものは一つも出来ませんでした。其頃私の最も多く影響を受けてゐたのは西鶴の文章で、私は其調子を習はうとして、其が思ふやうに出来ぬ為めに、文章といふものは非常に苦しいものだとつく〴〵思つてをりました。

この「浅草寺のくさ〴〵」以前に紀行文があったり、小説があったりは、前章に取り上げた通りであるが、虚子の初期文体が「西鶴」によっていると自ら認めている点は興味深い。続けて、

そこで今度書く文章は一つ写生を試みて見ようといふやうな考がふと頭に起りました。尤も写生といふことについてまだ確りした纏つた考があつたのではありませんが、兎に角手帳と鉛筆とを持つて出掛けて、見た事や聞いた事を書き止めようといふ考が頭に起つたのでありました。此手帳と鉛筆とを持つて出掛けるといふ事は、俳句の方で郊外の写生などを遣る時に常に実行したことで此の文章の写生も必竟俳句の写生から一転歩したものと言つて宜しいのであります。

と、写生文の「写生」はそれまでの俳句における「写生」の方法の転用であることを語る。さらに具体的には、

扨て私は手帳と鉛筆とを懐にして浅草の公園に参りました。何故浅草の公園に行つたかといふと、私は放浪時代に此浅草公園のベンチに腰を掛けて数時間を過ごしたといふ事などもあつた位で、此処の色彩、此処の物音などが常に私の気分にしつくりとはまつて、何となく安慰を得るやうに感じてゐたからであります。

「放浪時代」とは明治二十七年、京都を出奔して半年ほど子規の許でぶらぶらしていた時代のことで、絶望的で自暴自棄な学生時代の自分に再び出会うことによって、「文章」の背骨にあたる「何か」を得られるのではないかと考えたのかも知れない。

さて「(一) 昔と今」では『続あけがらす』中の付け合い、

漁　船　見　え　ぬ　浜　の　秋　風　几董
芒　刈　て　仮　り　に　安　置　す　弥　陀　如　来　同
国　司　の　情　歌　に　聞　こ　ゆ　る　月居

をまず掲げて、浅草寺の縁起に触れ、さらに現在は帝都三大公園に数えられていることを記す。途中、「爰に打ち出す入相の鐘は遠く角海老の時計に響きて」、「塒に帰る鴉にも謀反心を起こさしめ玉ふ」などと余計なおふざけを書き散らすが、前掲「文章入門」ではこの辺りを、「此の一節などには写生文らしい何物をもまだ持つてはをりません」と白状している。

「(二) 仲見世」では、浅草観音への詣で道「仲見世」の繁盛を写生。「仲見世」を「芝居茶屋」に見立て、久米平内を下足番に仕立てて面白がるが、ここも「文章入門」によれば「極めて下等な洒落」と自ら断ぜざるを得ないものであった。ただし「紅梅焼」、「白梅焼」その他の紹介に若干「手帳と鉛筆」による写生の一歩が見える点は、「文章入門」でも一定の評価を与えている。

次の「(三) 浅草寺」では、浅草寺の本堂に向かい、常香盤の紹介、寄付金取扱所の紹介、さらに、筆者自らがお御籤を三本も引いて、御籤に書かれている詳細を一々書き連ねている。この章で写生文らしい記述が見られるのは後半で、千畳敷の賽銭箱の前には二六時中人の絶ゆることなし。ぞろ〳〵と来てぞろ〳〵と去る。また来るところのものぞろ〳〵、また去るところのものぞろ〳〵。少し離れて之れを見れば雲の往来にも似たり、目の前に之れを見ればめゝぐる敷き限りなり。其の拝みやうの様々なるが中に二三をいへば、両手高くさしあげたるは水に溺れて救を求むるに似たり。此の人女難の相あり。吸ひ取るやうに拝むものは沫香の煙の外に尚ほ空中に物ありと信ぜるならん。此の人土性にして子五人あるべし。すこしの人の隙間を狙ひ前へ〳〵と割り出すは光薄き尊前の燈明を力なく思へるにや。此人命短かゝるべし。羽織の裾を帯の上までまくり上げ蝙蝠傘を憚りもなく股にはさみ玉ふは何処の奥様にや。尻を一尺程後ろに突き出したるは頭におの字のつく三どんなるべく。賽銭箱に額を突つ込みさうなるは梅干のやうな爺様なり。気障なるは若後家様の一々数珠読みて人の島田に眼を留めたる。見憎きは其の島田の持主が奥歯で鬼灯をならし乍ら前なる尼様の頭に蠅のとまりたるを指し笑へる。目だゝしきは羽織も袷も茶色なる隠居様の大黒頭巾を戴きたる。腹立たしきは西洋人の日本人よりも二寸程丈高きが杖のさきもて内陣の方を指したる。意気地なきは西洋人と見れば甚だしき無礼をも尤《(トガ)》めぬ売僧の馬鹿顔。あはれなるは其の売僧を生き仏のやうに思へる善男善女。殊に哀れなるは一時間も口に念仏をとなへて一所に蹲り其の場を去り難く思へる老媼など。をかしきは鼻を親指の間に埋めて合掌したる、帽子を取れば禿げ頭なりけるなど。

　曰神仏のわかちなく手を叩くもの。曰しきりに手のひらを磨りあはせるもの。曰目尻の上りたるもの。曰目尻の下りたるもの。曰あばたのあるもの。曰腰の曲りたるもの。曰娼妓。曰芸

妓。曰印袢纏。曰編笠。曰折詰を提げたるもの。曰何曰何。一々書き挙ぐればいつかは尽きん。唯是れ

十方来人皆対面
要は賽銭の音に在るなり〳〵。　穴賢

やや長い引用になってしまったが、ここに虚子が浅草寺の本堂内で写生した群像が列記されている。「文章入門」に「是等は皆本堂に佇んでゐる間に私の目の前に現はれ来つた事実であつたのであります。其等を一々手帳に書き附けて置いて、帰つて此の文章を綴る時に用ゐたのであります。其用ゐやうは決して勝れた方法ではありませんでしたが、併し唯ずつと浅草寺を素通りして来て其感想を書いたといふのではなく、忠実に事実を写し取らうとした傾きは已に此時に著しかつたと言つていゝのであります」と回想している。つまり、まことに愚直に本堂内の人々を写生した。即ち、

①両手を高くさしあげたる人。
②吸ひ取るやうに拝む人。
③隙間をねらつて前へ出る人。
④羽織の裾を帯の上までまくり上げた奥様。
⑤尻を突き出したお三どん。
⑥梅干のやうな爺様。
⑦一々数珠を読む若き後家。

⑧鬼灯を奥歯で鳴らす島田。
⑨羽織も袷も茶色の隠居様。
⑩背の高い西洋人。
⑪西洋人の無礼を尤めぬ売僧。
⑫売僧を生き仏と思ふ善男善女。
⑬一時間も念仏を唱へる老媼。
⑭鼻を親指の間にうめて合掌する男。

というように。たしかに虚子は「手帳」に「鉛筆」でメモをとり、帰宅の後、執筆したに違いない。実に愚かしいような方法であるが、「写生」の実行ということを思った時、これしか方法が思いつかなかったのも事実であったろう。しかしここにこそ間違いなく「写生文の芽生え」があった。

「(四) 奥山」は翌十一月号の「ホトトギス」に掲載された。「奥山」は浅草寺の裏手の「公園六区」の歓楽街、さまざまの見世物などで賑わっていた。虚子はその一つ一つを丁寧に写生していく。玉乗りの江川一座、松井源水の居合抜き、砂書きの女、南洋サイパン人の棒ちぎり、松旭斎天光女の手品の水芸、かっぽれの大一座、娘火渡り、などなど。

地方在住の「浅草」を知らない読者に対しては、目眩くような都会の喧噪を伝え、いつも「六区」で遊んでいるような江戸っ子には一寸くすぐったいような、懐かしいような気分を抱かせる。特にこの章では、意識的に「口上」を書き取って再現しているところが手柄で、

先祖源水がまはした独楽は、明け六ツから暮れ六ツ迄まはつて居た。されば之を源水一流ひ

ぐらしの独楽と申しまする。……投げつけると霞の独楽、手元へ帰ると満月の形。……。

という源水の弟子の科白を忠実に再現し、さらに、隣の「砂書き」の「白狐傳」では、五十過ぎの女の早口を、

お客さんに頼まれたといふわけではなし、私が頼んだといふわけではなし、私が勝手で書き、お客様が勝手で御覧なさる。へ、ゝゝゝお志のお賽銭をお願ひ申ます。へ、ゝゝどうも有難うさま、へいへい壱銭貳銭五厘が二つ、恰好が善いから斯う並べて置きます。爰にもう二つ程あれば尚ほいゝがな。エへゝゝゝ

「砂書き」の女の科白の場合は、「へゝゝゝどうも有難うさま」が客の施しを受けてのもので、この辺りの科白の再現から、其の場の様子がまことにリアルに伝わってくる。

これについては虚子自身も前出「文章入門」の第二回で、

今日から見れば何でも無いことで唯縁日商人の話を其儘書き取つたといふに過ぎ無いのでありますが、当時に在つては其が新らしい一つの試みであつたのです。前号に在つた第一回の時には未だ此の会話の写生といふ所に迄は歩を進めてゐなかつたのでした。又当時の文壇に覇を称してゐた硯友社派の小説中に在る会話なども決して斯ういふ写生は試みてゐなかつたのでした。

と、虚子のやや得意な口吻が伝わってくる。たった一ヶ月の間に写生の技量が向上する高揚感は相当なものであったに違いないし、一方で「硯友社」の向こうを張っているという自負も頼もしい。

「(五)公園の夜」が「ホトトギス」に掲載されたのは「(四)奥山」掲載から三ヶ月後の明治三十二年二月号のことであった。冒頭に、「浅草寺の続きを書けと人にもいはれ自分も書かうと思はぬには非ざれど、玉乗り、かつぽれの次には矢場、銘酒屋と愈皮切をやらねばならぬやうな心地し、さりとては心細いと今日迄躊躇したれど、さてあるべきにあらざれば四五杯の酔に乗じ八時頃より寒い夜風を車上に凌ぎて雷門に至る。」とあるように、「(一)昔と今」、「(二)仲見世」、「(三)浅草寺」三章とは異なる日に取材に赴いたものである。文中、「矢場」、「銘酒屋」への取材を「さりとては心細い」などとは思わせぶりな韜晦で、すでに「角海老」云々に、どこか読者の期待感を擽る風がなくもなかった。

「公園の夜」前半は、夜の仲見世から、浅草寺境内、さらには六区の夜の様子を、まさに西鶴流の洒脱な文体で写生し、後半では六区裏の「怪しき町に一歩を踏み入れ」ての探訪。客引きの女達の嬌声を「よつてゐらツしやい子《(ネ)》ー」、「およりなさいな子《(ネ)》ー」と写生、それぞれの「銘酒屋」、「矢場」などを外から一瞥した様子を書き連ねるが、結局、どの店にも入らずに、「東西〳〵左様ならと、独り口上を言ひて其の夜は帰宅す」で結んでいる。一読、初心な男が夜の女達の嬌態に気圧されて、すごすご逃げ出すような具合に描いているが、おそらく虚子は「遊ぶ自分」を「冷静な、もう一人の自分」が写生することの困難を直感していたのかも知れない。そこで後日を期したというのが、本当のところであろう。

「(六)矢場、銘酒屋」は「ホトトギス」明治三十二年三月号へ掲載。前月号を受けて、いよいよ「夜の町」へ乗り込むこととなる。浅草の車夫からの情報ということにして「矢場」は本堂の裏手、「銘酒屋」は料亭「一直」の裏であるとし、「上等は一円と相場動かず、唯回しを取らぬのが見附けもの」とのことなりなどと「吉原」との比較に及んでいる。今回は墨水、把栗を誘っての三人連れ。前回の「公園の夜」へ直行して、先ず「矢場」に入る。把栗と虚子が楊弓を引いている間に墨水は甚句を呻ったりする。結局、素見しただけで、店を出、三人は「寒い、寒い」と言いながら次に「銘酒屋」に入る。銘酒屋では火鉢を囲んで、彼等三人の飄客と女達で「正宗」を呑む。虚子はここぞと「写生」に励み、その銘酒屋の女を、

小さき手の持主は額飽迄飛び出でたるに前髪鯱の如く天に朝し。鬢両方に張り出でたれば黄貂魚《あかえい》といふ魚に似たり。

とやや諧謔過多に描写する。その後酒も尽きる頃、女達は客にさまざまの「謎かけ」を言いかけて遊ぶが、その「謎々」が、一向に面白くない。そういう内に時間も経って、「何事も無く」三人は店を出る。

最早例の探験も是迄なるべし、此上の探験は罪があつてをかしくなし。誠に克く遊ばせて下さりました、命の洗濯を致しました、精々お躰大切に、御縁があらばと女同志、命があらばと

男同志、左様ならと表に出づれば、成程鍋焼うどんの外火の片も見えず。施無為橋に霜置きて、
穴守神社の朱の鳥居に跣足詣りの人影を認めし。

と半年にわたった「浅草探検記」も大団円を迎えた。

「浅草寺のくさぐさ」と一口に言うが、連載の半年の間に、一作中ながら「写生文」として長足の進歩を遂げていたことを認めなければならないだろう。

▼「墓」（明治三十二年作）

虚子は後年、各所で「浅草寺のくさぐさ」は文語体であったが、「半日あるき」（「ホトトギス」明治三十二年二月号）から言文一致となったと書いている。しかしこの時期を詳細に点検すると口語体の「半日あるき」を書いた後でも、文語体の「浅草寺のくさぐさ」の第六回を書いていたわけで、文語体と口語体が並行して行われていた時期があったというのが正確なところである。

さらに「墓」（同一月号）では、まことに実験的な文体をも試みている。

（一）

…………。かたばかりの門松も取り除かれ候。

…………。冷たく色褪せたる頰のあたりに尚ほ呟くものあるが如くに候。彼は死に先だつ一時間かすかに我手を握りて斯の如く申候。妾は凡ての罪を身に負ひてみまかりぬべし、妾死して後はいかにつらき世の人もよも君を憎み玉はじと。彼は半は信ずる如く半は願

ふ如くかく申して目をねむり彼の涙は頬をつたひ候。……………………。今や彼の涙は出るに所なく候。神はとくに彼よりあらゆる幸福を奪ひ候。今は大理石の如き美しき骸よりあたゝかき涙をも奪ひ候。涙は唯一の彼が生命なりしに。（一月一日）

全七章の内の第一章を全文引用した。まず一読、所謂「候文体」であることが目を引く。とはいえ、一般的な手紙文で使われる「候」ともやや異なる。また三箇所に見える「…………」の表現。ある纏まった時間の経過を表現しているらしいことは察せられるが、そのことが作者と読者の間に確実に了解されているものとも思われない。さらに章末の「日付」は「日記」の抜粋をも思わせる。

内容的には正月の元日に「ある女」が夫の腕の中で死を迎えること。二人は世間から罪人として疎んぜられている存在らしいことが読みとれる。また女の肉体を「大理石」に譬えるあたり、全体的に西洋的な雰囲気が漂っている。

「第二章」以下の概略は、一月三日に柩は極少人数で谷中の墓地に葬られ、「第三章」（五日）では庭の山茶花を墓に移植したこと。茶店の婆も自分たちの運命に同情してくれる風であるが、自分たちが犯した「罪」を知ったら果たして同情してくれるかどうか怪しいこと。「第四章」（六日）、墓の山茶花で雀が遊ぶこと。たまたま墓の近くを通った知人は自分に冷たい視線を浴びせ、嘲りの笑いを投げたこと。「第五章」（七日）、二人が犯した罪とは、正式の夫婦でないのに同棲しているというような男女の道徳上の罪らしいこと。「第六章」（九日）、雨が雪に変わる天候での墓参。そんな寒さの中でも、自分は墓前に参れば暖かで、出来ることなら墓前に庵を結びたい程であること。「第七章」（一月十三日）、女に死なれた男は、何が幸せなのか判らなくなったこと。生きている意味をも感じなくなっていることを告白する。

凡そ以上のようなあらすじが綴られているが、折角「浅草寺のくさぐ〵」の苦闘で手に入りつつあった「写生」が殆ど活かされていない。僅かに、

墓は銀杏の大樹を隔てゝ巽に五重の塔を眺め候。後ろは杉木立高く空を磨して午の日影は其の梢の雲にうつり候。曾て彼と手を携へてこの墓地を過ぎりし時は春の半にて花の雲の上に宝塔をたゞ珍らしきものに見て過ぎ候ひしが。

のあたりに、実際に「谷中の墓地」に取材したことが想像されるが（虚子は神田の自宅から根岸の子規庵に通う折、谷中の墓地を抜け御隠殿坂を下った。その途次「手帳」に書き留めた景かも知れない）、分量的にも微々たるものと言えよう。

全体的には明治二十九年の春、耽読した鷗外訳の『水沫集』にでもありそうな西洋的な「純愛」・「熱愛」小説の俤が虚子の心の奥深く根を張っていて、このような小説とも写生文ともつかない一文を書かせたのであろう。

なお「候文」の問題は、遠く虚子晩年の「国子の手紙」へまで飛ぶ書簡体小説の魁であると捉えられなくもない。

西洋的と言えば、「ホトトギス」、翌月「二月号」掲載の「ちいさい神」にもその西洋志向は濃

厚で、おそらく西洋の絵画に描かれた美人に見とれながら虚子が大いに空想を働かせた一文であると思われる。

ちいさい神
ちいさい神は数知れず彼女の房々とした黒髪の上に集まつて眠れよ〳〵の歌をうたつてゐる。春の朝日は既に窓に当つてゐるのに、彼女は暖き衾の中にもぐりこんで再び眠りに落ちや《（ママ）》うとしてゐるのである。

という冒頭文から始まって「ちいさい神」、即ち「エンジェル」が群れて飛び交いながら女を眠りから覚ませていく様子を幻想的に描いていく。あたかも戦後のある時期の日本の少年少女達がディズニーの動画に出て来る美女や妖精に無条件で憧れてしまったような、自身の内部に蟠る西洋コンプレックスなど全く気付かぬような無邪気さで虚子は描いていくのであった。

▼「半日あるき」（明治三十二年作）

「半日あるき」は前述した通り、虚子が初めて言文一致体で書いたと言っている作品であるが、それ以前にも言文一致体の文章が無くはないし、これ以降に文語体の作品が無いわけでもない。内容は万世橋の鉄道馬車のステーションを振り出しに、清島町の鉄道馬車の「馬」の付け替え、雷門下車から、吾妻橋を渡って、向島の枕橋、三囲神社、白鬚神社へと辿る紀行文である。百花園では幾つかの回相談・空想談を交え、その後、牧場を一見して再び大川を渡り雷門へ戻ってい

る。一文は、

帰つて此紀行を書いて見ると一句も碌な句はない。僕は写生が下手だ、もつと勉強せんといかんわい。

との自省の辞で閉じられている。

紀行文としての設定は子規が「ホトトギス」明治三十一年十一月号に執筆した「車上所見」に似ている。しかし「車上所見」が地味ながら誠実な風景描写の文章を重ねていくのと異なり、「半日あるき」では各所で、一々作句を試み、俳句によって景を語らせようと試みている。この辺り筆者は「文章の写生」と「俳句の写生」は「似て非なるもの」ではなかろうかと想像するが、この時点での虚子は、そこに差異を感じていないようだ。さらに、それら詠出した作品の後にその巧拙を弁明するのだが、これが読者にはやや「うるさい」。しかも清島町での「馬継ぎ」など、写生文には絶好の題材と思われるのに、その写生は「ぬるい」。

清島町での馬継ぎは最愉快だ。馬車が著いたかと思ふと汚ない洋服を著て草履を穿いた男が鈴を振つてゐる。新たらしき御者はもう新たらしい馬を曳いて来る、今迄の馬は今迄の御者と共に駅舎に這入る、車掌も早や交代してゐる、新たらしき御者の鞭のもとに新たらしき馬は一嘶きする、馬車はもう進行を始める。西洋の小説に駅舎のことが克くあるが西洋好きの僕は爰へ来ると大変得意だ。

洋服に首巻したる馬丁かな

これでは、却って「浅草寺のくさ〲」の「奥山」辺りの写生の方が生き生きしているように感じられる。もしかすると、この日の「手帳」には俳句が記入されてしまって、文章の「タネ」となるべき「メモ」が記入されていなかったのかも知れない。

もう一箇所「半日あるき」で気になる箇所は、百花園での回想・空想の部分であろう。それは鳴雪と虚子が百花園の床几に腰を下ろしながら、「草木の美」と「人間の美、就中恋」との比較論を戦わす話で、具体的には「梅の花」と近くでいちゃいちゃしている男女の「痴話」とが対象となる。鳴雪が「梅の花」の肩を持つのに対して虚子は、「恋は人間の最大目的即生殖を達する為めの道行で、其の恋に附随する百般の出来ごとは人間行為のうちで一番天真爛漫なものだと思ひます」「常に情欲の奴隷になり乍ら尚ほ月雪花を賞し又実を脱却して神の如き位置に座り自分の熱情をうたつてゐるところに人間の動物に非るところが存在してゐると思ひます」云々と言いつのると、鳴雪は「それはあなたがまだ若いからだ」と笑う。つまりは「写生」と「観念」が水と油のように調和しないままで、投げ出されてしまっているのである。

こうした紀行文とは直接関係のない観念の記述は、「ホトトギス」明治三十一年十二月号所載の「中山寺」にも見られ、そちらでは、当日参加しなかった露月と把栗の人生観を紹介しつつ自らの人生観、将来の「夢」に多くの筆を費やす。そしてその部分も「中山寺」一篇の中で、やや興味が削げてしまう部分であった。

このように考えてくると、文章を本格的に執筆し始めたこの約半年、まだまだ一篇の結構というような部分には神経が及ばなかった実情が見えて来ると同時に、どこかで自らの人生観、価値観に触れなくては気の済まぬ虚子の本来の性向が見えてくる。

一方、口語文体という観点から見ると、さすがに「元旦の衣ちゃん」とは全く面目を一新して、まことに安らかな筆致に落ち着いてくる。一文（一句点間）は凡そ、二十字から三十字（鳴雪との「恋愛論」の部分はやや長い）ほどで読みやすい。その後も三月号掲載の、某の名で書いた「三つのもの」、四月号の「一日」、五月号の「三尺の庭」と、虚子は次第によくこなれた口語文体を獲得していく。

▼「浴泉雑記」（明治三十二年作）

明治三十二年五月二十一日、虚子は好物の胡瓜揉を肴に酒を飲んだのが原因で悪寒とともに吐瀉、大腸カタルということで神田山龍堂病院に入院した。一時はよほど重篤であったが何とか持ち直し、六月十八日から約一月ほど伊豆の修善寺で転地保養をすることとなった。止宿先の修善寺新井屋は虚子の妻糸のニコライ女学校時代の級友、相川つるの父相川平八が経営する温泉旅館であった。

「ホトトギス」の発行、運営などを抛擲し、碧梧桐らに総てを一任しての、一ト月あまりの保養生活。そんな、やや特殊な環境の中で執筆されたのが「ホトトギス」七月号所載の「浴泉雑記」であった。

椽の下は直ちに桂川の急流で其の川の中に碁布してゐる沢山の石に水が激して白い泡をして

ゐるのは奇観だ。其の川の向ふは《(ママ)》一枚の青田を隔て丶直ちに翠緑滴る許りの峯巒で、其の峯は川の南方の岸を擁いて長く東西に走つてゐる。余は今此の川の石に激する白い泡と此の峯に往来する白い雲とを見つゝ、脚の短い机に頰杖を突いてゐるのである。爰は伊豆の山間修善寺の浴舎新井屋の裏座敷である。

出だしの一文には口語体ながら、格調を落とさないように漢語を多用し、それでいて実際の修善寺、桂川、新井屋を知らなくても、およその空間把握が出来るように配慮された文章と言えよう。とくに「其の峯は川の南方の岸を擁いて長く東西に走」る表現の手際の良さは、たしかに俳句の写生の「視力」が援用されている。

ただしその後に続くチャプターでは気持ちが高揚しすぎて、

（修善寺の）光線は、晴れ渡つたる大空に一点の曇もない麗かな夏日の光線となつて、川上から戦ぐ微風と山の巓で握手をしてゐるではないか。嗚呼平和、幸福、健康、希望、天地の一大文章、神が幸福なる人間の為めに飾つて呉れた天井、襖、畳等に画かれたあらゆる紋様は皆余の目の前に展開されてゐて、さうして余の身体と精神とを包囲してゐるのである。嗚呼暗黒、沈黙、穢臭、絶望、死等の権化であつた病院の病室＝伝染病室の光景を爰に想像するのは、此の神聖、崇高、美麗、平和、幸福、希望等の司命者である神を瀆すであらう。

という件も見える。ある意味では、本来ロマンチストの虚子の本来の地金の現れた部分であるのかも知れないが、やっと初歩的な歩みを始めた「写生文」、「写生」といった概念を大きく逸脱して、感情が迸り出てしまったとも言えよう。

ところで、こうしたやや大袈裟な「蘇生の感」が、虚子の心の中では西洋流の「神」の概念によって支えられているのがこの「浴泉雑記」の著しい特徴で、「余が為めの此の美なる天地、エデンの園は多の霊泉を有してゐる」、「エデンの神は余に一個の福音を与へたのであらう」、「此のエデンの園の雷雨」、「予はゆくりなくもエデンの園に居たといふ蛇の事を思ひ出した。」などの文言が頻出する。

虚子に於ける「仏教」のありようについては、近年、松岡ひでたか氏によって、研究の成果が上がりつつあるが（「夏潮　虚子研究号」ｖｏｌⅡ～ｖｏｌⅤ参照）、虚子と「キリスト教」についての研究についいては寡聞にして未だそれを聞かない。

現在判っていることは、この新井屋の若女将相川つるが神田のニコライ女学校で虚子の妻糸の親友であったこと。また糸の父、元前橋藩士大畠豊水一家が熱心なハリストス正教会の信徒で「糸」の姉「たま」の婿養子斎藤久吉はハリストス教会派の伝道師であったことなど。虚子に於けるキリスト教の知識は、おそらくこれら大畠の一家によってもたらされたものであろう。

「ホトトギス」八月号には「浴泉雑記（中）」が掲載された。「浴泉雑記（上）」が修善寺温泉での静養生活と近辺への散歩等で見かけたさまざまを写生したのに対して、こちらは大仁の「女芝居」を見物に行った話や三島の「藍染瀧」を見に行く話、さらには修善寺の「奥の院」を訪ねる話から構成されている。中でも「藍染瀧」の見物の帰途、南条（現在の長岡温泉）から大仁まで馬車に乗るエピソードは写生文としてまことによく書けている。

三島からは東海道の汽車に乗つて東京へ帰る方が近いやうな心持ちがしたが我がなつかしいエデンの園に是非今一度帰り得ることを神に願つて余は南条迄（其節は南条迄ほか汽車が無かつた）豆相鉄道の汽車に乗つた。南条から修善寺迄の人力代は方外な價である。神は哀れな余の為めに尚ほ一輌の乗合馬車を夕暮の野外れに待たせて置いたらしい。三人の乗合を得て御者は痩せた馬に鞭を加へた。（中略）御者は始終奥歯で舌を鳴らしキユツ〱といふ音をさせ乍ら手綱をあやつつてゐる。もし馬がぬかるみで行き難む時は彼は恰も自分の弟か何かにいふ如き調子でいふ。「お、重い〱重いなァ、さうだもう一息だ、しつかりやれ、あすは一日休ませてやる。キユツ〱〱〱」「あ、あぶない〱気をつけろ、重いなァよし〱、キユツ〱〱」御者は突然余を顧みて「ほんとうに利巧なものだなァ」と彼は満面笑みを湛へてゐるのが月明りに見える。「向ふ《（ママ）》に少しでも黒いものが見えるともう十間も前から走らなくなる。チャーンと自分で心得てゐる。感心なものだ。よし〱もう水溜りは無いぞ。キユツ〱〱。」彼は始め余に話しかけたから余は一々返答をして居たが、仕舞は馬と話してゐるのであつた。彼は又振り返つて「此の馬は素直な馬だ。こんな馬は又と無い。さうら道の善い所へ出ると自分で走り始める。あぶない〱気を付けろ。キユツ〱〱」彼は南条を出てから大仁に著く迄、もの言はぬ間は舌を鳴らしづめである。ものをいふ時も大方は馬と話をするのである。月光は心地よく馬車の中にさしこんで御者の蓬の如く延びた髪の後ろつきは常に余が目の前に在つた。大仁の町の這入り口で他の三人の客は下りて余一人馬車会社の前迄乗つてゐた。（中略）余が渡す馬車賃を受取らうと後ろ向いた時、余は始めて明に此の御者の貌を見ることを得た。

鼻の極めて低いことは已に月の明りで知れてゐたが、一方の眼の眇してゐる事は此時提灯の光りで始めて知れた。余が馬車を下りて二三歩歩いて振り返つた時御者は又キユツ〳〵と舌を鼓し乍ら、其処には沢山の馬車が並べてある広場へ自分の馬車をも入れやう《(ママ)》と試みてゐた。半弦の月は山の上へ落ちて其広場には一匹の螢が飛んでゐる。

目の前を横ぎつて飛ぶ螢かな

（中略）の部分は、途中、道を歩いている男に御者が乗車を勧めるが、値段の交渉がなかなか纏まらないエピソードと「余」が大仁から修善寺まで延長して乗せろと交渉したが、不成立となる短いエピソードである。しかしそれらの部分を省略しても「余」が「御者」を観察して、「御者」の為人のようなものを何とか読者に伝えることに成功していることはご理解いただけると思う。さらに「キユツ〳〵」という御者の立てる「音」が、まことに効果的に一文のリズムを為していることにも注意すべきであろう。

前出、大正二年の「文章入門」では「此の文章は私の生活との交渉は絶無でありますけれども其代り御者なる或一人物に同感を以つて、少しも脇道に外れず、唯一図に其人物を描いてゐる為めに読者は又た相当の興味を以て読むことが出来ようかと思ひます」と触れている。さらに文章というものは自分の生活を背景とするものか、この御者の話のように或一人物を中心として描くと成功するのだということを当時薄々は感づいていたが、確信を持つようになったのは明治四十年頃になってのことであったと回想している。そして末尾に、兎も角我写生文は明治三十一二年頃に産声をあげて、当時徒らに爛熟して生気を欠いてゐた硯友社派等の文章に対抗し遠からず小説界の革新をも試まうとする位の意気込であつたことは申す迄もありません。

と当時の意気込みを語っている。

虚子のこの一月余にわたる修善寺滞在を、根岸の溽中にあった子規はどう思っていたであろうか。大いに心配もし、またやや羨む心持ちもあったかも知れない。そんな心中を「ホトトギス」九月号に「浴泉雑記を読みて虚子に贈る」という表題の短歌十首として掲載している。その中に、

鎌を持つ賤見しときは心よわみ殺さるゝかと思ひぞわかせし
天ざかる鄙にしあれば大仁のうものはたけに芝居見るかも
田舎路の馬車に日暮れて御者折々馬を励ます声の淋しも

などの歌もあった。

子規の短歌は不思議と、「浴泉雑記」中、写生文として比較的よく書けているところを題材にしている。つまり、そうした部分こそが読み手の心に残る文章であったといってよいのである。

第三章　「小説」への道のり

▼山会にさきだち

子規の枕頭に人々が文章を持ち寄って朗読し合い、その場の評判如何で「ホトトギス」への掲載が決まる、それを「山会」と呼び、明治三十三年九月に始まったとするのが通説であるが、それに似た文章に関わる企ては約一年前に始まっていた。

「ホトトギス」明治三十五年十二月発行「子規追悼集」所載の「写生文の事」に坂本四方太が記すところによれば、明治三十二年十一月二十二日、四方太は子規から一通の手紙を貰う。それには、

拝啓　只今拙宅に虚子青々来会文章会を開きふき膾を饗し候間日の暮れぬ内に宙を飛んで御出被下度候／以上　十一月二十二日　子規／四方太君

枯 菊 の 記 を 書 き に 来 よ ふ き 膾

と認めてあった。四方太が子規庵に駆けつけると虚子と青々と子規が歓談中であった。四方太も加わって話題は写真、位牌、墓などなど。そこに「ふき膾」の膳が運ばれ、食後はさらに食物屋の話などに盛り上がった。その後は四人で五目並べに時を過ごして深更に及び、四方太は子規庵

に泊めてもらうことになった。

此の日の「文章会」はあらかじめ文章を執筆して持ち寄る、後の「山会」のシステムではなく、その日の出来事を材料に書こうというもので、結果は「根岸草廬記事」として「ホトトギス」明治三十二年十二月号に掲載された。まず四方太が四人のその日の有様を「其一」として記し、青々もほぼ同様のことを「其二」として執筆。「其三」は子規が曾て虚子から贈られた「小鴨」の思い出、さらには「鶉」の番の話。「其四」として、その日は居なかった碧梧桐が子規庵庭前の「鶏頭」に成り代わっての写生文を。最後に虚子が「其五」として、根岸の狸横町、鶯横町の話を書いた。

子規を取り囲む若者達にとって毎月刊行される「ホトトギス」に何を書くかが大問題であり、子規の「小園の記」、虚子の「浅草寺のくさぐ〵」をどう進歩・発展させるかがさしせまった問題となっていたのであろう。

現代の俳句はどうあるべきか、現代の短歌はどうあるべきか、そして現代の文章はどうあるべきか。そんな機運を受けて子規の「叙事文」は執筆された。

▼「叙事文」
正岡子規の「叙事文」は明治三十三年一月二十九日、二月五日、三月十二日、「日本」の「付録週報」に掲載されたもので、当時の子規を中心とした人々の文章に対する基本姿勢の窺われるものである。

或る景色又は人事を見て面白しと思ひし時に、そを文章に直して読者をして己と同様に面白く感ぜしめんとするには、言葉を飾るべからず、誇張を加ふべからず只ありのまゝ見たるまゝに其事物を模写するを可とす。

という大原則に従って、さらに作者の目を通して景を叙すること、つまり原則として「一人称」で書き進めることによって、読者も作者と同じ立場で同じ景を見ていることになる、とする。さらに本題を叙する前に、適当なる「前置き」を記すことで、読者の興味をそそることも可能になると説く。また、

以上述べし如く実際の有のまゝを写すを仮に写実といふ。又写生ともいふ。写生は画家の語を借りたるなり。又は虚叙（前に概叙といへるに同じ）といふに対して実叙ともいふべきか。更に詳にいはゞ虚叙は抽象的叙述といふべく、実叙は具象的叙述といひて可ならん。要するに虚叙（抽象的）は人の理性に訴ふる事多く、実叙（具象的）は殆んど全く人の感情に訴ふる者なり。虚叙は地図の如く実叙は絵画の如し。地図は大体の地勢を見るに利あれども或一箇所景色を詳細に見せ且つ愉快を感ぜしむるは絵画に如く者なし。

文中「愉快を感ぜしむる」という部分がポイントで、芸術として味わうに足る文章は殆ど「具象的表現」から生み出されるのだ、というのが彼らの根本的な考えであることが判る。さらに、

写生といひ写実といふは実際有のまゝに写すに相違なけれども固より多少の取捨選択を要

す。取捨選択とは面白い処を取りてつまらぬ処を捨つる事にして、必ずしも大を取りて小を捨て、長を取りて短を捨つる事にあらず。

と付け加え、「取捨選択」の重要性を強調する。また叙事文の成功例としてわざわざ「浅草寺のくさ〴〵」、「女易者」、「百八の鐘」（いずれも虚子作）を挙げている。このことから、その時点で一派の「文章」の尖端を走っているのは虚子であるとの認識を子規が持っていたとも言えるが、雑誌「ホトトギス」のオーナーとして虚子を大切に扱ったのだという「覚めた見方」もできる。

最後に文体に触れ、「文体は言文一致か又はそれに近き文体が写実に適し居るなり。言文一致は平易にして耳だゝぬを主とす」とし、たとえ「言文一致体」であっても文体に不調和な漢語などが混ざるのはよろしくないとする。

「言文一致」については、ほぼ同じ明治三十三年五月号「ホトトギス」（「文学美術評論」、執筆者名は半壺斗）に虚子も以下の如く記し、「文体」に対する彼らの基本的認識を示している。

美妙斎であつたか、二葉亭であつたかゞ、始めて言文一致を試みた時代を考へると、過渡的とは大概あんなものではあらうが、思はず噴飯する。それは大に言文一致たらんとして甚だ言文不一致であつたことだ、（中略）其処で多くの作者及読者は（美妙斎等の所謂）言文一致に食傷して、非言文一致に傾いて暫く非言文一致時代を形作つた。露伴はもとより所謂硯友社派でも思ひ切つて言文一致を試みた作はあまり見当らなかつた。其処で此一二年になつて言文一致は第二期を形作るやうになつて来て、第一期時代（美妙時代）に比較すると非常な進歩、言を反へていふと、真正の言文一致として現はれて来た。（中略）曾て言文一致は男女の痴話のみを描くに適当したものと思つてゐた読者が、亦荘重なるもの雄大なるもの高尚なるものをも写すに適することを承知した。（中略）言文一致は第一期に於て失敗し第二期に於て稍成功せんとしてゐるのである。

「言文一致」がなかなか難産だった様子も想像されて興味深い。また「言文一致体」が「男女の痴話」を描くに適しているとは、江戸時代の草子類を思い浮かべれば、なるほどと納得できる。虚子は上述の部分に加えて、「言文一致」などの文体改革は「国語調査委員」の仕事ではなく、現に文章を書いている一人一人の双肩にかかった仕事であると読者に檄を飛ばし、さらに学校教育の現場で進めることが最も効果があると力説する。この「学校教育」云々は実際その通りとなり、その効果を大いに発揮した。

▼「百八の鐘」（明治三十三年作）と「牛肉屋」（明治三十三年作）

前述、子規の「叙事文」中にも取り上げられた虚子の「百八の鐘」は明治三十三年一月号の「ホトトギス」に掲載された写生文である。除夜の鐘の鳴っている間中、東京の市中を歩いてさまざまの人間模様を写生しようという文章であるが、その記事が「一月号」（一月十日発売）に掲載される処に虚子のちょっとした得意があったかも知れない。編集人ならではの離れ業とでも言えようか。

さて文章は、

上野の百八の鐘が鳴る間歩いて来やう《(ママ)》と内を出た。お茶の水を渡つて、順天堂の前を通る時ゴーンと一つ打つた。余はヨイシヨと一歩高く地を踏んで少し仰向いて星のきら〳〵する空を見上げて明治三十二年といふ老人がこの大地中に葬むられ、明治三十三年といふ青年が大空から降りて来るこの瞬間の光景を見やうと勉めた。

大晦日に去って行く年を「老人」に譬え、新しい年を「青年」に譬えるあたりは、やや趣向を構え過ぎた嫌みを感じなくもないが、後年虚子に〈年を以て巨人としたり歩み去る〉（大正二年十二月）の名吟のあることを考え併せると、虚子にとっては実感であったのかも知れない。「上野の鐘」は寛永寺の「時の鐘」であろう。当時、神田猿楽町に住み、根岸の鶯横町子規庵に通うことの多かった虚子にとって、「上野の鐘」はまことに親しみある「我が町の鐘」。大晦日の真夜中、その鐘の聞こえる範囲を探訪しようというのが、そもそもの狙いであった。

東大病院辺りから「江知勝」、「若竹」などの料亭の繁盛ぶりを瞥見。露天の「古着屋」での客と商人のやりとりをレポートする呼吸はすでに「浅草寺のくさ〴〵」で身につけている手法である。次いで本郷菊坂の質屋を訪れたのは零時四十分であった。

「三両の帯を出してお呉れな。」「これで一両二分借して呉んな。」「七円だけ借して呉れ玉へ、君ァ残酷でいかん。君の方がえゝ。君七円借して呉れ玉へな。」「あのチヨイト番頭さん、いつかの指輪は五円で入れましたつけね、あれでもう三円借して下さいな。八円の値打はありまさアネ。」「屹度流しやしない。藪入迄にやァ屹度出す。二円だけ是非借して貰はにやァ困る。」など、口々に罵って居る。

「円」を敢えて「両」と言いなす下町風の人物、「呉んな」の語尾の職人風。「呉れ玉へ」と頼むのは書生風、書生は「残酷」などという言葉を平気で日常に使う。質草をそのままにしてもっと借りようとする客、「ありまさアネ」の語尾に一寸くだけた下町の中年女が感じられる。「藪入りまでにやァ屹度出す」と言っているのは「貰はにやァ困る」いう語尾から結構まともな紳士であろうか。挙げ連ねた科白だけからでも其の晩質屋に集まって来ているさまざまの人種が見事に描かれている。「浅草寺」の時の本堂でのように虚子は手帳にメモを取りながら観察したのであろうが、発話者の風体などには触れずに、その科白からだけで、読者に人物像を伝えようとしている点は長足の進歩があると評価していいだろう。

さらに虚子の筆は女中に大きな荷物を持たせた細君。店に入っていきなり羽織を脱いで、代わりに一円五十銭を握って出て行く書生。また小さな質屋が質草を大きな質屋に預けて利子の鞘を稼ぐからくりなどを紹介している。質屋の場面の最後では番頭達に店をしまう時間、その後の帳簿の計算、帰宅後の風呂、就寝にいたるまでを語らせる。

現代で考えればテレビのレポート番組そのもので、日頃は余り話題にしないような場所の、しかも大晦日という特殊な時間帯の実態の報告と携わっている人々の本音の部分などが書かれているわけだ。簡潔なる口語体を重ねながら、テンポよく読者を案内してくれる。「浅草寺のくさ〴〵」の条でも触れたが東京の読者なら、いちいちどの辺の様子であるかが分かるし、地方の読者は「花の都」の殷賑ぶりを、半ば憧れの気持ちを持って読み進めたことであろう。

質屋を出たレポーターは勧工場、露天の食器屋、花屋、手袋屋、古道具屋を巡って湯島天神に至って上野方面を望見、五軒町へ下って帰途に就く。「目鏡へ出た。ふと気がつくともう鐘が鳴らぬ。丁度二時位であつたらう」で筆が置かれている。

一方「牛肉屋」は同じく明治三十三年一月に「大帝国」に発表されたもの。当時繁盛の牛鍋屋に取材した写生文であるが、実際に虚子宅の裏手が「今文」という牛鍋屋であったので、その「今文」の店内写生であったかも知れない。

こちらも前掲「百八の鐘」同様、会話体の再現に大いに努力をしている。

「山高水長」といふ額のかゝつてゐる下には三人の一団がある。「諏訪町の野郎えらいことをいやアがつたナ篦棒め、遠慮といふことを知らネーナ。」「併し爰所で青筋立てゝもつまらネーヂャネーカ、マア一杯飲みネー。」「一杯飲みネータツテ一杯有つた事アねえぢアねえか。ウントつぎネー。」

「三人の一団」と断るだけで風体等については、何も説明してはいないが、いかにも江戸の職人言葉のようなものでしゃべり散らしている様子は、神田の牛鍋屋でいくらも見かける光景であったのであろう。また立ち働いている女中達にも写生の目は注がれる。

柱時計はいつの間にか十二時になつてゐる（中略）彼方にも此方にも正宗の瓶が林立して其

中にビールの瓶が交つてゐたり、飯の残つてゐるお櫃の上に牛鍋が下ろされて居たり、箸や、盃や、ビールのコップや、コヒーの茶碗や新香の皿やが散らばつてゐたりする。其れを眠たさうな女中は、チャラン、グワタンと今にも壊れさうな音をさして片づけ乍ら「チョツ人を馬鹿にして居らア。」と横目でや、年のいつてゐる朋輩を睨みつけてゐる。此方に火鉢を拭うてゐる女中は鬢のほつれ毛をうるさゝうに掻き上げ乍ら「児島さんもあんまりだワネーお妻さん、人の心も知らないでサ。」（後略）

カンバン近くなった牛鍋屋のゴタゴタした様子が手際よく描写されながら、一方でどうやら女中達に小さな小競り合いのありそうなことも映し出している。しかし「小競り合い」を風景の一部のように扱って、それ以上の興味を持たないようにしている作者の態度も見てとれる。写生文の世界がだんだんに「枠」を定め始めた時期と言えるのかも知れない。

▼鼠骨「新囚人」の好評

こうした機運の中で写生文の特徴をセンセーショナルに発揮した作品が登場して衆目を集めた。それが寒川鼠骨作「新囚人」である。当時の山県有朋内閣に対する新聞「日本」の攻撃記事が官吏侮辱罪に問われ、新聞の発行署名人であった寒川鼠骨が逮捕拘留されたいきさつを、写生文として詳細に記録したもの。たった十五日間ながら、鍛冶屋橋監獄から巣鴨監獄での暮らしや周囲の囚人のことが生き生きと描かれている。子規もいち早く注目し「新囚人も次のも非常に面白ク候」と賞賛、翌三十四年二月にはホトトギス社から単行本として出版されるほどであった。

このことは譬えて言えば「写生文」という「新型カメラ」を発明した数名が、始めは自宅の庭を写したり、浅草の繁華街へ撮影に出掛けたりして楽しんでいた。それがだんだん取材の範囲が広がって、伊豆の温泉宿にまで足を伸ばし、さらにはとうとう普通の人では窺い知れない「監獄」の中にまで「カメラ」を入れてしまったようなものであった。

「言文一致」の簡潔な文体と、「写生」の健康な態度さえ堅持すれば「写生文」の興味は暫く尽きないもののようにも見えたであろう。

▼小説「丸の内」（明治三十三年作）

このような高揚感の中で虚子は新たな文学世界に挑戦する。それは「写生文」の描写力を活かしながら、「小説」を書くことは出来ないであろうかという課題であった。「元旦の衣ちゃん」以降の文章修行の成果が問われる形となったのである。「ホトトギス」明治三十三年六月号掲載の小説「丸の内」のあらすじはこうだ。

「上巻」、一月のある夕刻、余は仕事先の内幸町から神田猿楽町の自宅に向けて強風砂煙の中を歩いていた。和田倉橋を過ぎて商工中学校の前あたりで電話交換局の交換手たちの帰宅の群れと行き合った。強風の中を交換手の四人の娘達と前後して歩く内に、「余」は十七、八と見える美しい少女に心惹かれた。彼女の身なりの割に高価そうにみえる紺蛇目の傘には「山本みね」と紙片がつけてあった。四人は娘らしいたわいもない話を交わしながら歩いていた。娘は途中から余りの砂煙に件の「傘」を半開きにして避けていたが、神田橋の枡形へ来て烈風がその「傘」をバラバラに壊して吹き上げてしまった。余は駆けよって慰めようと思ったが、折悪しく巡査が不審そ

四兄弟。虚子を囲んで左より長兄政忠、三兄政夫、次兄信嘉。（明治 33 年）　（虚子記念文学館所蔵）

うに余を監視したのでそれは出来なかった。

「下巻」、三ヶ月後のある月の美しい夜更け、余が同様に南佐久間町から神田に帰宅する途次、年老いたみすぼらしい車夫の俥に乗ってやる。俥が衆議院の前を通るころ、一匹の小さな犬が俥について走っているのに気づいた。途中二匹の大きな犬が小さな犬に襲いかかった折りには、車夫はそれらを拳骨で追い払った。聞くと小犬は俥屋の犬で、車夫は去年妻を、二月前に娘を肺病で亡くした話をする。さらに犬の名は「みねちゃん」でそれは死んだ娘の名であること、車夫の名は「山本亀六」であることが知れて、結局「上巻」の電話局の交換手「山本みね」はその後急逝し、余は奇しき縁で三ヶ月後に、その父親の曳く俥に乗って、その顚末を知ることとなった。

末尾で余は車夫に車代と酒手のほかに五十銭の銀貨を与え、その夜の夢に、「新たらしい傘を買つてやつて老車夫親子のいたく喜んだ」姿を見た。

小説中に出て来る「内幸町」は当時「ホトトギス」を印刷していた恵愛堂の所在地。「南佐久間町」は虚子の三兄、池内政夫（明治三十四年没）が下宿屋を営んでいた場所で、政夫も「ホトトギス」

を「印刷人」として手伝っていた関係で往き来があった。つまり虚子にとってはよく通った道筋を舞台にした小説である。あらすじを読んだだけでは、いかにも通俗小説にありそうな因果話になってしまうが、文中何カ所か「写生文」の態度で書かれた部分に光るものがある。例えば、お峯ちゃんの傘が風に煽られて壊れてしまうクライマックスの場面では、

いよ〳〵桝形の中へ這入つた時ドツト落ちて来た風が神田橋外あたりから砂煙を蹴あげて来るかと思ふと、其風が桝形に当つて屈折して、あはやと思ふ間にお峯サンの傘を煽つたので、お峯サンの傘はパツト開いた。一心に向ふから吹いて来る風にのみ注意してゐたお峯サンとお蝶サンは、此の屈折して後ろから来た思はぬ風に煽られたので非常にうろたへて傘の開いた拍子に急にうしろむいて其後ろから来た風をよけやうと試みた。さうすると又前面から吹く風が、ソラといふ間に其開いてゐる傘に烈しく吹きつけて、其傘はきり〳〵と空中に舞ひ上りさうになつた、其れにつらされて唯アレ〳〵と騒いでゐる二人は此時施すべき術を見出さなかつたが唯一心に傘の柄を握つて其れを離さぬやうに勉めて居た其時遅く、神田橋外から起つた砂煙が今日の前に渦巻き来つたので、ドツト一時に傘に風がくゝんだので、忽ち逆さに吹き折られて、骨は皆ばら〳〵になつてしまつた。

と、複雑な景色と気象現象、それに人物の動きを精一杯写実的に描いている。
「桝形」は城郭に付属した構築物で兵を出陣させる際に人員の確認が出来、敵兵の侵入を防ぐ折りにも矩形の特徴を活かして防備を堅くする設備。江戸城にも多数設置されていたが、この小

説の舞台となった神田橋にも当時それが残されていた。当然ながら複雑な地形から、風も不規則になりがちで、「お峯」ちゃんの傘はそれに上手く対応出来ずに壊れてしまったわけである。

それにしても虚子は「何とか小説にしよう」という、読者へのサービス精神ばかりが先行して「お峯ちゃん」と車夫と小犬をやや安易に結びつけてしまったために、写生文体の巧緻を生かし切ることが出来なかった。写生文がそのまま小説としてのの結構を備え、渾然一体、小説のような写生文、写生文のような小説の境地に至るには、まだまだ多くの過程を踏む必要があったようだ。

因みに「ホトトギス」同号には碧梧桐の執筆した小説「肴屋」も掲載されており、それは下町の棒手振の魚屋と長屋に棲まう「女達」との下世話で、少々色っぽいやりとりを描いた作品であるが、表現にやや杜撰さが目立ち、虚子との資質の違いも窺われる点、興味深い。

なお虚子には後年「丸の内」という同名ながら全く異なる写生文があり、それは「東京日日新聞」に連載された後、単行本『二三片』に収められている。

▼「猫の死骸」（明治三十三年作）

この年明治三十三年、虚子の写生文は全く別の方向にもその可能性を求める。「ホトトギス」九月号掲載の「猫の死骸」という小品はそんな不思議な話である。

「ある人」から頼まれて、ある人物の所へ書物を借りに行った「余」が、夜分その家に着いて案内を乞う。やっと出て来た「主人」は片眼を盲いた老人であった。来意を述べると快諾して奥の間から件の書物を持って出て、若干の解説などをする。家を辞する段になって厠を借りに蚊帳を吊った座敷を通るとそこには「青白い細つこい腕が二本布団の上に組み合はされて、同じく青白い女の貌は（中略）余の方を見つめて居た」。厠を出た廊下の暗がりで余は新聞に包まれた「ある物」に蹴躓いたが、それは「猫の死骸」であると主人は言う。帰途、途中に架かる「大川」の橋まで共に来た主人はその「包み」を川に投げる。そして「弔ふ法の聲立て。南無幽霊成等正覚。出離生死頓證菩提」と謡曲の詞章らしき科白を唱えて帰っていった。書物を届けた「ある人」曰く、「蚊帳の中の怪物は、あの人の娘で狂であるさうな。」で終わる。

一篇の筋が常に「薄暗がり」の中で進行し、不可思議な怪異小説のような世界を作り出している。「他人に書物を借りる」人物は丁度正岡子規のような感じであり、「川向の老人」は本所辺りに隠れ住む、好事家などを連想させる。

末尾近く、「主人」が微かにうたう謡の詞章「弔ふ法の聲立て。南無幽霊成等正覚。出離生死頓證菩提」は謡曲「求塚」にほぼ同じ部分が有り（「通小町」、「水無瀬」、「女郎花」にも似た詞章はあるが）、虚子の心の内には「求塚」の世界が漠然と広がっていたのかも知れない。「求塚」は『万葉集』にも、『大和物語』にもある「菟原処女」と二人の求婚者の悲劇。脇僧が「処女」の霊を成仏させる時の唱え言が「南無幽霊成等正覚」云々だ。

虚子は「丸の内」の通俗小説的な方向から一転して、どこかミステリアスな「怪異」なる雰囲気を一篇に漂わせることで読者を引きつけようとしているのであるが、末尾の「狂であるさうな」の一文だけで読者に何かを伝えようとするのはやや乱暴であったかも知れない。

「大川の向こう」という場所の設定から、謡曲「隅田川」の狂女を連想する読者。あるいは梅若丸夭死の連想から、新聞紙で包んだ「猫の死骸」が実は「水子」であったというような空想。さまざまの「読み」はありそうだが、なかなかピタッと来ない。結果として、やや「思わせぶり」

な印象ばかりが残る作品になってしまった。

▼「湯河原日記」（明治三十六年作）

明治三十五年九月十九日、正岡子規はその短い生涯を閉じた。子規は前出「叙事文」からも判るように、文章においても虚子や四方太や鼠骨の指南格であったが、いかんせん写生文の材料を拾いに行く体力、機動力が無かった。弟子達が「手帳」を持って、奔放に存分に「外」へ出掛けて行けたのに子規はそれが出来ぬままに病牀六尺に釘付けにされていた。結果として自ら先頭を切って始めた「文章改革」の成果を自ら殆ど目にすることが出来なかったのである。

その子規の没後の十月号に掲載された「第六巻第四号試問」として「新年三ケ日記事」というものがあった。つまり写生文の募集で、テーマは正月三ケ日の日記というわけである。「ホトトギス」では毎号のように読者に写生文などの寄稿を募っているのであるが、今回はそれに因んで碧梧桐、四方太、虚子も正月の日記を執筆した。それが明治三十六年新年号に掲載された「湯河原日記」および「湯河原余記」である。

内容的にはそれほど特別のものがあるわけではなかったが、「ホトトギス」への発表の仕方が極めてユニークであるので少々触れておく。というのは三人の各々の日記について、「ホトトギス」のページを上・中・下の三段に分かち、上段を四方太、中段を碧梧桐、下段を虚子が執筆することとなっている。ところが十二月三十日に湯河原に到着したのは四方太一人、三十一日も年が改まった元日になっても虚碧は現れない。そこで「ホトトギス」のページはどうなるかというと、九ページから十三ページの半ばまで、下三分の二が空白となっているのである。さらに四方太は五日には帰京してしまうが、虚碧は七日まで湯河原に逗留、結果として、その部分はページの上三分の一に空白が続く。また二日から五日にしても、各人の文章には長短があるので、その間もページに空白が目立つ。

一見、洵に無能なる編集ぶりによって貴重な誌面を、馬鹿馬鹿しく無駄遣いしているように見えながら、虚碧の来るのを一人で待っている四方太の淋しさのようなものが、その「空白」からひしひしと伝わって来るし、五日以降は逆に虚碧の湯治の様子がしっくり読みとれる。その後こうした「手法」を使った雑誌を寡聞にして知らないが、編集者としての虚子の発想の自由さを知る一つの手がかりになると思う。

▼「石棺」(明治三十八年作)

「ホトトギス」の記念碑的ベスト・ヒットと言えば殆どの人が漱石の「吾輩は猫である」を思い浮かべるに違いない。その「猫」が掲載されたのは明治三十八年の一月号で、第一ページから十五ページまでを占めた。

吾輩は御馳走も食はないから別段肥りもしないが先々健康で跛にもならずに其日〳〵を暮して居る。鼠は決して取らない。おさんは未だに嫌ひである。名前はまだつけて呉れないが欲をいつても際限がないから生涯此教師の家で無名の猫で終る積りだ。

という末尾で、一回きりの予定であった。その一月号は十二月二十八日印刷、一月一日発行。「猫」

は「大好評」であった。それを受ける形で漱石は急遽「第二回」を執筆、脱稿したのはなんと一月十一日のことであったという。しかも第一回を遙かに凌ぐ四十二ページ分もあった。それまで漱石の中に溜まりに溜まっていた、何とも形容しがたい「何か」が堰を切って奔流したのである。このセンセーショナルな「猫」事件が虚子に影響を与えない筈はなかった。

そして、同じ一月虚子は諏訪へ旅をした。その収穫が写生文「石棺」である。これは曾て戦国武将武田信玄がその死後、遺体を人知れず諏訪の湖中に沈めさせたという伝説に取材したもので、虚子はわざわざ人に案内させて石棺を沈めた湖面に近い観音の森を訪れる。そして住職の説明を聞いているうちに、虚子の空想が眼前の景色を覆っていくのであった。

あの黒い波のあたりに沈めたとは申し伝へて居りますが慥かな事はわかりましねー。…………

黒い波は見るうちに広がる。彼方にも広がる、此方にも広がる。彼方にも波立つ、此方にも波立つ。

御死骸には鎧を着せて石の棺に納め、天正四年の四月十二日に…………

黒い波は空にも映る。一点の黒雲が彼の波の空に湧く。彼方にも湧く、此方にも湧く。彼方にも広がる、此方にも広がる。

其夜は曇つて居りました上に、もう月が此後ろの山に落ちたと思ふころ…………

湖は暗い。…………天も暗い。地も暗い。足下より吹き上げる風も暗い。石段を打つ波も暗い、再び撞く鐘の音も暗い。きれ〳〵に聞こゆる和尚の声も暗い。

（中略）

松明をたゞ一つともして…………

湖は暗い。此時、遙に一点の光りを認める。其光りは揺れる。風の吹く度に揺れる、波の音する度に揺れる、三度撞く鐘の音に揺れる、艫拍子の音に揺れる、囁くやうな人声に揺れる。光りは揺れる、さうして其光りは近づく。其光りは近づく、さうして其光りは揺れる。忽つ漆黒の暗の中に浮き彫りの如く描き出だされたるものは一艘の舟である。

それまで、きちっと眼前の現実を写生していた文章が、段々に現実から空想の世界に移っていく。同じような言葉を、まるで山伏が大数珠をじゃらじゃら擦るような具合に繰り返すうちに、読者である我々は軽い催眠術にかかったように、いつの間にか信玄の遺骸を載せた「舟」の存在を認めさせられてしまう。闇の中から浮かび上がった「舟」には石棺が置かれてあり、周囲には幾多の武者の姿も見えてくる。石棺を透かして信玄の姿までが見える。そして石棺が舷を離れて沈むと、再び総てが闇の中に消えて行く。どこからともなく聞こえてくる「信濃の国は……」の唱歌とともに現実の明るい世界が蘇ってくる。

「石棺」はどこまでも写生文として書かれたものであるが、虚子の心の内圧は、それまでの「写生文」の持っている、やや禁欲的な描写だけでは済まなくなって来ていることがはっきり判る。あるいは言い方を替えれば、一種の「白日夢」のような自らの脳中を一時占拠した「幻影」を、それをこそ忠実に「写生」した写生文であるとも言える。目や耳を通した外界の「写生」に対して、「心中」の写生とも言えようか。

曾ての「丸の内」のような通俗小説的な明快さでストーリーを綴るのとは違う。「丸の内」では言わばメモ用紙の上にあらかじめ設計図を引いておいて、その各部分に「写生文」を当てはめていったものであるが、「石棺」はそうではない。「写生文」そのものが内包する言わば「写生文」の意志が、いつの間にか小説に近い世界へと作者を駆り立ててしまったというべきものかも知れない。

▼「欠び」（明治四十年作）

この「石棺」的、幻影の写生は、その後の小説「欠び」（明治四十年一月）でも再び採用される。前日会社で不愉快な事のあった「余」は会社を無断で休んで、甲武線で中野まで来てしまう。停車場の周囲に二三十軒の家よりない町を抜けて郊外の田舎道を歩く。途中何度も「欠び」をしながら静かな田園風景を楽しみ、とある丘の上で腰を下ろす。会社と言っても彼が勤めているのは工場で、一日中恐ろしいほどの喧噪と、俗物の上司に日々悩まされている。さてこうやって静寂の内にいると今度はその静寂がだんだん物足りなくなってくる。遠くに見える冬田に鶏が餌を啄んでいる。近くの森の中にはきっと「家」もあるだろう、その家から「娘」が出て来て鶏に餌をやるかもしれない、などと空想を働かせているうちに、もっと刺激的な活動を見てみたいと思った瞬間、「余」の脳中で「火事」が起こる。

火事！ 火事！ と余は覚えず心のうちで叫んだ。（中略）――其実今朝のリットンの小説から来た考であつたかも知れぬ。――此の寂寞たる冬枯の天地、森の中の一つ家、四顧灰然として死せるが如き中に忽として其一つ家から火が起こる、これは非常なる活動で又非常なる好画図だ。先ず煙が上がる。――さつき想像した炊煙と同工異曲だ――其煙が森の梢を包む、煙の中に一条の火が見える。パチ〳〵と物のはねる音がする。其うち前に想像した森の中の細道から男や女が刈田に荷物を運ぶ。其中に鶏を呼ぶべき筈の娘も居る。其うち遠方の村で半鐘が鳴る。彼方の丘の上を五六人の百姓が走つて来る。（中略）余の来た川添ひの道をも七八人走つて来る。其うち火はだん〳〵と烈しくなつて森にも燃え移る。雲をもこがす。……と此処迄考へて又娘に戻つて、今度は娘だけを取出して想像して見る。娘はうろたへて居る。刈田まで出て来たかと思ふと又家の方にひつかへす。足は跣足だ。（中略）

俄にはら〳〵と音がして顔に冷たいものが当つた。時雨が降つて来たのであつた。（後略）

「石棺」での場合のような、やや強引な「空想」への転換ではなく、読者に「空想」であることを常に断りながら筆は進んで行く。それでいて読者の脳裏には、冬の郊外の丘の上に座り込んでいる冴えない青年の姿と、眼下の冬田の付近で盛んに躍動する「火事」の有様が映し出される仕掛けになっている。

職場にも人生にも積極的な意味を見出し得なくなっているある青年の、心象風景を描くという点では、ある程度まで成功した小説と言っていいのではあるまいか。

▼「ほねほり」（明治三十八年作）

「欠び」発表より年代的にはやや遡るが、洵に印象的な小説でありながら、決して成功例ではない作品を紹介しておこう。「ほねほり」である。明治三十八年四月号の「ホトトギス」に掲載された。

明治三十八年の「ホトトギス」は前述した如く、華々しい「猫」の成功でスタートした。虚子の心に自分でもそうした画期的な作品をものしたい、玄人好みの地味な写生文ではなく、大衆にも受ける「小説」を書かねばという衝動が生まれたに違いないことは前述した通りだ。「ほねほり」にはそうした虚子の思い入れがたっぷり滲んでいる。

一篇は三章からなり、第一章「大福屋大福焼膨れの場」、第二章「奥様手水鉢御壊しの場」、第三章「石炭酸南無阿弥陀仏の場」。章名からすでに戯曲めいたものとなっているが、全体に喜劇的な要素が多い。

第一章では「駝鳥がカラーを着けたやうな」男が空腹で元気がでないという風情で登場。大福屋の床几に腰を下ろして大福を注文、一気に食べるとお代わりまでする。その後、店にはさまざまの客が現れ、さまざまに注文する。客層は、いかにもがさつな貧乏人ばかり。

第二章は、どこか上流と思われるお屋敷。電話に齧り付いて友人とのおしゃべりに夢中のお嬢さん。雪隠から出た奥様は手水鉢に水が無いので婆やに水を足させるが、うっかりした拍子に先代遺愛の手水鉢を落として壊してしまう。これが知れたら「旦那様」に叱られるのは必定である。

第三章では、件の駝鳥男と、先ほどの奥様が、ご先祖様の改葬に立ち会っている。二人は従兄弟同士である。奥様は昔は相手にもしなかった男を見ながら考える。

女学校を一番で卒業する。聊か自分の才をも頼む。容色をも頼む。望みは富では無い、位では無い、唯人であつた。しかも其人は自分の学友で才も自分より劣り容色も自分より劣つた人と今は楽しき家庭を作つて居る。嗚呼其は過し昔で取りかへしもつかぬが唯其時代が恋しいなつかしい。其頃冷かにもてあつかつた人も今は其時代の片影かと見れば又なつかしい慕はしい、と振りかへつて見ると男は靴の踵で土を掘つて居る。

その二人を睦まじい「男女」と見て、近くの工場の職工達が冷やかしたりする。改葬が済んで二人は寺の門前で別れる。「奥様は怱ちアリ〳〵と目の前に何とか焼きの手水鉢の破片を描き出して襟元から春寒を覚えられる」。「男の腹の中の大福はもう消化し尽してゐた」。どこにでもありそうな人間模様、あるいは中年の悲哀を、やや滑稽過多な文章によって、読者の笑いを誘いながら綴った作品と言えよう。

男が大福を注文する場面でも、「大福をおくれ」とあるべきところを、「大ふ、をおふ……」と、わざわざ頼りのない「音」にして男の空腹の度合いを滑稽に表現したり、お嬢さんの電話中、「あらまあ」と書くところで、「アッラムァー」と大袈裟に面白がって表現する。

全体の「滑稽」が現代の我々からは、やや味が濃過ぎて、なかなか随いていけないが、明治時代の読者は果たしてどれほど楽しんだか。作者ばかりが面白がっている、という批判はあって然るべきであったろう。

こうしたさまざまの「小説」への試行錯誤が実を結ぶ時は、もうすぐ近くまで来ている。

第四章　真似のできない小説

▼「叡山詣」（明治四十年作）

「ホトトギス」明治四十年三月号「消息」に虚子は記す。

小生は本月より毎月十日程づゝ旅行致候、是は運動せよ、といふ医師の勧告と、何か書け、といふ書肆の希望に基きたるものに候。三月は叡山に登り候。何か書けたら、稍長いものは本誌、短いものは「国民新聞」紙上に掲載可仕候。

この記事について長男の高濱年尾は「私の記憶では、虚子は胃腸を損ねたため、（家の中に籠り居るため）同郷の医師萱野近一のすすめで、運動するやう注意を受けた。それで旅行といふ事になった。十ケ寺を訪ねて寺十題ともいふべきものを志したやうである。旁旁京都に出て第一に叡山に取材することになった。当時酒量も多い虚子は「風流懺法」の取材を祇園に得たのであった」と『虚子消息』（東京美術刊）に補記する。

これによると虚子は「十ケ寺」を訪ねるという腹案をすでに持っていて、いよいよこの時に実行に移したことになる。この「十ケ寺」については、後年、あれ（「風流懺法」）は全く偶然に出来たものでした。話の起りは金尾文淵堂といふ本屋があつたことは古い諸君は御記憶にあるであらう。比較的新らしい計画を立て、新らしい経営法による本屋であつたが、その文淵堂がある日私の所へやつて来て、何か出版する物はないかといふ話が元になつて、かねがね私の考へて居つた「十ケ寺詣」といふことを実行して、それが出来た暁は書物にしてもいゝといふ話をした。文淵堂は喜んで、お頼みしますといふ話であつて、私はすぐ思ひ立つて叡山に行くことにした。尤も叡山を選んだのは、どういふわけかはつきり記憶にないが、その頃叡山の坊主にも俳人があつて、叡山といふことが親しかつたのも一つの原因であつた。

（「ホトトギス」座談会、昭和五年八月号）

と回想している。結局、金尾文淵堂から「十ケ寺詣」といった書籍が刊行されることはなかった。しかし日本の代表的な寺院を歴訪し、写生文で紹介。読者をして一度はその地を訪れてみたい気持ちにさせる企画はまことに先見にみちたものであった。十数年が経ち、大正時代の国内旅行ブームになると、鉄道院から『神まうで』、『お寺まゐり』という旅行ガイドブックが虚子の目論んでいたような形で世に出る。明治末年になって虚子自身が鉄道院の嘱託となったことと考え合わせると、この「十ケ寺詣」の企ては、「旅行ブーム」の脈々たる伏流水を経て大正期に形を表したようにもみえる。

虚子が比叡山を訪れるのはこの時が二回目であった。一回目は二年半前の明治三十七年十月。京都在住の鱸江、東洋城、水棹、瘦石と虚子の五人で鞍馬から仰木越えを経て、叡山に登った。

所謂「四夜の月」の吟行三日目であった。
この時の経験で、叡山に露声、渚村という俳句僧のいることも虚子には判っていた。写生文「叡山詣」は「叡山遠望（一）」（西下の車窓より）、「叡山遠望（二）」（山鼻平八茶屋より）と「叡山」を仰ぎ、「叡山遠望（三）」に至って、京都から近江に引き返す車中の描写となる。当時流行の通俗雑誌「東京パック」をニヤニヤしながら読み耽る「山高帽のぢいサン」を中心に、菓子を食べる上方の婦人の仕草などをやや滑稽に写生してゆく。さらに「比叡山麓」では、虚子を乗せた人力車が大津の町を抜けて唐崎の松にさしかかるが、読者は次の記述にドキリとする。

唐崎神社の鳥居が見える。二十軒許りの人家が神社を取り巻いてある。すぐ道に傍うた家は壁の下が高さ二尺幅一間許り切り抜いてあつて其の中に糞壺がしつらへてある。今丁度黄色いのがポタリ〳〵と落ちて居る。ハッと思うて余が見て居る間に三度ばかり落つる。此黄色いの丶主は如何なる美人かと奥ゆかしく覚える。

なんとも尾籠な話しで眉を顰める読者も少なくないと思われるが、ここに実は、虚子達の写生文の立場がある。子規が「ホトトギス」明治三十三年三月号に書いた「糞の句」によれば、世の中には審美学の書物がさまざまあるが「糞的美」を論じたものはあるまい。西洋にも中国にも聞かない。ところが俳句には「糞の句」が沢山あるから不思議だ。世の中の人は屎尿というとすぐ「厭な顔」をするが、俳人は総ての物の美を捉えようと考えているから「屎尿」も捨てない。つまり「俳人の観察の区域が広くて総ての物を網羅するやうの傾向は、終に糞小便の研究に迄及んで、しかもそれをどれだけに美化したかといふ事を示したのである」と言い切っている。果たしてこの「唐崎の松の糞壺」がどこまで「美しい」かは計り兼ねるが、精神としては、「聖域なき写生」に挑んだ結果と考えられなくもない。虚子の写生文にはこの後も「糞尿」の描写が少なくないが、一方「性的な描写」に関しては一貫して禁欲的であった。

坂本に到着した虚子は露声和尚、太一爺さんと共に比叡山に登り、山上の宿院に落ち着く。「山上宿院」・「宿院の夜」の章では元「学寮」であった「宿院」の淋しい佇まいと、それとは反対に僧侶達の予想外の人的交流の賑やかさが、写生文独特の精緻さで描かれていく。このあたり、一般人からは遠い世界の一つ一つを精巧なテレビカメラで撮影していく、そういった「写生文」の痛快さが遺憾なく発揮されている。

「根本中堂」・「力餅屋」は翌日の話。まだ残雪に閉ざされたオフシーズンの「東塔」風景が的確に描写されていく。中でも、以下の力餅屋の主人の「一人語り」は圧巻と言えよう。頭の大きい、目の腐った、五十恰好の、片足が一尺許り短い男である。

> おかけやす、旦那サンどすかいナア、宿院に来てゐやはるのは…さうどすかいナー、よう来とおくれやした、まア永う〳〵逗留しておくれやす、淋しうてかなひません、一人でも来とおくれやすと賑やかで結構どす。……
> へー出来たてがおす、一つ食《アガ》つておくれやすか。……へー〳〵升太郎サンはそら力餅が好きやて、〳〵、左様か、呼びまほか。オーイ升太郎サン〳〵、一寸来なはれ、旦那が呼んでぢや。マー名物どす、サー食べておくれやす、左様か、三度目か、そらもうえらいお馴染みやな。

へー〱弁慶水の処にもおす、あの方も私がやつてますのや、寒い間はお客がおせんさかい締切つてますのや、出店の方が却つて本家になつたやうなもんどす。

力餅屋主人の「一人語り」、虚子の「合いの手」は省略されているが、それは自ずから想像がつくようにしてある。例えば、「宿院に来てゐやはるのは」の後には〈ああ、そうだよ。昨日上がって来たんだ〉が入り、「賑やかで結構どす」の後には〈ところで、力餅はあるかい〉となり、「一つ食《アガ》つておくれやすか」の次には〈升太郎さんも食べるかなあ〉となる筈である。柳田國男にも確かこうした「一人語り」があったかと記憶するが、文章表現の至りついた極地であることに変わりはない。「叡山詣」ではもう一箇所「無動寺行」でも、太一爺さんを話し手として、この「一人語り」の手法が使用される。

その後「東塔」での出来事としては「宿院の風呂」、「鳥の声」、「賑やかなる山上」、「無動寺行」と続く。途中京都から登って来ていた「懸葵」同人の鱸江、衣川が山を下るというので、京都での再会を約して、虚子自身はさらに叡山の奥、横川へと移動する。弁慶水、西塔、玉体杉を通って、横川に着いた虚子は横川中堂のすぐ前にある「政所」に暫く世話になることとなる。その時の「政所」の輪番が二年半前に彷徨い着いた時、提灯を貸してくれた僧、渋谷慈鎧であったのは奇遇であった。その渋谷慈鎧とのことについて、晩年の虚子は以下のように回想している。

私は三十四五歳の頃、ふとした事から叡山に遊んで横川に行き、其の中堂の政所に寝泊りした。その政所には中堂の輪番の若い僧がゐた。それが慈鎧師であつた。私より三四歳年下であった。慈鎧師は大変親切に面倒を見てくれた。「風流懺法」に老僧として書いたのはこの慈鎧師にヒントを得たのであつた。私が鞄から取出した「兼平」の謡本が縁となつて、天台宗の教義のあらましを聞く事が出来た。この若僧であつた慈鎧師の累進して後に天台座主になつてからは、なか〳〵威儀をくづさなかつたが、その頃は白い綿入を無造作に著てゐた。一週間許り滞在してゐて私が帰る時に特に御馳走をつめた弁当を取寄せてくれた。わづかの間の交際に過ぎなかつたが、忘れ難い友情を覚えた。座主となつてからも互に存問を怠らなかつた。

謡曲「兼平」には「如渡得船」、「一佛乗の嶺」、「一切衆生悉有仏性」、「一念三千の機」など天台止観に関わる詞章が少なくないが、虚子にしてみれば湖南を旅する序でに、湖南辺りの謡曲でも謡おうと思って持参したものであった。その謡本の「兼平」が思わぬ方向に発展して、とうとう小説執筆の遠因にまでなったわけである。

それにしても「天台宗の教義のあらまし」を聞いたというのは重要である。というのは同じく、虚子より四五歳若い友人には真宗の僧侶暁烏敏があり、虚子は明治三十三年頃、敏を自宅に招いては「法華経」の講義を受けたことがある。さらに鎌倉移住後は円覚寺の釈宗演とも昵懇の仲になっている。こう考えると虚子の仏教についての識見は相当なものであったと考えるべきであろう。にもかかわらず、その後虚子の執筆したものを読むと、それらの知識の出典などには一切触れずに、偶々思いついたような「物言い」をする。こんなところに虚子の「したたかな」な一面を見る思いがする。なお虚子と暁烏敏については松岡ひでたか氏に「虚子の周辺~暁烏非無」(「夏潮別冊　虚子研究号ｖｏｌⅡ」)があり、虚子と天台思想については、同じく松岡ひでたか氏に「虚子に於ける本覚思想」(「夏潮別冊　虚子研究号ｖｏｌⅣ」)、さらに釈宗演については「虚子と雨村、そして釈宗演」(「夏潮別冊　虚子研究号ｖｏｌⅤ」)の論考がある。

「横川中堂政所」、「横川中堂」、と虚子の筆は横川の静かな佇まいや、横川中堂のスケッチに費やされる。そんなある日、京都から斎藤知白が八瀬女に荷物を持たせて訪ねて来る。知白斎藤伊三郎は明治四年生まれの採鉱・冶金家。はじめ足尾鉱山に勤務、その後独立して福島方面を中心に、北海道・択捉まで手広く鉱山を経営した。虚子とは子規の同門としての付き合いで、明治三十八年に虚子は知白の案内で会津、郡山方面を旅し写生文「玄女節」一篇を得ている。知白はたまたまこの時、新婚旅行で京都を訪れていたのであった。この折りの、知白の横川訪問については「知白宛虚子書簡」二通(渡辺水巴の「俳諧草紙」明治四十一年十二月号所収)のあることが近時、芦屋虚子記念文学館の学芸員小林祐代《さちよ》氏によって指摘され(「三部作「風流懺法」小考」、「夏潮別冊　虚子研究号ｖｏｌⅣ」所収)、当時の具体的な動静が明らかになった。

虚子の誘いに応じて横川を訪ねてきた斎藤知白が、一晩横川に泊まり、東塔経由で下山した、ちょうどその日、東京の留守宅から虚子に届いた手紙の中に、子供達からのものが混ざっていた。姉の「まさ」からは兄弟達の無事やお琴のお許しの事などが書かれていたが、その弟(虚子の長男、年尾)からの手紙は以下のようであった。

オトオサンアンマリアツタカクナルトヲモシロゴザイマス、ナツニナルトアツタカデス、ソイカラ子エサントボクトタツボオヲカワイガツテヤリマス、ソノキサント琴サンヤミンナノユウコトキヽマス

三月十一日　オヤジヨリ　　高濱年尾

末尾の「オヤジヨリ」に至って虚子は吹き出した。実は虚子が旅先から子供達に出す手紙の末尾には、「父より」とか「トーサンヨリ」とか書き分けていたが、長男への手紙には「オヤジヨリ」とするのが常であった。その「オヤジヨリ」の文言に予てより不満を抱いていた長男がその「腹いせ」に「オヤジヨリ」と署名して来たからである。

京都まで旅してきた途次は何かにつけて留守宅の子供達を思い出していた虚子であったが、叡山に登り、さらに横川に移る中で、子供のこと、家のこと、東京のこと、下界のことをすっかり忘却していた。そんな折りに遠く離れた子供達から手紙が来たのであった。この手紙こそが小説「風流懺法」成立の「核」となったであろうことについては、後段で触れる。

子供達からの手紙を受け取った翌日、虚子は比叡山を下る。朝のうちになお慈鎧の「仏教談」を聴き、さらに日蓮ゆかりの樺房谷をも訪ねた。

ここまでが「国民新聞」に連載した「叡山詣」の「あらまし」である。日付としては「叡山遠望（一）」の三月六日から「下山」の十五日まで、十日間、十七章であった。

下山した京都では、一足先に戻っていた知白が虚子を待っていた。

君は新らしい妻君に京の舞妓を見せようといふので私も連れ立つて一力に遊んだ。私が京の舞妓の踊りを親しく見たのは此時が始めてゞあつた。「風流懺法」を書いたのはこの時の模様を写生したものと云つてもよい。風流懺法の中に阪東君としてあるのは斎藤君をもぢつたものである。
（斎藤知白著『俳諧行脚お遍路さん』虚子序文）

虚子を連れていった斎藤知白がどのような伝手で「一力」に宴席を設けたのかは判らない。しかしこの夜の宴が虚子を「主人」としたものでなかったことは興味深い。この初めての「祇園体験」ですっかり舞妓が気に入ってしまった虚子は翌月の四月十二日、今度は、自分自身が夏目漱石を伴って「一力」に赴いた。その時は虚子が漱石を招いたのであろう。その証拠に同じ十二日、虚子は、東京の江戸庵籾山梓月宛に、金五十円の送金を依頼する手紙を書いている。今で言えば五十万円ほどである。虚子は翌十三日にも京都在住の安田木母らと「一力」で遊んでいるので、おそらくは、この二日分の「一力」の勘定に当てたものであろう。

▼「風流懺法」（明治四十年作）

小説「風流懺法」の初出は「ホトトギス」明治四十年四月号である。前半の「横川」はこう始まる。

今朝阪東君が出立するのを送られて和尚サンもあまり行けぬ口に一杯過ごされた。阪東君が出立したあとで和尚サンは暫く火燵櫓に顎を乗せて居られたが、其内、一寸一睡りしますわ、ところりと横になられた。

前出「叡山詣」にあるように、虚子は、自らの体調維持のために「十ケ寺詣」を計画。訪れた「比叡山」では、横川を訪れ横川中堂の政所に輪番渋谷慈鎧と暮らした。その僧俗二人の気ままな暮らしぶりの一端が、すでに小説の冒頭文に現れている。決して自堕落というのではないが、中堂での看経という最も大切な「行」以外の時間は、殆ど拘束されていない、そんな日々である。渋谷慈鎧は虚子より二歳下の明治九年生まれ。ところが小説では「老僧」として描かれる。その方がある「気分」は出る。季節は春、といっても比叡山の春は遅い。

静かだ。今は嵐の音も聞こえぬ鳥の声もせぬ。何だか静かさが極点まで達してもの凄いやうな気もする。程なくポツリ〳〵と雨垂れらしい音が聞こえる。驚いて障子を明けて見るといつの間にか雨が降つて居る。軒の小坊主が光つては落ち光つては落ちて居る。寒い。障子をたてる。其から二時間程余は用事をしてゐて何事も忘れてゐた。ふと気がつくと和尚サンはまだ寝て居られる。雨はまだ静かに降つて居る。台所に物音が聞こえるやうだ。不思議に思つて行つて見ると、暗い台所に白い衣を着た小僧サンが一人居る。流しの前に立つて何物か洗つて居る様だ。よく見ると今朝よごれた儘の茶碗や皿を置いて置いたのを洗つて呉れてゐる様だ。小僧サンは余の方を向いてニツコリ笑つたが辞儀もしない。

「君は何処の小僧サン」
と余が聞くと、
「大師堂」
と大きい声で答へて
「どうして昨日湯に入りに来なかつたの」
と友達のやうな口をきく、

「風流懺法」の主人公、一念の登場である。この登場までの文章もよく締まっていて気持ちが良い。途中、「寒い」という形容詞一語のみの一文も、叡山の春の寒さを端的に捉え得ている。また雨垂れを「軒の小坊主」と言いなしたのも、実は「一念」登場の伏線と言えよう。そして突然現れた「小僧サン」は「友達のやうな口」をきき、しかも、ちゃきちゃきの東京弁でまくしたてる。

ところで、この「一念」にまことによく似た少年が虚子の小説に、もう一人登場する。それは「ホトトギス」明治四十年十月号掲載の小説「勝敗」の「勝雄」である。田舎の祖父の処に滞在している少年「勝雄」が祖父にさんざん悪態をつく場面で、

おぢいさんの馬鹿野郎はよく喋るナア。フワ〳〵いつてものいひがわからねえや。一番角力を取らうかい、おぢいさん位片手で使つてやらア、僕あ強いぞおぢいさんのやうな田舎つぺぇでは無いぞ、江戸つ児だぞ、

と、「助六」を彷彿とさせるような悪態を止めどもなく連ねる。因みにこの小説では、祖父は虚子の長兄政忠、少年は虚子の長男年尾が擬せられる。なぜなら少年の名前「勝雄」は子規が虚子の長男を「年尾」と命名した際の、もう一つの候補の名前「勝見」をもじったものに相違ないからだ。

江戸弁を自在にこなして悪態をつく。松山生まれの虚子などには到底出来ない芸当が、神田生

まれの倅には出来るのである。この「江戸っ子」の少年の印象が「一念」にもある。つまり「一念」には、虚子の息子の年尾のイメージが纏わりついているのである。そのきっかけは前出、「叡山詣」中の「子供の手紙」に違いない。「オヤジヨリ」と年尾に悪態をつかれた虚子は、「暫く子供の事を考へる」と記していた。横川で僧と二人だけの暮らしをしていた虚子は、この時心から長男に会いたかったのではあるまいか。その年尾の幻影のように突然「台所に立っていた」のが一念であったのだ。一念は去年、東京の「桜田小学校」の「尋常」を卒業すると叔母なる人に引き取られて京都に来たという。そして此の二月から「お山」に暮らし始めたばかりだという。

「一念」は、この二月に比叡山に来たばかりにしては経文にも詳しく、絵心もあり、ともかく「才はじけた」少年として描かれる。和尚様も「どうも徒らで困りものだ。其代りお経もよく覚える、役にも立つ、育てやうによつたら立派なものになりますやろ。……」とやや不安心ながらも、将来を嘱望するような口吻も見せる。

和尚さんからお湯を沸かすことを頼まれた一念は、不承不承台所に行き、暫くして「和尚サン、お湯が沸きましたよ。サヨナラ」と言って消えてしまう。和尚さんが「茶漬けなと食べて行かんか。……ア、、さうおし……一念〳〵」と声をかけても、もう返事はない。

登場も引っ込みも、どこかに存在感の薄さ、実体のなさ、この世の者ともやや異なる幻影のようなものが「一念」像には貼りついている。

さて「風流懺法」の後半「一力」は、

仲居のお艶に
「其が名高い赤前垂れかね」
と聞くと、お艶は一寸気取つて簪で蠟燭の心を切つて、
「さうす。これは一力《うち》に限つた事もおへんけれど、斯うやつて帯に挟む具合が他楼《ほか》とは違つてますのや」
といふ。阪東君が
「一寸立つて見せたまへ。長いのかい」
ときくと、お艶はだまつて立つて、帯に挟んであるのをはづして見せる。

という具合に始まる。妙に「通」ぶらずに、「写生文のカメラ」を正確に回して描写する虚子には好感が持てる。ともかく虚子にとっては初めての「一力」なのである。ところがさすがの「写生文のカメラ」も正確な言葉遣いまでは、なかなか再現できない。ましてや厳格な仕来りの中で生きている祇園の人々の言葉はそう簡単には文字化出来なかったようである。そこで単行本『鶏頭』に再録する折、京都満月会、「懸葵」で活躍しており、その道にも詳しかった安田木母が大いに手助けしたという（「夏潮　虚子研究号ｖｏｌⅣ」所収、小林祐代「三部作「風流懺法」小考」）。

例えば、前出、お艶の応えの部分は、

「さうどす。これは一力《うち》ばつかりに限つた事やおへんけど、斯うやつて帯に挟む具合が他楼《よそ》とは違うてますのや」

となる。虚子にとって、「祇園言葉」は一念の「東京弁」のように簡単には再現できなかったのである。なお「風流懺法」は単行本『風流懺法』(大正十年)に収める際にも再び京都弁の訂正がなされている。

やがて「一力」の座敷では、銀紙を張った衝立の向こうから舞妓が現れる。「三千歳」である。厚化粧の頬に靨が出来て、唇が玉虫のように光る。年は十三。お艶までが「本間に可愛い、児どすやらう。私等毎日見ておすけれど、見る度に可愛ゆいて、」と言って褒める。「三千歳」のモデルは当時「千賀菊」の名で実在していた舞妓、本名小島愛である。彼女は滋賀県水原村の小学校教員の次女として生まれ、尋常小学校を出て祇園小島の養女となっていた。その後はさまざまの運命があって、最後は俳人田畑三千女としてその生涯を終えた(詳しくは前掲小林祐代「三部作『風流懺法』小考」を参照されたい)。

「一力」の座敷には次々と舞妓、芸子が現れて賑やかに宴が進んでいった。音曲では「京の四季」が終わって「牡丹に戯れ獅子の曲」と所謂「石橋」ものが始まり、三千歳一人が舞う。曲の途中で「余」が座敷を中座して便所に立つと、廊下で「君来てるのかい」と声をかける者がある。それは意外にも「一念」であった。このあたり「暫く待たせ玉へやと」、「獅子とらでんの舞楽のみぎん」、「獅子の座にこそなほりけれ」と楽曲の詞章を並べながら時間の進行を示唆するあたりは、虚子らしく凝っている。

「余」が、嫌がる一念の手を取って座敷に連れ戻ると、お花は唄ひながらニヤリと笑ふ。喜千福も玉喜久（二人とも舞妓—注筆者）もニコリとする。お艶もホ、、、と笑ふ。よく見ると余の顔を見て笑ふのではなく、三千歳と一念の顔を見くらべて笑ふのだ。

「一念はん来たか、旦那はん知つてか」

と三千歳は一念を小手招きして其傍に坐らせる。

一念も大人しく其傍に坐る。

「旦那はん、どこからあんたはん其御夫婦連れてお出でやしたの」

「何これが御夫婦なのかい」

と余は驚いて二人を見る。

このあたり、一篇のクライマックスへの序章というか、「一念」・「三千歳」を中心にした舞台設定を一気に作り上げる手腕はなかなかのものと言えよう。例えば祇園の茶屋での、さまざまの遊びのルールなどを忖度すると（筆者の全く窺い知れぬ世界で、心苦しいが）、こう上手くも行くまいと思うような筋の展開ではある。しかし「風流懺法」の夢のような、この世ならざる無邪気な物語世界への展開と考えれば許されよう。

十二、三歳の恋する少年と少女は、「余のノート」（横川でも「余」がメモに使っていたノート）を見つけて、さんざんに馬鹿にしたり、横川の和尚さんの絵を見ながら、和尚さんの噂をしたり、二人で難しい字のクイズを出し合ったり、子供っぽい反発もありながら「御夫婦」の名に値する信頼も見える。そのうちに一念の叔母なる人が呼んでいる、ということで一念は帰り、京都名物

作品集『鶏頭』の口絵にみる「風流懺法」一力の場面

「ぬくめ酢」（『鶏頭』では「むし酢」）が出て宴はお開きとなる。

ところで「風流懺法」をいち早く評価してくれたのは他ならぬ漱石であった。大正十年六月、単行本『風流懺法』が中央出版協会から上梓された折り、虚子は以下のように往時を回想している。

はじめ『風流懺法』を書いてホトトギスに載せた時――明治四十年四月――私は夏目漱石氏と京都で落合つて、山端の平八茶屋で午飯を食つたあと、寝転び乍ら之を読んだ。漱石氏も寝転び乍ら聞いてゐて面白いと言つた。「さういふものは他人が真似せうと思つても真似の出来ないものだ。」と言つた。私は「さうかしらん。」と考へて、それから『斑鳩物語』や『大内旅宿』を書いた。

言はゞ私が小説がゝつたものを書いたのは、これが始めてゞあつたと言つてよい。其頃文壇では自然主義が擡頭しかけて居て、花袋氏の『蒲団』や藤村氏の『並木』などが評判になつてゐた。私達は私《ヒソカ》にそれに不服であつた。写生文から出発して斯ういふ方面に一開拓を試みて見ようと思つた。いつはらず正直に見た儘を書く。心を空しうして大自然に接するといふ事。

そんな思ひ出が『風流懺法』にはある。

文中「寝転び乍ら」が印象的で、かつ「風流懺法」という小説の世界に相応しいようにも思える。後日、漱石は虚子の小説集『鶏頭』（明治四十一年一月刊）に寄せた有名な序文で「風流懺法」をこう紹介する。

虚子の風流懺法には子坊主が出てくる。所が此小坊主がどうしたとか、かうしたとか云ふよりも祇園の茶屋で歌をうたつたり、酒を飲んだり、仲居が緋の前垂を掛けて居たり、舞子が京都風に帯を結んで居たりするのが眼につく。言葉を換へると、虚子は小坊主の運命がどう変つたとか、どうなつて行くとか云ふ問題よりも妓楼一夕の光景に深い興味を有つて、其光景を思ひ浮べて恋々たるのである。此光景を虚子と共に味はう気がなくつては、始から風流懺法は物にならん。

こうした「人生とは直接関係しない」、「切羽詰まらない」、「余裕のある」といった、虚子の小説のありように、漱石は「低徊趣味」の呼称を与える。たしかに虚子の数ある小説の中でも、最も「低徊趣味」的な小説が「風流懺法」と言えるかも知れない。

春の京都の町中の店で見かけた「雛人形」のような、比叡山横川の「軒の雨垂れ」がそのまま小坊主に化けたような、遠く東京に置いてきた愛息のような少年と、銀屏風の後ろから「三千歳サンあげます」の声とともに現れた、これまた「雛人形」ような舞妓。こした材料が無邪気に織りなす夢のような物語（と呼べるほどの筋さえないが）が、「風流懺法」の世界であった。

ところで本多燐氏が「虚子の小説テーマ――『風流懺法』をめぐって」（『夏潮別冊　虚子研究号ｖｏｌⅡ』所収）に於いて指摘された「比叡山と祇園という聖俗の対立」という捉え方は、少なくとも正編一篇の中ではあまり感じられないと筆者は思っている。この「聖俗」の対立の問題は「風流懺法後日譚」にこそ著しいのではあるまいか。

▼「塔」（明治四十年作）

虚子の写生文「塔」は、「風流懺法」発表と同じ明治四十年四月に虚子が関西の寺院を巡った折りの写生文で「国民新聞」に断続的に連載された。劈頭は「春雨（上）、（中）、（下）」で、折りから京都滞在中の漱石を訪ねて、共に入浴したり、都踊を見たりする話だが、後の「京都で会つた漱石氏」と同じ場面を描きながら、「京都で会つた……」に克明に報告されている漱石の「奇行」には触れていない。「塔」としては「清水の塔」が登場する。「春の夜」では「子安の塔」、「お室」では「仁和寺の塔」、「東寺」では「東寺の塔」の近景と遠景が描かれる。「文殊塔」は黒谷金戒光明寺の塔。ここまでが京都の塔で、以下は奈良。京都の塔は比較的新しい物が多いが、奈良のものはどれも古いと虚子は概説する。「薬師寺」の東塔、西大寺は「塔」の址が残るばかり。

「雑記」として塔の無い唐招提寺を紹介し、「夢殿」では風鐸の音色の佳いことが述べられて、

余が法隆寺の宿は此夢殿の南門の前に在る。帰つて宿の娘に夢殿の風鐸の音をよい音だといつたら娘は法隆寺の塔の風鐸の音もよい音だといつた。

で終わり、次章の「雛市」では、

法隆寺の宿りはなつかしき古き宿りだと思ひ乍ら独りぼんやりと古い机に頰杖を突いて居ると、宿の娘がお客様がありますといふ。今日此処へ著いた許りだのに客とは意外だ。誰かと思つて待つて居ると、洋服を著た胸に何かの徽章らしい赤い造り花を挿した眼鏡を掛けた今めかしい人である。近づいてもまだ誰だかわからぬ。向うが辞儀をするからこちらも辞儀をする。虚明ですといふ、其から今日奈良で何とか会の幹事をした序奈良の宿に余をたづねて跡を追うて此処まで来たのだと話す。大阪の淀屋小路の宿で会つてからもう五年以上にもなるであらう、面忘れをしてゐた。青々君の起居を聞く。

別にどうという話ではないが、虚子はこの法隆寺門前の宿が気に入っている様子である。しかしわざわざ「宿の娘」を登場させ、前章では「風鐸の音」の話、「雛市」の章では掲出部分の後に、「二人で飯を食ふ。宿の娘が給仕をする。（中略）娘は盆を膝に突いて返事をする」というようにその「娘」に一定の興味を抱きながら筆を進めている。

▼「斑鳩物語」（明治四十年作）

小説「斑鳩物語」（「ホトトギス」明治四十年五月号所収）は前出、法隆寺の門前宿、大黒屋の女中が主人公である。名は「お道」。「斑鳩物語」はこう始まる。

　法隆寺の夢殿の南門の前に宿屋が三軒ほど固まつてある。其の中の一軒の大黒屋といふうちに車屋は梶棒を下ろした。急がしげに奥から走つて出たのは十七八の娘である。色の白い田舎娘にしては才はじけた顔立ちだ。手ばしこく車夫から余の荷物を受取つて先に立つ。廊下を行つては三段程の段階子を登り又廊下を行つては三段程の段階子を登り一番奥まつた中二階に余を導く。小作りな体に重さうに荷物をさげた後ろ姿が余の心を牽く。

人力車で乗りつけてから、部屋に案内されるまでの「運び」が如何にもテンポよく進み、書き慣れた写生文のよろしさが遺憾なく発揮されている。そして「余の心を牽く」のフレーズに、これから綴られる一篇の小説への期待感が高まる。

この「斑鳩物語」は当時の文学青年達にも広く読まれたらしく、翌明治四十一年春、この地を訪れた東京帝大生、志賀直哉、木下利玄、里見弴（里見はまだ学習院の中学生）の三人はこう記している。

　麦、菜種、繭、紫雲英、黒土の、畑中の道を行くほどに、右の方、あたらの家並よりやゝ立ち勝つた一軒の、その漆喰壁の一箇所へ、白抜きに、「大黒屋」の三文字が、次第にはつきりして来る。虚子の「斑鳩物語」は、この名の宿を舞台にしてあるが、まさか本名のまゝとは思はなかつたので、旅のそらで、思ひもかけない知人にめぐり合つた心地、早速そこの、真黒に煤けた低い天井の下、広々と、人気のない土間に、三足の朴歯を並べて脱ぐ。

当時すでに虚子のファンだった木下利玄は「あの、一番奥の、角の二階あいてますか」と咄嗟に聞いたほどであった。

さらに三十年ほど経って、堀辰雄も大和を訪れ「夢殿の門のまえの、古い宿屋はなかなか哀れ深かつた。これが虚子の斑鳩物語に出てくる宿屋（中略）しかしその廊下に立つと、見はらしはいまでも悪くない。大和の平野が手にとるように見える」、と「斑鳩物語」の世界を下敷きにして「大和」を見ようとしている。

物語のあらすじは、法隆寺夢殿門前の宿の女中「お道」は渋皮の剝けた田舎には珍しい娘だが、目つきが時々淋しい。恋人が居るような居ないような不思議な物言いをする。翌日「余」は近くの法起寺へ官命の調べ物をしに赴き、ついでに「塔」を見学、上まで登って下を見下ろすというと、「お道」と、この寺の小僧「了然」が菜の花畑の中で逢い引きをしている。二人は、了然が上市だか、下市だかで「茶屋酒」を呑んだのがきっかけで懇ろになった、という。その晩宿に帰った余の耳に、「お道」の織る梭の音が聞こえてくる。さらに「お道」の梭唄も聞こえてくる。その梭の音は夜中まで続いた。

若い僧と色町の娘との「恋」という設定は、「風流懺法」を引き継いだ趣もあるが、二人の年齢が前作の二人に比べて進んでいる分、現実的で実生活の「しがらみ」の要素が加わってくる。そういう意味では、漱石の言った「他の誰も真似の出来ないような、虚子の小説」ではなくて、虚子以外の「誰か」でも書きうる小説と言えるかも知れない。

とは言うものの、「虚子ならでは」の部分もある。ストーリーと直接関係はないが、読み手の心を最も引きつけるのは「余」が小僧さんに導かれて法起寺の「塔」に登る場面であろう。ここで、虚子は写生文で培った「筆力」を遺憾なく発揮、読者を「塔」の内部のガランとした空間に誘い出してくれる。そして「我々も」小僧さんに言われるままに、恐る恐る高みに登っていく。ある種のサスペンスなのだが、こんなところにも「写生文」の一つの魅力があることを教えてくれる。

「塔」という写生文と、小説「斑鳩物語」の関係は、丁度写生文「叡山詣」と、小説「風流懺法」の関係とパラレルである。どちらも写生文を丁寧に書き重ねて行く中から、ポンと飛躍して小説の世界に入る。言い換えれば写生文の繊細な細波の合間から、時折、小説の水沫が浮かび出る、といった趣だ。これら二作によって虚子小説の方向が、やや定まったと見ていいだろう。

第五章　小説家として名乗り

▼「大内旅宿」（明治四十年作）

小説「大内旅宿」は、明治四十年七月号、「ホトトギス」に掲載された。四月号の「風流懺法」、五月号の「斑鳩物語」の好評を承けての「上方もの」であった。そのあらすじは、

余は五年ぶりに、大阪の馴染みの宿「大内旅宿」を訪ねる。というのも、友人から「旅宿」の養女の「おたかサン」が、亡くなった「先の女将」の思惑とは違って「ご寮人サン」になれずに、すっかり鬱ぎ込んでいるから、様子を見に行って見ろというのであった。訪ねて見るとなるほど「旅宿」には活気がなく、商売に熱のない様子もすぐに伝わって来る。しかし現れた「おたかサン」は、さして鬱ぎ込んでいる様子でもなく、赤ん坊までいる。その後、宿の女中の語るところによれば、亡くなった先代の女将さんには男子がふたりあって、長男に「おたかサン」を、次男には「お光サン」という娘を宛がう積もりで、二人の少女を養女にしていたが、結果として長男が「お光サン」と一緒になり外へ出て行き、次男と「おたかサン」が一緒になって「旅宿」を継いでいるとのことであった。さらに今の「旅宿」は主人夫婦に働く気がなく、古株の女中「お梅ドン」がよく働くので、やっと持っているようなものだという。そして主人夫婦が働かない理由は、ひょんなことから女将さんと死に別れた先代の「主人」に二、三十万円の金が転がり込んだのが原因で、

長男夫婦も次男夫婦も遊んで暮らすようになってしまったのだ、と話す。余はある日、「お梅ドン」を誘って文楽を見物、その帰りに二人で浅酌をして、翌日、「旅宿」を後にした。

「旅宿」の場所は、「ホトトギス」の初出、および『鶏頭』では大阪「花屋小路」となっているが、改造社版全集以降は「淀屋小路」となっている。「淀屋小路」は実は虚子および虚子の兄弟達が定宿にしていた「越智氏」（屋号は不詳）のあった場所。さらにこの「越智」から発信した、明治四十年五月九日付、村上霽月宛虚子書簡が、本作品と大いに関わりを持つ。

君の話しカラ小説ノ腹案ヲコシラヘテ態々此の宿ニ来テ見タラ案ニ相違シテ　オ貞サンハチヤント丸髷ニイッテ御寮人様ニナッテ居テキラワレタ処カキラワレヌ証拠ノ赤ン坊迄が出来テイタノデオヤ〳〵ト失望シタ。オ貞サンハ門半ノ娘デ此外ニ娘ラシイモノハ居ラズ又御寮人サンラシイモノハ居ラズ。オ松ドン（老嫂）ハオ松ドンデ此頃ハ丹那サンノ方ニモ後添ヒガ出来テドコモカモマルウニオサマッテマス、ナド丶天下泰平ナリヲイッテ要領ヲ得ズ、一寸狐ニツマ丶レタ体也。ソンナ筈デハナカッタ筈ダトオ貞サンノ顔ヲ見ツメテ居テモ、平地ニ風波ハオコラズ失望致居候。右御ウラミこと。匆々不一

五月九日朝　虚

霽月様

十二日頃迄滞在ノ積りに候。

宛先の村上霽月は同郷の先輩で共に子規に俳句を学んだ松山人。漱石を交えた「神仙体」の試

みにも参加、郷里にあって常に虚子に好意的な援助の手をさしのべた人物である。文中「門半」は道後の旅館。漱石の「坊っちゃん」にも登場する。「失望致居候」には本音が出ていて面白いが、友人からの情報を元に、小説の腹案を練って、現地に乗り込んで来るという、虚子の意欲もなかなかのものである。

書簡を一読すれば、小説「大内旅宿」が殆どノンフィクションの写生文であることが判る。「オ貞サン」は「おたかサン」、「オ松ドン」は「お梅ドン」と作中では呼び替えられているが、小説の枠組みは「ほとんど事実」であったことにおどろく。もっとも先代の主人が二、三十万円の金満家（現在で言えば二、三十億円か）になったあたりはフィクションであろう。それにしても写生文を正確に綴っていけば、小説として鑑賞するに足る領域にまで進むことが出来ることは証明されたと言っていい。

勿論のことながら、虚子は「写生文」としての工夫も一篇中に凝らしてある。その一つに「ミステリー性」が挙げられる。主人公「余」は当初友人から与えられていた情報だけを持って「現地」に乗り込む。ところが情報とは違う現象がつぎつぎ眼前に現れる。それを「読者と一緒に」乗り越えて行く中で、「謎」は段々に解明されていく。かつて子規が「叙事文」で主張していた如く、主人公と読者が共通の地盤に立って、これから立ち現れるストーリーに立ち向かって行く構造は守られているわけである。

他にも、「写生文」ならではの、テクニックが見られる、例えば「お藤ドン」が階段から落ちる場面であるが、翌朝異様な物音で目が覚めた。何物かゞ段梯子から落つこちた音で同時に皿や茶碗の壊れた音がする。つゞいて人々の駆けつける気配である。

「お藤ドンか、怪我せえなんだか」

「気分が悪いか、水を酌んで来てあげうか」

「えらい音やつたナ。お藤ドンの大きな体が落ちたんやさかい其りや其筈や」

「サア立ち〳〵。立てんか。腰をうつたか。」

（中略）

「彦ドン、お藤ドンを起こしてやりなはれ。いつまでもそこにゐたて、仕様がない、あちらへいて少し休みなはれ」

はじめてお梅ドンの声が聞こえる。

「サアお藤ドン立ち、わたいの肩につかまり。そやそや、ア、重いこつちや」

番頭が力足を踏んでる音がする。


「音声」描写だけで、どこまで写生が出来るか。前回紹介した「叡山詣」中の「一人語り」と同じことで、ときに平板に陥りやすい写生文にあえて曲折をつけるためのテクニックと考えていいだろう。しかもこうした耳からだけの情報の中にも、「お梅ドン」が旅館全体の切り盛りを果たしている様子が正確に描き出されている。

その「お梅ドン」を虚子は「お梅ドンは昔の通りのつそりとして居る。図抜けて長い体に裄丈の短い着物を着て、縮れつ毛の狭い鬢に小さい丸髷をのつけて居る」と表現する。ご寮人の「おたかサン」が一寸蓮っ葉なような、粋な処のある女性であるのに対し「お梅ドン」はどこまでも鈍重で、気の利かなそうな風体として描かれている。例えば知らぬながらも「余」が「お梅ドン」の作った食事を罵倒するのを聞きながら、黙って給仕するあたりも「お梅ドン」らしい。客の他にいないある日、「余」は「お梅ドン」を文楽座に連れていってやる。「お梅ドン」は「忠臣蔵」を聴きながら絶えず泣いている。それでいて義太夫よりも浪花節の方が好きだともいう。

漱石は「大内旅宿」について、

大内旅館はあなたが今迄かいたものゝうちで別機軸だと思ひます。そこがあなたには一変化だらうと存じます。即ちあなたの作が普通の小説に近くなつたと云ふ意味と、夫から普通の小説として見ると大内旅館がある点に於て独特の見地（作者側）がある様に見える事であります。詳しい事はもう一遍読まねば何とも云へません。とにかく色々な生面を持つて居るといふ事はそれ自身に能力であります。ご奮励を祈ります。（明治四十年七月十七日付虚子宛漱石書簡）

と書き送っている。

明治四十年に入って、「風流懺法」、「斑鳩物語」と小説作法の「ある要点」を摑んだかに見えた虚子。その虚子が「大内旅宿」でまた一つ「別機軸」を打ち出したのである。

思わぬ事から俄分限になった人物とその周辺に漂う、ある怠惰な雰囲気、それが「大内旅宿」に漂う通奏低音でその中に「おたかサン」は見事に漂っている。しかし「お梅ドン」は違う。その「大内旅宿」に居ながら「異分子」としてせっせと働き通している。前の女将が亡くなった後、主人の後添えの話もなくはなかったらしい。しかし、そんな夢が叶わなくなっても、彼女は「大内旅宿」を切り盛りしてゆく。そんな「ある女のタイプ」をある程度書くことができた点で、虚子としては「別機軸」であったし、さらに虚子の生涯のテーマの一つ、「さまざまの女を描く」、その第一歩にもなっているのである。

▼『鶏頭』（明治四十一年刊）の諸作

虚子の初めての小説集『鶏頭』が世に出たのは、明治四十一年一月一日のことである。『鶏頭』には十篇の小説が収められている。書中では、「風流懺法」、「斑鳩物語」、「大内旅宿」と比較的評判の良かったものから並べてあるが、発表年順にこれを並べ替えれば、①「秋風」（明治三十八年十二月）、②「畑打」（明治三十九年四月）、③「八文字」（明治三十九年十月）、④「欠び」（明治四十年一月）、⑤「楽屋」（明治四十年三月）、⑥「風流懺法」（明治四十年四月）、⑦「斑鳩物語」（明治四十年五月）、⑧「大内旅宿」（明治四十年七月）、⑨「雑魚網」（明治四十年九月）、⑩「勝敗」（明治四十年十月）ということになり、その全ての初出は「ホトトギス」である。

「秋風」は極々短編で、筋らしいものもない。ある日、相談があるといって訪ねてきた松本信一は、生業としている下宿屋が上手くいかないので、餅屋に身を落とそうと思うという。余はそれに反対する。淋しげに帰っていった信一は、十日ほどの後に熱病で死んだ、というもの。一読、虚子の小兄政夫がモデルであることが判り、後の「続俳諧師（文太郎の死）」のエチュードともなっている。

「畑打」は懐かしい感じの小説である。お仲は将棋と酒が好きであまり働かぬ松蔵との間に友坊という乳飲み子がある。今日もせっせと一人で畑仕事をしていると、幼馴染みの深田の太郎が東京で出世して、今日は嫁を連れて戻っているという噂が聞こえて来る。先ほどから野原の先に見えている二人がそれらしい。太郎とお仲は、かつては心を許した二人であった。お仲は楽しかった思い出に暫く浸る。そこに子守りの手から「友坊」が戻り、お仲は友坊をこよなく大切に思う。作中の太郎が故郷の港から遊学の途に就く場面は後の「俳諧師」にも活かされているが、虚子の〈友は大官芋掘つてこれをもてなしぬ〉などに見られる所謂「郷居もの」の世界の小説版と言えよう。

「八文字」は初出の「ホトトギス」では「京のおもひで」である。虚子が第三高等中学を辞めて上京することになった、その送別会の帰り道での所見。暗い夜道を歩いていた中学生二人は花魁の道中に遭遇し、その美しさに魅了されてしまう。初出では一緒にいた友人が檜垣精三郎となっているが『鶏頭』では「今の京都府の警部長をして居る岡崎であつた」となる。

「欠び」はすでに第三章で紹介した。

「楽屋」は評判の分かれる作品である。余は杉本と能楽堂を訪れ、楽屋に入る楽屋では囃子方、脇方、シテ方のそれぞれの控の間を探訪、鏡の間に至る。ところが「勧進帳」のシテ連の一人が偶然、郷里の旧知、吉野であった。吉野は往時すべての点で余の風下にいたが、「照葉狂言」一座の娘を巡っての恋の争いでは吉野が勝者であった。その後の消息は不明であったが、いまは能の端役を貰って暮らしているらしい。余は今も吉野を軽蔑しているが、舞台に入って「山伏」となった吉野には、手の及ばない威厳があった。途中の楽屋風景の描写に「写生文」の筆が冴え、多くの評論はここを評価するが、吉野との恋の争いについてはそうでもない。虚子が一番読ませたかったのは、能舞台の現実を超越した「威厳」であろうが、そこを評価する声はあまり聞こえてこない。

「雑魚網」は作者の意図が十分には伝わってこない作である。余は和気（松山郊外の堀江海岸か）の浜に滞在しているが、ある夕方海岸での「雑魚網」（地引き網のことらしい）で雑魚を買って、自分の逗留している宿屋に届けるように言う。すると網主の女はその宿の悪口を口汚く言い立てて、従わない。その浜ではどうやら漁師と宿屋の関係が上手くいっていないらしい。そうこうするうちに沖の西島に夕日の沈む美しい景色が余の不快感を癒やしてくれた。作中、漁師達と宿屋の対立がやや観念的に描かれてしまい、底の浅い感じが前面に出てしまった。

「勝敗」は第四章ですでに触れたが、東京育ちの活発な少年（高濱年尾がモデル）と祖父（モデルは虚子の長兄政忠。実際は伯父甥だが、年齢的には祖父と孫に近い）のやりとりの中で、結局「祖父」が言い負かされて体調を崩してしまう話である。

ところで虚子はこの初めての小説集について、当初自序を草していた。ところが漱石から序文を得ることが出来た関係からその自序を没にして「国民新聞」中の「続俳諧一口噺」として発表した。やや長文であるが、当時の虚子の精一杯の気持が出ているので、あえて全文を紹介する。

南無幽霊「鶏頭序」　　　　虚子

過去一年間の短篇小説を輯めて「鶏頭」と題し出版するに当り、何か自序を書こうと思つて机に向ひ書きかけては止め、書きかけては止めたるもの左の如し。

其一は

人間は亡びるものだ。其人間の書いた文章ぢやもの亡びずに置くものか。どんな立派な文章でもきつと亡びる。余の文章の如きは瞬く間に亡びる。今年書いた文章は明年になつたらもう誰も相手にはすまい。其に春陽堂から纏めて本にせぬかとの交渉を受けた。一人でもそんな事をいつて呉れるもの丶あるうち本にすることを早速承諾する。

其二は

本書の巻頭に只一つ自慢し度い事がある。其は余は誰の真似をもしなかつたといふ事だ。西洋人の真似は固よりしなかつた。古人の誰一人をも真似なかつた。近くは諸先輩、諸大家の真似もしなかつた。只土に生えた余自身の文章だ。但し是は別に自慢するに当たらぬ事だとあらば其れ迄だ。

其三は

近頃の二三十代の人の書いたものを見ると大抵二三十代の男が主人公であるのに、自分の書いたものを輯めて見ると子供や女が多い。これはどういふわけであらうかと考へて見て、近頃の作家の多くは自意識とやらが強いに拘らず、余は元来が写生文の客観的態度から出発した為めだらうと考へた。さうして此次ぎは此客観的態度を自分自身に応用して見度いと思つた。

其四は

此片々たる著作を為す上に若し苦心といふものがあつたとするなら、其は従来やつて来た写生文から小説に転歩せうとする其点に在つたのだ。此苦心は余と同じ道を歩く人々で無けりやわからぬ。他の道を歩いてゐたら何の苦も無く渡り得る岨伝ひを此の道を歩く人は特別に難儀をせねばならぬ、其処をどうやらかうやら歩いて来た其足痕が此書である。ふりかへつて見れば一またぎのやうだが、それでも歩く時は難儀をした。

其五は

乞食を裏口より追出して

鶏頭に熱き涙を灑ぎけり

其六、其七、其八と際限も無く出頭没頭致し居りしが漱石氏より長文の序を送られ以上の妄語悉く成仏し終ぬ。

鶏頭を仏の花と剪りにけり

「其二」の冒頭「人間は亡びるものだ」は虚子生涯の文学テーマであるが、ここでは偶然にこんな言葉が出ただけで、永遠などというもののない世界で自作の小説が一書になることへの喜びが控え目に綴られている、と読むべきであろう。「其二」の「自慢？」は虚子の文芸を考える上のキーワードでもある。本来は「大の西洋好き」の虚子だが、どちらかと言えば外国語は苦手であったようで（きちっと高校・大学で学ばなかったツケが回ってきて）、例えば自伝的小説の「俳諧師」でもドイツ語の習得に苦労した様子が描かれている。虚子はそれを克服するために片上天弦を自宅に招いて英語の学習に取り組んだ時代もあるが、西洋の原書をスラスラ読めるようにはならなかった。従って新刊をいち早く需めて、その影響下に小説の執筆をなす、というような当時の一部の文学者にある手段は真似ようにも真似られなかった。しかし「西洋の受け売り」をしない、「出来ない」というのは虚子の文学を考える上で大切な問題と言えよう。「其三」の当時の所謂「私小説」と一線を画すということは、良かれ悪しかれ「写生文」を出発点とする小説家としては、当然のことではあろう。文末の「客観的態度を自分自身に応用」云々は次に来たるべき「自伝的小説」の予告ともなっている。「其四」の「写生文」出身の小説家ならではの「苦労」というのは、今となってはなかなか理解に難しい。「其五」。〈鶏頭の花に涙を濺ぎけり〉は明治三十三年九月十四日付の虚子宛子規書簡中の子規句。詞書の意味は不詳。書名『鶏頭』に直接関わる部分である。最大の疑問は小説集『鶏頭』中には、「鶏頭」という言葉すら出てこない点である。世に言う「鶏頭論争〈鶏頭の十四五本もありぬべし〉を『子規句集』に入れなかった話）」との関係も、無くはなさそうである。現在これ以上のことは判らない。ともかく、写生文の祖としての「子規」という存在が大きいことだけは判る。

▼『鶏頭』に対する評価

最も早く『鶏頭』を評価したのは、その序文を認めた夏目漱石であった。二十八頁に及ぶ長大な序文はこの時点で最も好意的に虚子を評価したものと言えよう。その概略は、

天下の小説を二種に区別すると「余裕のある小説」と「余裕のない小説」となる。虚子の小説は「余裕のある小説」である。「余裕ある小説」というのは「非常」という字を避けた小説である。世の中非常な事態が起きると「余裕のない極端」になる。しかしそうした窮屈なものだけが「小説」になるとも限らない。虚子の小説を「浅い」と評する人もいる。しかし「浅い」にも価値はある。「色」で言えば、濃いものに価値があって、薄いものに価値が無いとは言えないのと同じである。自分はここに「低徊趣味」という言葉を作ってみた。一口に云うと、「一事を即し一物を即して、独特もしくは連想の興味を起して、左から眺めたり右から眺めたりして容易に去り難いと云ふ風な趣味」を指す。虚子の小説には此の余裕から生ずる「低徊趣味」が多い。ところで「生死」の問題を第一義と捉える立場からは、その「生死」の問題を扱うのが小説の本来ということになろ

うが、「俳味禅味」という、価値観そのものが逆転あるいは「無」になる立場に立つと、問題は別になる。俗流で云う「第一義」の問題もこの立場の人から見れば「第二義以下」に堕ちてしまう。虚子は俳句に於いて長い間苦労した男である。従って所謂俳味なるものが流露して小説の上にあらわれたのが一見禅味から来た余裕と一致して、こんな「余裕」を生じたのかも知れない。

結局は虚子の「俳人」としての「ものの見方」が、「禅」に通じる何かを持っていて、そのことから「人生に触れない」諸作品が書かれたのであろう、とするもので、漱石としては所謂「自然主義」を標榜する一派の人々に対するメッセージともなっている。また虚子の小説が「低徊趣味」に至る必然には、「写生文」の持っている描写優先・描写尊重の態度があることを漱石はあえて触れずにいる。

また具体的な作品評としては以下の如き文言が綴られた。

虚子の風流懺法には子坊主が出てくる。所が此小坊主がどうしたとか、かうしたとか云ふよりも祇園の茶屋で歌をうたつたり、酒を飲んだり、仲居が緋の前垂を掛けて居たり、舞子が京都風に帯を結んで居たりするのが眼につく。言葉を換へると、虚子は小坊主の運命がどう変つたとか、どうなつて行くとか云ふ問題よりも妓楼一夕の光景に深い興味を有つて、其光景を思ひ浮べて恋々たるのである。此光景を虚子と共に味はう気がなくつては、始から風流懺法は物にならん。斑鳩物語も其の通である。所は奈良で、物寂びた春の宿に梭の音が聞えると云ふ光景が眼前に浮んで飽く迄これに耽り得る丈の趣味を持つて居ないと面白くない。お道さんとか云ふ女がどうしましたねとお道さんの運命ばかり気にして居ては極めて詰らない。楽屋も其通り。なかに出てくる吉野さんよりも能の楽屋の景色や照葉狂言の楽屋の景色其物に興味がないと極めて物足らない小説になるかも知れぬ。勝敗は多少意味が違ふが兎に角腕白な子供と爺さんの対話其物に低徊拍掌の感を起さなくては意味さへ分らなくなる。子供と爺さんが夫から先どうなつたにも、かうなつたにも丸で頭も尻尾もありやしない。八文字に至つては其極端である。

ただ「大内旅宿」に関しては、

只大内旅宿丈はうまく出来て居る。然しこゝには低徊趣味が全然欠乏して居る。（なぜ大内旅宿が成功して居るかを説明したいが、長くなるからやめる。大内旅宿抔は無余裕派の人で一言も批評をした事がない様であるが、あれは一見平凡な運命をかいたやうで、そのうちに大いなる曲折と出来る限りの複雑の度を含んで居る。それであれ程の頁で済んで居るから低徊趣味のないのも無理はない）

と別の観点からの評価を下している。前出の「虚子宛漱石書簡」にもあった通りだが、この時点ではその後の虚子の方向が見えなかったのであるから仕方がない。

小説集『鶏頭』に対する諸家の評判については、二年後の小説集『凡人』（明治四十二年十二月刊）の巻末に、その幾つかを掲げてあるので覗いてみよう。

自然主義とか何主義とか、俗悪なる、野鄙なる、而して人をして恰も野店の白首を連想せしむる、過濃、過巧、冗言、冗句の間に於いて。此の風趣楚々たる文字を見る。（中略）傑作としては、風流懺法を推す可し。浅く解しても、面白く、深く解しても、面白し。斑鳩物語、大内旅宿、楽屋、此に次ぐ。

徳富蘇峰（「国民新聞」）

作者が在来の写生文から転じて多少人生の感味を含ましめやうとしたものが『大内旅宿』『勝敗』その他の作ではないか。（中略）『鶏頭』に現はれたる「低徊趣味」は、寧ろ写生文から意味ある人生の描写に移る転期の特兆に過ぎぬのではないか。それとも作者はこゝに自己の脚場を定めるのであらうか。

片上天弦（「早稲田文学」）

新時代の唯一文芸に必要な深刻もない、沈痛もない、熱烈もない。これ、劣等文学たる所以である。（中略）この情けない状態を多少脱してゐるのは『大内旅宿』だが、それも漱石氏が云ふ様に『甘く』低徊趣味の程度を脱し得た作ではない。すべて浅薄不真面目、拵らへた写生。（中略）かういふ写生文派は、頭脳がないのに、筆さきまたは技巧を以つて何物かをまとめようとする悪傾向の発現で、わが国の未熟な洋画界に於て一時盛んであつた写生派とその状態を同じくしてゐる。

岩野泡鳴（「讀賣新聞」）

毀誉褒貶相半ばであるが、片上天弦の「作者はこゝに脚場を」云々の文言は、虚子の現況・性向を知悉した人のもののようである。
ところで、夏目漱石の明治四十年八月五日付書簡に注目すべき箇所があったので紹介しておく。

今めしを食つて散歩に出る前に一寸時間がありますから気焔を御目にかけます。長い小説の面白い奴をかいて御覧なさらないか。さうして朝日新聞へ出しませんか。今度の「同窓会」は駄目ですね。あれは駄目ですよ。あなたを目するに作家を以てするから無暗にほめません。ほめないのはあなたを尊敬する所以であります。

「ホトトギス」八月号掲載の虚子「同窓会」を「駄目」と断案しつつ、「朝日」への長編掲載を勧めている。虚子の初めての長編小説は「俳諧師」。その新聞連載は翌年の二月、「国民新聞」紙上で実現するが、漱石のこの勧誘が執筆の引き金になっていたことであろう。

▼『虚子小品』(明治四十二年刊)の諸作

明治四十二年末、虚子の短編集が立て続けに版行された。一つは『虚子小品』(隆文館)で明治四十二年十一月刊。今ひとつが『凡人』(春陽堂)で明治四十二年十二月刊である。
『虚子小品』には明治三十一年の「衣ちゃん」ほか短いものを二十五篇収めるが、その中の注目すべき何編かを紹介すれば、
まず、「友への返事」。余は十三歳の少年時代、他郷人の親友があった。何をするのも一緒だった。一年後彼は再び他郷へ移っていった。ところが京都の高等学校に進学すると、そこで彼と再会し

た。しかし専攻も異なり付き合うこともないまま、余は学校を辞めてしまった。何年か経ったある日手紙が来て逢いたいと思ったが果たせなかった。またある時は上野の山で偶然邂逅して、また何時か逢いたいものだと言い合ったが、果たせぬままである。さらに近時は余のことを新聞で見かけたので、逢ってみたいとの手紙もきた。しかし余は「花の如く楽しかりし酔の背後に夕暮の空の如く淋しき力強い一種の哀感を催した」。つまりは、二十二年の間に二人を襲った「老い」は、「懐かしさ」以上の何物も感じなくなっていた。結論として余は「願はくは生涯共に昔を恋ふて而して相逢ふことを避けん」と思うのであった。

小説というほどのストーリーすらない小文であるが、虚子という人物のニヒリスティックな面をよく表した作品となっている。そしてこの一種の諦観の底流には如何ともしがたい「老い」の確認という虚子の基本的な態度がある。それも三十代半ばにしてである。

「三本の手紙」というタイトルで収録された作品は、「ホトトギス」掲載の初出では「三十五歳」というタイトルであった。内容は主人公「余」が受け取る三本の手紙を録す形、即ち書簡体小説である。一本目は秋田の山中に帰郷した友人（石井露月がモデルか）からの手紙で「年取り次第何やかやと忙しくなり申候」の文言があったことから、自分らの青年時代を思い出し、いつの間にやら初老に近づいた自分を淋しく思うもの。二通目は幼馴染みの捨子という女からで、彼女は前夫に先だたれ、今度は他所へ後妻として入った女。前夫が亡くなった当座、二人は「危険な関係」の時代もあった。今の捨子には先妻の残した十七歳になる妙子があり、心から慈しみ、その若さに憧れている。第三の手紙は亡兄の息子で十六歳の時に家出をして、今は「旅役者」に身を落としている福太郎（虚子の小兄、政夫の長男泰であろう）からのもの。今は俳優を天職と心得て励んでいるという報告であった。自分は一と通りの訓戒の返信を認めて、それにつけても時代が移り、自らの着実に老いてゆくことを実感する。曰く「国許の長兄は五十五歳だ。自分は三十五歳だ、福太郎は二十一歳だ。三人は常に此間隔を取つて墓門に駆足をして居るのである。自分は左には秋田の友の手を取り、右には捨子の手を取り、前には長兄を置き後ろには福太郎を置き、而して墓門に突進して居るのである」と。

さらに「老い」のテーマで綴られたものに「老人」がある。場面は歳晩の北風が吹く路傍の夜店、植木屋だの今川焼きだのに交じって、蓆に坐って謡を謡う老人がある。人が通ると謡ってなにがしかの銭を乞う。七十八歳になる老人は旧藩時代は謡の上手で藩侯に褒められもした。それが時代が変わって全てを失い、今は毎晩こうして乞食同然の暮らしに堕ちてしまったのである。その夜も得意の「八島」のキリを謡いつつ、かつての得意の頃を夢のように辿りながら謡っていると、北風は強まり、雨さえ添うてきた。老人は冷え切った体に蝙蝠傘をさしかけて立ちあがり、今川焼き一銭を空腹に入れて立ち去った。

松山藩の虚子の周囲にはありそうな、没落士族の末路を描いたもの。この作では「老い」を通り越して「死」までが顔を覗かせている。松山の没落士族の話としては、後に書いた「死に絶えた家」（大正元年九月作）が完成度が高い。その主人公「吉村老人」も旧藩士の中の謡い仲間であった。

「暗き夜」。虚子自身をモデルにしたと思われる仙波は郊外の寺院を訪ねて夜更けになり、中年の僧、古町に停車場まで送って貰う。途中、仙波が暗闇のなかで「幽霊」が恐いというと、古町はそれは「死」を恐れるからだと言う。停車場から乗った汽車で仙波は狭い車内で婦人と二人だけになる。仙波はその婦人に淫らな空想を抱いた瞬間、突然「死」のイメージに包まれる。そのことから仙波は「中年の煩悶とか中年の悲哀とかいふ事ははじめて死を恐る、心の発動である」と考え「若い女を見て煩悶を起こすといふ事は獣欲許りでは無い、若やぎ度いといふ中年者の苦痛の声である。死の前に戦慄する人間の、一歩にても死を遠ざからうとする心の迷ひである」という思いに至る。事件を起こして、今迄積み上げてきたものを根底から覆してしまいたいような衝動を覚えながらも、仙波の思いは自分を待って家にある妻子の寝姿に思いは向かっていた。

この作品にもこの時代の作に通底する、「老い」・「死」のテーマは貫かれている。一方『虚子小品』には、また一寸変わった方向の作もある。

「古川の奥さん」。古川という元官吏で、今はある小会社の書記をしている六十の老人には、桂庵から紹介されて後妻に直った「奥さん」がいる。彼女の年は四十四、五で、「背の低い割合に鼻が高くつて頬のこけた、眉毛が度外れに濃くつてつり上がつて居る所謂大将眉で、色の黒い見にくい顔立ちだ。背が低いに拘らず着物をつんつるてんに着て、其に丸髷が年の割合に大きいので眼に立つ上に、大方は根が抜けて其髷の上には白い埃の積つてゐる日の方が多い」。隣の二階家の土方の奥さんとは、時々話すが、中学生の男の子を抱えた古川の暮らしは切り詰めたもので、それでも足りずに「奥さん」の十円ほどの「持参金」は月々目減りしていくらしい。「古川の奥さん」は大の犬好きで、ある時捨て犬を拾って立派に育てたのに、主人の反対でとうとう手放してしまった。ところが暫くして、また同じ処に捨てられた子犬があり、「奥さん」はまた育てて、始めは腰の抜けていた犬を、また立派な犬にしてしまった。今度の犬「ポス」は通りがかりの西洋人の婦人が褒めたので、主人も捨てろとは言わなくなった。ところが桜の咲く時分、ふとポスはどこかへ行ってしまって帰って来ない。三日目には「奥さん」は落胆のあまり寝付いてしまった。その同じ日に土方の主人が小金井に花見に行くと、ポスと「古川の奥さん」が桜の花の下でさんざんにじゃれ合ったり、駆けっこをしていた。不思議に思った古川の主人が帰宅してそれを家人に話すと、そんな筈はない、実は今日ポスが帰ってきて、寝込んでいた「奥さん」は大喜びだったという。

ストーリーは以上である。一種の怪異談のような趣がある。虚子のなかにある一種のロマンチシズムが、こうした不思議な話も書かせるのであろう。

また作中、「古川の奥さん」の容貌、服装の描写は、「大内旅宿」の「お梅ドン」の描写に似てこれでもかというほどに戯画化されている。虚子の女性の姿態や服装を観察する「粘着性」のある眼は、当時の男性には珍しいものであった。漱石が言及するように「俳句」によって鍛えられた「視力」と考えることもできるが、生来の異性に対する幅広い好奇心と考えることもできそうである。

第六章　長編小説に踏み出す

▼『凡人』（明治四十二年刊）所収の諸作

明治四十一年二月、虚子は生涯で最初の長編小説「俳諧師」を国民新聞に連載開始。全百四回を同年七月までに書き上げている。さらに、その勢いを駆って明治四十二年一月から六月にかけては「続俳諧師」を同じく「国民新聞」に発表。このことで小説家としての一定の地位を得た。

一方その間にあっても短編小説は丹念に書き続けられ、明治四十二年十二月には小説集『凡人』を春陽堂から上梓している。本稿では「俳諧師」・「続俳諧師」にとりかかる前に、とりあえず、これらの短編群を見ておこう。

小説集『凡人』には六篇の短・中編小説が収められている。即ち「三畳と四畳半」（明治四十二年一月、「ホトトギス」発表）、「病児」（明治四十一年一月、「ホトトギス」発表）、「肌寒」（明治四十一年十月、「国民新聞」発表）、「温泉宿」（明治四十一年八月、「朝日新聞」発表）、「続風流懺法」（明治四十一年五月、「ホトトギス」発表）、「興福寺の写真」（明治四十二年六月、「ホトトギス」発表）である。

先行する小説集『鶏頭』同様、一書中の掲載順序は必ずしも発表順と一致しないが、これについては自序中の以下の文言が参考になろう。

此書は六個の短篇小説を輯めたものであるが、六篇とも大いなる喜劇の主人公となる事も出来ねば大いなる悲劇の主人公となる事も出来ぬ凡人の境涯を書いたのである。言を換へて之を言へば『三畳と四畳半』から『興福寺の写真』に至る迄一凡人の十余年の生涯である。此点に於て一貫した小説として此書を見る事も出来る。

『三畳と四畳半』の南受けのよく日の当る三畳の室の若夫婦は之を北受けの寒い四畳半の老人夫婦に比べたら楽しい未来があつた。が、其未来といふのは外でも無かつた。『病児』『肌寒』の天地が之であつた。『病児』の父は一病児の為に其心の全部を支配されて果敢なき喜憂を続けて居る。『肌寒』の妻は自分の産んだ児の為に乳房を傷《そこな》はれて殆ど半身麻痺の状に在る。其楽しい未来なるものが斯の如きものであらうとは三畳の室の若夫婦の予期するところでは無かつた。けれども此薄日の当つたやうな、さう寒くも無いが又暖でも無い生殺しの境涯は必ず彼等の到達せざるべからざる天地であつた。避ける事の出来ぬ天地であつた。

其凡人が三十を過ぎて漸く人の老ゆるものである事を意識した時其処に幽な心の動揺を起した。凡人は斯る際に在つても林の如く静な事も出来ねば又狂瀾の如く狂ひ立つ事も出来ぬ。屠所に牽る、羊がすぐ意気地なく元の柔順に戻るに拘らず二三度絆に反抗して見る類である。『温泉宿』『続風流懺法』の主人公が一少女に恋ともつかぬ憧の情を寄するのは老の絆に牽れまいと藻掻く幽なる反抗である。さうして直に『興福寺の写真』の平調に復する。我生を悲み歎く心は残つてゐても羊は柔順に牽かれ行くのである。斯して其羊の来るのを待受けて居るのは『三畳と四畳半』の四畳半の寒い部屋である。

幾多の人生問題は時によつて起伏し処によつて生滅する。併し乍ら昔し釈迦の疑つた老病死はいつ迄も人生の疑として残つて居る。此『凡人』一篇も亦此平凡にして永久なる問題に疑を置いたに過ぎぬ。否此疑は解く事は出来ぬ。たゞ斯して人は老ゆるものである事を悲しみ歎くのである。

結論として虚子の文芸のテーマが、常に東洋的な死生観、あるいは「諦念」といったものに集約されていることが確認できる。また、それぞれ個別に執筆された短編でありながら、その主人公を「凡人」という人格で括ったときに、俄に有機的な関連を見せるという点からは、これら諸作がゆるやかながら「私小説」の範疇で書き進められていたことが立証されよう。

「三畳と四畳半」のあらすじは、

「一台の荷車が日暮里のとある坂を下り難んでゐるのは午頃であつたが其坂下の三軒長屋の真中の家の格子戸の上に「富田伸」といふ名刺が張出されたのは午後三時頃であつた」という一文で始まる。一、二時間うちに簡単に済んでしまう、荷車一台分の引っ越し。三軒の真ん中で、格子戸に「名刺」を貼って表札代わりにする簡便さと、一方「名刺」を持っている階級には属していることも同時に情報として提供している。この三軒長屋の真ん中の家には、もともと丹生谷という老夫婦とその娘が住んでいるのであるが、家賃の五円が払えなくて、八畳と三畳と四畳半のうちの「三畳」を富田に二円五十銭で又貸しをして「八畳」を共有とし、自分ら三人は「四畳半」だけで暮らすように工夫したとの設定である。因みに上記の状況は虚子夫妻にとって、おおよそ事実であったようで、後年糸夫人も以下のように回想している。

その家は大畠のお祖父さんが捜して来て下さったもので、音無川が流れている川向うは立派な家が並んでいたわ。川を隔ててこちら側は小さな家ばかりで、裏に出ればすぐ井戸端があったり貧民窟のようだったわ。

三畳と六畳と四畳半の家に大家さんと同居していたの。私等が三畳に居て六畳を共同で使っていて、部屋代は一円八十銭だったと思う。家主の娘さんが意地悪な人。家主のおじいさんは瀬戸物に絵を画く人。夜遅く帰って来るのだけれど、娘さんは寝てしまっておじいさんが一人でお茶を入れてのんで居たわ。

さすがに女性だけあって晩年の回想にも拘わらず詳細である。四畳半と三畳のほかの一間は、間取りの必然性から考えても「八畳」より「六畳」の方がふさわしい。

糸夫人の記憶にもある「意地悪な家主の娘（お秋）」は大川という医学生の妻であるが、普段は別々に暮らしている。「お秋」はおよそ働かない娘で、父母にも我が儘放題、主人公の「伸・お島」夫妻へも何かと注文を付ける。一方年格好が近い気安さから「トランプ」遊びをしたこともあるが自分が負けると直ぐに膨れたりする。しかし義侠心もあって、掛け売りを拒んだ炭屋とのトラブルの際にはお島の強い味方にもなる。年が改まって、勘当されていた「伸」も赦され、さらに仕事上の先輩からも新しく仕事を斡旋してもらえることになった。一篇は正月の回礼に忙しい「伸・お島」と、正月らしいことのほとんどない「丹生谷一家」の明暗の対比で終わる。

因みに、小諸市立虚子文学舘蔵の「自筆原稿」には、二年後にお島が赤ん坊を連れて丹生谷を再訪するエピソードが、原稿用紙二枚ほどの分量で描かれるが、内容的には「無くもがな」の感もある。印刷所までは回ったものの、何らかの事情で最終的に削除されたものと考えられる。詳細は、本井英「夏潮別冊　虚子研究号ｖｏｌⅠ」所収、「新出資料虚子「三畳と四畳半」自筆原稿から」によられたい。

なお本作について漱石は「あれは大兄の作つたうちにて傑作かと存候。猶向後もホトトギス同人の健在と健筆を祈りて聊か茲に敬意を表し候」（明治四十一年十二月二十六日付虚子宛漱石書簡）と讃辞を送っている。

「病児」のあらすじは、

「沢子（次女立子がモデル）」は生まれた年に百日咳にかかって以来病弱な娘で、日頃病床に伏せる日が多い。父の「勉」は、その沢子が不憫で、沢子の機嫌の良い日は晩酌を楽しんだりするが、ひとたび沢子の具合が悪くなると、不機嫌になり、家族に当たり散らす。姉の数子や兄の明は「沢子」が一家で特別に大切にされることにはもう馴れてしまっている。病弱な子への偏愛と言えばそれまでであるが、虚子という人物の側面が垣間見られる。

「肌寒」のあらすじは、

初老も近い「卓爾」には妻「春子」との間に、「志津子・冬男・栄子・修三」の四人の子がある。卓爾は勤め人で、決して家庭的という人物ではなく、家事の不得手な妻に対し大いに不満を抱いている。春子は二番目の子の授乳中に乳房に怪我をして以来左半身の感覚が麻痺しているが、ともかく子供は可愛いと思っている。ある日には卓爾の羽織が余りに古びたので、白木屋で羽織地と自らの襦袢の襟を買って、そんなことで春子はそれなりの満足を得る。

家庭の瑣事を連ねた「私小説」であるが低音に「老い」が静かに奏でられている。

余談ではあるが、本篇は明治四十一年十月一日から「国民新聞」に連載されたものだが、当初予定されていた徳田秋声の「新所帯」の原稿が列車の遅延で届かなかったことから、国民新聞文芸部長としての責任を果たすために急遽執筆連載したものであった。

「温泉宿」は、明治四十一年八月二十日から三十一日まで「朝日新聞」に連載したもの。そのあらすじ。主人公「余」は弟で中学生の「勇吉」を連れて山間の「温泉宿」に滞在している。湯治客の中に母親と湯治に来ている「お雪ちゃん」という娘があり、勇吉と仲良く遊ぶ。「余」は「お雪ちゃん」の父親と三つ四つしか違わない年回りで、「おじさん」などと呼ばれながらも、「お雪ちゃん」の溌剌たる若さに惹かれている。「温泉宿」には雨の日があったりもするし、子供が池に落ちたり、さまざまな小事件も起きる。時は流れ、「余」と「勇吉」も東京へ帰らなければならぬ日が来た。

全編を通じて中年の男が若い娘に「憧れ」にも似た恋慕の情を抱き、実の弟と若い娘に「嫉妬」を覚えるあたりを、軽妙に描きながらも、「老い」の惨めさを表現して面白い。

「突き詰めない」ストーリーの中に、淡く、明るい「やるせなさ」を漂わせた佳作である。

「続風流懺法」は、前年の「風流懺法」の続編。「余」が三条大橋畔の宿から三条大橋の往来を双眼鏡で見ていると「阪東君」が到着、その夜二人は去年同様「一力」で遊ぶ。座敷には老妓をはじめ、「三千歳・松勇」といった舞妓もいた。その夜二人は舞妓達と雑魚寝をした。翌日「余」は、旧臘亡くなった画家の浅田先生の作品を扱う陶器屋「九皐堂」に「お藤さん」を訪ねる。「お藤さん」は前編にも登場した「一念」の叔母である。その晩、阪東君の祖母の艶書を焼きに、「余・阪東

家族８人の写真。左より次男友次郎、糸夫人、四女六、長男年尾、虚子、三女宵子、長女真砂子、次女立子（大正３年３月か）（虚子記念文学館所蔵）

君・お藤さん・一念・三千歳・仲居のお今」の六人で鳥部山に赴く。「余」の三千歳への淡い恋慕の情もなくはないが、筆は主として「一力」での遊びの趣、さらに「お藤さん」（モデルは磯田多佳）の浅田先生（モデルは浅井忠）への思いの深さに費やされている。

「興福寺の写真」のあらすじは、

女学校に通う長女が学校で使うので、興福寺の写真があったら貸してくれという。「余」は、奈良の思い出などを語りながら、自分と娘とが、そんな話をするようになった事にある感動を覚える。それは自分が確実に「老いた」ということでもあった。次の日曜日「余」は、長女と次女が千駄ヶ谷の知人の家に遊びに行くのを、送り迎えするため市ヶ谷の堀端の松並木を歩きながら、「余」の父が東海道を歩いていた時代を想像し「時の流れ」を感ずる。

▼「俳諧師」（明治四十一年作）

明治四十一年二月から七月にかけて、虚子は初めての長編小説「俳諧師」を「国民新聞」に連載する。

主人公「塀和三蔵（虚子がモデル）」は伊予松山の中学を優秀な成績で卒業、同級生数名と共に京都にある高等中学に進学する。学校近くの素人下宿で遊学生活が始まるが、「三蔵」は今ひとつ中学での勉強に興味が持てず、しきりに「文学」に憧れ、露伴のような小説家になることを夢みるようになる。そのうち同じ下宿に暮らす「増田」の影響で俳句を作るようになる。そこへ東京から「五十嵐十風（モデルは新海非風）」という俳句の先輩が女郎上がりの妻「司」を連れて京都に来る。「三蔵」とさまざまな文学談を交わしたり、作句をするが、肺病と経済的不如意を抱えたまま帰京してしまう。「三蔵」はドイツ語が不得手で「渥美」というドイツ語の教員に家庭教師を依頼、しばしば渥美先生宅を訪れるうちに、渥美家の家族同然に遇せられるようになる。そんな折り東京から来た、「渥美」の親類の「篠田水月」という哲学者風の男とも親交を結ぶが「水月（藤野古白がモデル）」は渥美の娘「鶴子」に付け文をしたりして、ぷいと帰京してしまう。

高等中学の勉強がいよいよ追いつかなくなった「三蔵」は、とうとう退学し、俳句の師とも仰ぐべき「越智李堂（モデルは子規）」のいる東京へ向かう。東京では「十風」の家に同居をするが十風の暮らし向きはさらに荒んでおり、とうとう新しい職を求めて北海道へ都落ちをしてしまう。一人になった「三蔵」は小説を書こうとするが思うようにはいかない。そのうち娘義太夫に興味を持ちはじめ「竹本小光（竹本小土佐がモデル）」という娘義太夫のファンになり、さらには「追っかけ」を始め、料理屋に「小光」を呼んだり、「小光」の家にまで押しかけたりするようになる。しばらくの歳月の後、「三蔵」が京都の博覧会を「取材」で訪れてみると、かの「十風夫妻」が北海道から舞い戻っており、一時は羽振りも良かったが、結局はまたもや失敗。「十風」は失意のうちに落命する。「三蔵」は放蕩の暮らしの中でも「李堂」門下の有望な俳人として知られるようになり、「渥美」を訪ねてみると「俳句の先生」と遇されるようになっていた。

「俳諧師」は初出の「国民新聞」では全百四回であったが、翌明治四十二年一月刊の民友社版単行本では九十回に、さらに昭和九年の改造社版「高濱虚子全集」では七十八回に改訂されている。

これについて山本健吉は、

『俳諧師』には九十回本と七十回本とがあり、『続俳諧師』には百回本と六十三回本とがある。ともに後になつて、かならずしも芸術的ならぬ理由によつて改竄されたもので、本集ではどちらも旧に復した。（創元社版全集では、『続俳諧師』の六十三回本を収め、題名をも『文太郎の死』と改めてゐる。）

（講談社版「日本現代文学全集二十五、高濱虚子・河東碧梧桐集」解説）

と解説する。文中「かならずしも芸術的ならぬ理由」と述べるが、これは同文中、「風流懺法」の改訂について触れた部分で「恋愛的あるいは背徳的な物語を成長した子女に読ませたくないといふ配慮も働いてゐるやうである」と記したことと関連して述べているのであるが、論拠が明確でなく「憶測」の域を出ない、やや乱暴な言説であったと言えよう。

なお、この「俳諧師」（「続俳諧師」についても）の改訂問題については山下航正「写生文と小説の狭間で——虚子「俳諧師」「続俳諧師」を中心に」（「近代文学試論」四十三号）に詳細な章立て比較がなされており、そのデータから文芸的な「狙い」について、山下なりの推定もなされている。

山本は、また前出解説中に「『俳諧師』はなかば作者の自伝的小説であり、そのことがすでに自然主義の影響を物語つてゐよう」と述べる。たしかに主人公「三蔵」が松山の中学を卒業し、京都の高等中学に進学。それを中途退学して上京。小説家に憧れながら、実際は放蕩生活に身を持ち崩す。しかしいつの間にか、まんまと「俳句の先生」になり了せてしまう、という道筋は虚子の辿った数年間と重なりはする。しかし俳人として虚子を育て上げた正岡子規、あるいは、この間行動を共にした河東碧梧桐については、殆ど語られていない。虚子のこの「数年間」から、この二人の存在を除いてしまってはたして「自伝的小説」と言えるかどうか。

虚子自身、連載終了直後にこう記している。

『俳諧師』は大体の方針を極めて置いた許りで出放題に筆を取り始めたのです、初めからチャンと場面を定めたり、結構を立てたりしてかゝるのが本当でせうが、其は少し熟達して後ちの事として、今度は全く筆ならしの積りで、ぶつゝけ書きに書いて行つたのです、その為め或時は、粗に或時は密に、殆ど一貫した立体といふものが無い位です。けれども今度の経験によつて此次ぎには少しは纏まつたものが書けるだらうと楽しみにしてゐます。

（「早稲田文学」明治四十一年九月号）

「謙遜」も幾分かはあるかも知れないが、実際は自らも不満足のうちに終了したという、忸怩たる思いもあろう。本来なら、一つ一つの写生文を綴り合わせていったものが、全体として大きな流れを形作り、主人公「三蔵」の人物像と青春の日々が、読者の前に彷彿と浮かび上がるのが理想であったが、現実の連載はそうはいかなかった。

伊予出身の三蔵の京都時代、東京時代の日々を辛うじて「時系列」を保つ「経」とし、それに「五十嵐十風夫妻」、「お鶴さんと水月」、「小光への思慕」といういくつかの逸話を「緯」としてやや強引に織り込んだというのが実情であった。

これらの逸話の中では所謂「十風もの」が連載当時から好評で、夏目漱石も「今日の俳諧師は頗る上出来に候。敢て一葉を呈して敬意を表す　頓首」（三月十三日付）、「近日来の俳諧師大にふるひ居候。敬服の外無之候。益御健筆を御揮ひ可然候。以上」（三月十九日付）と新聞掲載当日に葉書を記したほどであった。葉書の日付三月十三日と十九日はともに「十風」ものを書き進めていた時期で、京都にふらりとやって来た五十嵐十風と妻司と三蔵（実際は当日碧梧桐も同行していた）で嵐山に遊びに行く場面であった。茶屋の仲居達が司が花魁上がりであることを即座に見抜いて冷たく扱うのを、三蔵が義侠心を起こして盛んに司を尊敬してみせる。するとその様子を見た司が、三蔵は将来「半可通」になるだろうと十風に耳打ちし、それを十風が三蔵に告げる場面である。

「俳諧師」全編の中で主人公三蔵は常に、「半可通」、あるいは「意気地無し」として揶揄され「戯画化」されるが、この嵐山での小事件はその典型であった。また「嵐山」に続く「畳紙貼り」の場面も写生文として力作で、漱石が「敬服」するのも納得できる。

漱石書簡は六月末から七月初頭にかけても、三通で「俳諧師」を評する。

「今日の北湖先生磊々として東西南北を圧倒致し候には驚入候欣羨々々／五月雨や主と云はれし御月並」（六月三十日付）。書中の俳句「五月雨や」は「俳諧師」（第七十四回）に北湖先生（内藤鳴雪がモデル）がしきりに「お月並る」という造語を用いるという本文に応じたものである。

「拝復小光はもつとさかんに御書きになつて可然候決して御遠慮被成間敷候今消えては大勢上不都合に候」（七月一日付）。新聞初出にのみ見える第八十二回である。女義太夫竹本小光に憧れて寄席に通いつめているうちに、茅場町の「草津」という料亭に小光を呼び出すことに成功した三蔵は、本格的に「小光」に入れあげ始める。つまり「小光」の私生活の描写が始まったところである。

「拝啓又余計な事を申上て済みませんが小光入湯の所は少々綿密過ぎてくだ〳〵敷はありませんか。小光をも描かず小光と三蔵との関係も描かず、云はゞ大勢に関係なきものにて只風呂桶に999低徊してゐるのではありませんか。さうして其低徊がそれ自身に於てあまり面白くない。どうか小光と三蔵と双方に関係ある事で段々発展する様に書いて頂きたい。さうでないと相撲にならない。妄言多罪　頓首」（七月四日付）

この漱石の指摘は「俳諧師」一篇の弱点を見事に指摘したもので、前出（「早稲田文学」）、虚子の反省中にも「粗密」のバランスの悪さが述べられているが、ついつい「写生文」として「事実を」、「レポート」のように書き上げようとすると、登場人物そのものが疎外されてしまう弊害をついたものと言えよう。後日漱石はこうも評している。

（前略）其の中で佳いのは矢張り十風夫婦の描写だね、あれほどに性格の活躍してゐるのは無いだらう。併し一体の構造はルーズで、日和見のやうに其の日〳〵の思ひ附きで書いてゐるやうな筆法であるから、書き方にも色んな意味のムラがある。先づ縞柄のムラが目に附く、或所は夜着のやうに大きく、或所は千筋のやうに細かいと云つた風だ。それから調子のムラがある。髪を梳く処などは特に調子の異彩――勿論悪い意味での――を放つてゐる。繁簡のムラは例の浴場の描写などが然うだ。（後略）（「『俳諧師』に就て」、「東京毎日新聞」明治四十二年二月）

文中「髪を梳く処」は渥美の家で「お鶴」さんの髪をお母さんが梳く場面であるが、実に詳細に、まるでカメラのように「髪を梳く」経緯が記されていく。「男の目」にはまことに珍しい手順を（つまり「事実」を）出来るだけ丁寧に描くところに写生文の興味があるわけである。

なお余談であるが三蔵の小光への、即ち虚子の小土佐への思慕の念が小説「俳諧師」に表現された以上のものであったらしいことは碧梧桐の「寓居日記」に

吾ハ明かに小土佐に恋せり（中略）唯思ふ処をのこらずうちあけて告げさへすれバ吾望ハ足る也。決して小土佐を妻にせんとか親友にせんとか（若しなる事あらバ頂上）の野心ある事なし。唯だ吾感情を云ひ尽せバそれにて予は満足する也。（中略）嗚呼人恋に向て何ぞ痴なるや、然れども若し其玄妙不可思議なる処人生の妙想ありと思へバ、貴兄請ふ吾の痴言を笑ふ勿れ（後略）

とある。如何にも青年らしい純情を小土佐に捧げているようにもみえるが、「寓居日記」の他の部分では碧梧桐と吉原へ行って馬鹿騒ぎをするところも再三見え、虚子という人物が分からなくなる。

因みにこの「寓居日記」では明治二十八年四月七日以降の条に「水月」こと藤野古白のピストル自殺の顚末から介抱の様子が記されており、「ピストル」は直前に古白が手に入れたことがはっきり分かる。「俳諧師」中、やや思わせぶりに「新聞包み」の中に隠されたピストルが暗示されるが、かの部分が明らかにフィクション（しかも、やや拙い）であったこともはっきりする。

新聞連載の初出最終回（第百四回）は十風の死で終わる。小説中では明治二十八年、京都内国博覧会中の出来事の設定であるが、モデルとされる新海非風の実際の死は明治三十四年十月二十八日。小説にあるように虚子が見舞いに訪れた形跡はない。さらに「新聞」にはない、単行本のみにある最終回で前出の水月の死が小説中で取り上げられる。「水月は此年の秋自殺した」となっている。このあたりになると当初設定した縦糸の「時間軸」にもやや綻びが生じてくる。

最後のフレーズ、

三蔵は尚ほ小説に意を絶つことが出来ぬ。当時売出しの硯友社の作物などを見ると物足らぬ所が多く何所にか新たらしい境地があるやうな心持がする。が扨て筆を取つて見ると相変らず何も書けぬ。已むを得ず時機の到るを待つことゝして、暫く俳句専攻者として立つことにする。小説俳諧師は之れを以て一段落とする。

山本健吉が言うように「俳諧師」というタイトルには確かにアイロニイがある。しかし、その「アイロニイ」も虚子自身が執筆時に「俳人」としての自覚がある場合と、そうでない場合とでは若干意味合いが異なるのではあるまいか。『年代順虚子俳句全集』を見ると、明治四十一年二月以降、虚子の俳句会への出席は月一回の「蕪むし会」のみ。他は八月一ヶ月を充てた「日盛会」があるばかりである。これでは、虚子は執筆時点ですでに俳人から足を半分抜いてしまっていると言わざるを得まい。ここでは、後年俳句に立ち戻ってしまった虚子像を払拭して考える必要がある。

最後に中村草田男の見解に触れておこう。草田男は「現代日本小説大系第二十巻月報」で、「俳諧師」について、

三蔵は掛茶屋に腰を掛けて握飯を取出して食ふ。叡山は隆起した背中を三蔵の方に向けてゐる。三蔵は其の大きな叡山の麓の小さな掛茶屋の床几に自分は今腰をかけてゐるので、叡山の大に比べると自分は今豆人形の様に小さいと思ふと、一種の悲しいやうな快感が腹の底から湧き起つて来る。さう思つて手にしてゐる白い握飯を見ると、此処から見た叡山と同じやうな三角形をしてゐる握飯の、白い上にも真白い米の粒々として相重なつてゐるのが涙の出るやうに面白い。三蔵は暫くそれを眺めてゐて、其飯の白いのにも負けぬ白い歯を徐ろに其一角に当てる。氷のやうな冷たさが、ぢつと其歯に浸みる。

という一節を紹介しつつ、これを浪漫主義的要素と見るのは自由だが、虚子は西欧文学の影響を

根本的に受けておらず、そこにあるのは「自意識の発見」以前の個性である、とする。さらに虚子文学では「絶対的なるもの」は希求されないで、相対のさだかさの開花のみが享受されており、作中に「悲劇」が描かれていても、それは「他人の運命を我事とする」世界ではなく「各自の運命は各自持ち」なのだと言う。

つまり草田男は西欧流の文学史の流れの中に虚子文学を位置づけようとしても、どこか掴みきれないものが残ると言うのである。虚子の身近にいて虚子を体感した人物の言として傾聴に値する。

▼「続俳諧師」（明治四十二年作）

小説「続俳諧師」は明治四十二年一月から六月にかけて前作同様「国民新聞」に連載された。「新聞」では全百四十回であったものが、連載終了直後に刊行された単行本では百回に削られ、その後「現代日本文学全集　四十」では、さらに六十三回に短縮され、タイトルも「文太郎の死」と改められた。「続俳諧師」が前作「俳諧師」と異なるのは、主人公佐治春宵（前作塀和三蔵は踏襲されなかった。因みに「佐治」は虚子の生家、池内氏の初代政信の父が、遠州掛川の浪人、佐治市左衛門であったことに由来する）を一篇の中心に据え、他の登場人物は親疎の差はありながら、主人公を囲む群像として描かれている点であろう。前作「俳諧師」で漱石から指摘されていた描写の粗密の「ムラ」を出来る限り「均す」努力があったと思われる。長編小説も二作目となって書き手として上達してきたことは確かであった。

「続俳諧師」の梗概。俳人仲間の「春宵（モデルは虚子）」と「梅雨（碧梧桐がモデル）」は向島に吟行に行った折、曳舟で近頃俳句会に来るようになった「山本紅漆（モデルは不詳）」の家を偶然見つける。二人はその時「紅漆」の妹「照ちゃん」に惹かれる。その後山本一家は神田に転宅、「春宵」は足繁く山本を訪ね、「紅漆」と昵懇になる。ある時「紅漆」は関西に行かなければならぬ事情になったとかで、「春宵」に山本家の留守番を依頼。留守番として同居しているうちに「春宵」と「照ちゃん」は結ばれる。そんな折り故郷で食い詰めた春宵の兄「文太郎」が上京。下宿屋を始める。いささかの「選句料」で口に糊していた「春宵」は実社会で働く良い機会と捉え、身重になった「照ちゃん」を連れて、兄の下宿経営を手伝う。そのうち病に倒れた「春宵」は文太郎の計らいで別居。其の頃「禿山（子規がモデル）」を中心にした俳人グループで機関誌「俳諧」を刊行する話が持ち上がり、資金を「春宵」が国の応援者から借りて経営することになった。いざ「俳諧」を出してみると「春宵」は、「禿山・梅雨」らの干渉・掣肘に苦しめられる。一方「春宵」の抜けた「文太郎」の下宿経営は下降線の一途を辿り、とうとう「文太郎」がチフスに罹るという事態にまで立ち至った。「文太郎」は入院したものの、さんざんに苦しんで死んだ。

あらすじは以上だが、「続俳諧師」というタイトルに関連して、「俳諧師」の場合同様、確認しておくべきことがある。それは、明治四十二年の高濱虚子は「俳人」ではなかったという事実である。俳誌「ホトトギス」の主宰者であってみれば「俳人」の肩書きはあろうが、明治四十一年十月から新設された「国民新聞」文芸部長として、ほぼ毎日「国民新聞」に出社していた虚子に「俳人」という意識はすでになかったし、再び「俳人」に戻る気持ちも持っていなかったと思われる。「俳諧師」即ち俳句で衣食する人物という、卑下した呼称は、自らが俳句から幾許かの収入を得ている場合にこそ「苦さ」が浸みる。本篇執筆時の虚子にはその「苦さ」はなかったのではあるまいか。山本健吉の「アイロニイ」説の意味を再考しなければなるまい。

ところで「続俳諧師」の問題点は、前作「俳諧師」と同様、性急な本文改訂によって、作品の全体像が把握しにくくなってしまった点であろう。ここでも再び山下航正「写生文と小説の狭間で」中の章立て対照表が役に立つ。大雑把に言えば、新聞初出から単行本への改訂で「山本紅漆」という存在が殆ど消されてしまったこと。これによって、本来なら、妙に取り澄ました「俳人仲間」とも違う、「文太郎」のように悪戦苦闘して損ばかりする人とも違う、「第三極」の生き方が示される筈であったが、その手がかりがすっかり消えてしまった。しかるに最終章の、

「紅漆！」彼は最後に此人に想到して微笑した。今日照ちゃんからの便りに紅漆は明朝帰京するとあった。三年間の入牢に彼は如何なる修養を加へたであらう。彼は兄の如く損をしておん詰り迄行く人でも無い。

というフレーズが殆ど意味を持たないものになった。

さらに第二次の百回本から六十三回本（タイトルも「文太郎の死」）への改訂では「文太郎の下宿経営」と「俳人仲間の雑誌発行」の二つのテーマのうち後者が大きく削られることとなり、「ホトトギス」の運営を巡る「禿山（子規）・梅雨（碧梧桐）」と「春宵（虚子）」の確執は大きく後退、もはや「俳諧師」の話ではなくなってしまった。

第七章　事実とフィクションと

▼「高野の火」（明治四十三年作）

「高野の火」は「ホトトギス」明治四十三年十月号に掲載された小説である。そのあらすじは、高野山の麓、神谷の宿の花屋の女中「お留」は東京から流れてきた女である。「お留」がある時、嶽弁天にお参りに行った折、常住院の「源蔵阿闍梨」と出会う。今年三十一歳になる「源蔵阿闍梨」は毎日お山を回峰して修行している、お山でたった二人の阿闍梨である。その阿闍梨と「お留」の二人は、出会った瞬間に恋に落ちた。あるとき「お留」は「源蔵阿闍梨」に「駆落」をしようと持ちかけ、二人は材木を麓に運ぶトロッコに乗ったものの、そのトロッコが転覆して死んでしまう。題名になった「高野の火」とはお山の燈明堂の「貧の一灯」を麓にもたらすこと。「お山」の奥深く灯る清浄な火は麓にもたらされ人々はそれで線香を灯し、灸を据えたりする。「その火」は闇雲に恋に落ちて「情死」した二人の熱情の象徴とも読める。「高野の火」は「ホトトギス」誌で六頁ほど。小説というより、「詩」のような作品である。

ところで虚子にとって高野の地との付き合いは明治四十年六月、「国民新聞」に数回に分けて「高野詣」を執筆したことに始まる。所謂「十ケ寺詣」（本書第四章「真似のできない小説」参照）の一環であった。「高野詣」では橋本から学文路に沿って詳細なレポートが綴られ、神谷の駅の「花屋」も奥の院も嶽弁天も紹介されている。永く堅持されていた高野山の「女人禁制」が解けたのは、明治三十九年六月、開宗一千年記念大法会を期してのこと。虚子の「高野詣」もそれを受けてのことであったかも知れない。

ちょうど虚子が「十ケ寺詣」で執筆した「叡山詣」を下敷きにして、「風流懺法」を執筆したのとパラレルに、「高野詣」から派生した小説が「高野の火」であると考えてもよい。それにしても「十ケ寺詣」から三年以上を隔てて何故虚子が「高野の火」を執筆したのかは不明。ただし主人公「お留」は、後出「朝鮮」の登場人物「お筆」に通じる「莫連女」としてよく描けている。

▼「舞鶴心中の事実」（明治四十四年作）

「舞鶴心中の事実」は「ホトトギス」明治四十四年十月号に執筆されたもの。「書き出し」はこうである。

○西村庄太郎、年齢二十六歳、京都旅人宿柊屋の息子、慶應の理財科を昨年出た。学問余り出来ず、小説好き。

○庄太郎の女性観、

（一）男が女に恋する快味といふやうなものは妻を持つ迄の事で、妻を持つて後にも其を（妻ならざる女との恋）連続するのは妻に迫害を加へるやうなもの。

（二）自分の熱情よりも女の熱情の方が高くなつた時は其女と別れる時である。

尤も斯る意見を寸紅堂主人に話したのは心中を決行する少し前即ち七月二十一日の事で、

——心中は七月二十五日の夜——一方に言ひなづけの娘があつて、其を庄太郎は余り厭がつてもゐなかつたといふ。

一読「メモ」と呼ぶべきもので、とても「小説」とは言えない。この後も、庄太郎が存外吝嗇だったことや、妾として囲っていた元女中への「月手当」は二十五円であったこと、などなど、まさに「事実」が綴られるばかりである。

文中「寸紅堂主人」は虚子の古くからの弟子の田中王城。この王城と柊屋の庄太郎が幼馴染みであったために、直接、庄太郎の悩みを聴かされる立場にあり、鎌倉を訪れた王城から虚子は「その事実」を聞くことになったのであった。

そこで虚子は「舞鶴心中」を小説にしたかというと、小説にせずに「事実」のみを羅列する体裁に仕立てた。「ホトトギス」の「目次」にも「虚子筆記」として小説、写生文とは一線を画している。文章に先だつ「リード」の部分で、近松秋江が「舞鶴心中」の新聞記事を取り上げて、「心中」に憧憬していたことに触れ、さらに自分の立場を以下のように述べる。

（王城が鎌倉に来て心中の話をし、夜の由比ケ浜を二人で歩きながら、舞鶴心中の夜もこんな月夜であった、と紹介して—筆者注）写生文党の余も事実談好きである。興味を以て其談話を聞き、心覚えに概略を手帳に筆記して置いた。鷗外先生であつたら、直ちに寸紅堂主人を「川桝心中」のお金の地位に置き、之を一個の創作とせらるであらうけれども、余は唯個条書きのやうな、前後の脈胳《(ママ)》も無い材料の儘を左に列記して秋江氏の一粲を博することにせうと思ふ。

寸紅堂主人の口から聞いた時は熱があつたが今其を筆に移すとなると興味の少ないものになることを残念に思ふ。

文中「写生文党の余も事実談好きである」の文言は重要で、仮に小説にする場合、「事実」の周りに空想の「肉付け」をして読者の興味を繋ぎながら一篇をなすことに、ある抵抗を覚えての処理であったと思われる。そこで作者が「語らない」、一種独特の文章（メモ？）に落ち着いたのではあるまいか。当の近松秋江は翌「十一月号」に「手紙」と題して虚子に挨拶を送っており、また同号「青鉛筆」（雑誌評）に野上臼川が虚子の文章に対して「事実は物語より面白いと云ふ陳腐な格言を字の通りに感ぜしめる記録であつて、文章は此んな風に整理した虚子氏の苦心を忘却せしめる程自然に運ばれてある。」と一定の評価を以て報告している。

こんな事情を踏まえて大正四年、近松秋江は「舞鶴心中」を発表、世の好評を博した。近松門左衛門の世話物に擬せられた三部構成も相俟って「庄太郎」と女中「お京」との纏綿たる「情話」は虚子には真似の出来ぬ芸当であった。

▼「朝鮮」（明治四十四年作）

小説「朝鮮」の初出は明治四十四年六月十九日付の「東京日日新聞」および「大阪毎日新聞」。その後ほぼ毎日の連載で最終回は同年十一月二十五日付であった。但し「大阪毎日」の方は前半のみの掲載。中断の理由は読者に不人気で営業からクレームがついたためであったという。一方支持する読者も少なくなかったようで、翌明治四十五年二月五日には早くも実業之日本社から単行本が上梓されている。但し新聞の初出と単行本の間には少なからざる本文の異同があり、それを一々論じていると、一篇の概要を把握するのに困難を生ずるほどである。本稿ではとりあえず単行本によってそのあらすじを示し、異同については簡単にその傾向を示すに留める。

【あらすじ】

主人公「余」は一時代前に東京でそれなりに遇された「文学者」であるが、今回、思い立って妻を帯同し、朝鮮漫遊の旅に出る。途中の関釜連絡船では当時の豪華客船「梅が香丸」に搭乗して釜山へ、さらに釜山から三四時間の汽車旅で大邱に下車する。そこで妻の叔母を訪ねて暫く滞在するが、そこで従姉妹の「お久さん」に高麗焼の偽物を掴まされたりもする。

京城では知人の「石橋剛三」、妻の幼馴染みの「平井の房さん」こと「金成龍夫人」らに迎えられ、南山楼なる京城屈指の宿に旅装を解く。「剛三」は常に公安から監視されているような政治運動家で、南山楼でも大陸浪人達の中心人物として怪しげな暮らしをしている。一方朝鮮の官吏としてそれなりの地位にある「金成龍」の夫人は妻の来韓を喜んで、自宅への逗留を強く希望し、結果として夫婦は別行動を取る日々が始まる。南山楼には「お京」という捌けた女中がおり、「剛三」が預かっている形の「お筆」という年増の芸者も逗留している。また朝鮮併合以前の政争で酷い目にあったという「洪元善」という日本語に堪能な鮮人運動家も紹介される。さらに大邱で会った「鶴見慶之助」という旅役者兼作家もいつの間にか京城に現れていた。その後、これら「植民地」に暮らす人々と余等とのさまざまの交渉の日々が綴られていく。

泉屋での日本風の宴会、あるいは朝鮮料理屋での妓生遊び、そこに現れた「素淡」という当代一流の年増妓生と、「金成龍」の放蕩の弟「金成植」との恋愛関係などなど。あるときは嫌がる「素淡」の家に、「剛三」、「洪さん」と「余」とが上がり込んで、「素淡」の箪笥の中を暴いたり、あるときはまた「慶之助」の芝居を見終わっての帰途、「お筆」に連れられて深川なる待合に入ることになったり、「余」の京城の夜の遊蕩的な暮らしが展開される。昼の催し物としては景福宮に近い慶会楼での実業会の人々の園遊会などもあった。「剛三」も「洪さん」も「余夫妻」も「素淡」も「お筆」もさまざまの役割で「園遊会」に参加する。その後、郊外で月を見ようというので「余」と「洪さん」と「お筆」で清涼里の尼寺に赴くが、そこでは「素淡」と「金成植」の密会を目撃してしまう。そしてその晩から「剛三」は行方をくらます。

その後「洪さん」も「余夫妻」もそれぞれ別の理由で京城を後に、平壌に移る。平壌では老舗の松屋に投宿するが「余」は平壌の風光がすっかり気に入ってしまう。旧市街の殷賑、乙密台から牡丹台にかけての丘陵美、さらに大同江の豊かな流れが余を魅了する。牡丹台では明眸皓歯の美人で茶屋の女将をしている「お牧」を夫婦で気に入る。そうこうしている内に、「お筆」が余を追いかけて平壌に現れる。「剛三」を失った「お筆」は執拗に余に関係を迫るが、余は応じない。そのうち「慶之助」も「剛三」も平壌に現れ、彼らは此処から満州に赴くと言う。そんなあるとき土地の著名人達をも巻き込んで大同江での大がかりな「船遊び」が企画される。大船に酒肴を積み込み、小舟には楽人や妓生を乗せて歌舞を奏でさせ、大同江下流の万景岱まで行こうというのである。当日はたまたま大邱から「お久さん」も偶然に来合わせ、京城からは「素淡」も「お京」も呼ばれ、一篇の殆どの登場人物が「船遊び」をした。そして夕刻舟を下りて二人だけになった「余」と「お筆」は宿まで「その間だけ仮の夫婦」になった積もりで歩くという儚い遊びを楽しむ。

翌朝、「剛三」、「慶之助」、「お筆」は満州へ向けて旅立った。その後新義州と安東県からの「お筆」の手紙二通が「余」にもたらされる。

〝お牧の茶屋〟楼上の虚子とお牧　（虚子記念文学館所蔵）

さて、ここで本文の異同について簡単に記すならば、初出の冒頭で、余と妻との心的な葛藤を描いた部分を単行本では全て削除したために、その後の全編が朝鮮漫遊記的なものになってしまった。新聞連載の冒頭は以下の如く始まる。

> 唯一人の子を亡くした余と妻とは遂に朝鮮に渡航することに極めた。今年十歳になる一粒種の男の児を亡くしたのであるから妻は自分の生命を奪はれたやうに落胆した。余の喪心も妻に劣らなかつた。

初出では、そもそもこの朝鮮への旅は、傷心のどん底にある夫婦が、東京にいたたまれなくなり、そのまま朝鮮に住みついても良いくらいの気持ちで出立したものであったのだ。さらに細君はなかなかに嫉妬深い性格で、曾ては夫の女弟子に対しても深い疑惑を抱いたりする女だったことが紹介されている。つまり初出では、この「妻」と「余」との心の葛藤が小説の縦糸の役を負っていた筈であったが、単行本ではその縦糸を抜き去ってしまったために、小説の印象は随分と違うものになった。

例えば「慶会楼の園遊会」の場でも、初出では久々に「余」に出会った妻が留守中の「余」の行状を疑って目にハンカチを当てるという愁嘆場もあるが、単行本の二人は極々穏やかに散歩する。つまり単行本を読むかぎり一篇中の「妻」の存在に必然性は殆ど無くなってしまっており、そのことから却って実際に虚子が妻を帯同したもののように誤解してしまった評者すらいる。

ところで虚子にとって「朝鮮」という小説は忘れられない作品となった。その最大の要因は「大阪毎日」が後半の連載を打ち切ったことであろう。長期にわたる新聞連載としては「俳諧師」、「続俳諧師」に次ぐ三作目にして連載打ち切りという屈辱を味わうことになったからだ。「俳諧師」、「続俳諧師」はともかく時間軸に沿って記述すれば、それなりに辻褄は合う。しかし「朝鮮」はそれぞれモデルと言える人物がないではないが、前二作のようには行かなかった。「朝鮮」のモデルについては、取材旅行に同行した赤木格堂が、

（前略）小生に取りては旅行中の手帳を見るが如き感あり。他人の小説を読むとは全然別種の立場に有之候。所謂楽屋落の趣味に魅せらるゝ次第に候。篇中に躍動せる出来事や人物を摸索して言ひ知れぬなつかしさを感じ申候。中にも敬服仕り候は洪さんの人物最もよく写し出され真に迫るどころか真物以上に候。御用意一通りならざりし事と拝察仕候。お筆なるものは小

生には遂に小説的人物に止まり候。石橋は飄亭と左衛門を合金されたる跡あり、明石少将も見るが如く、お牧が美人となれるも愛嬌あり、河野支局の戦場案内に至る迄よくも御写され候こと丶ほ丶咲み居る次第に候。小生何だか女房役をいたし居るらしく候。

（「ホトトギス」明治四十五年三月）

と興味深い事実を披瀝している。

因みに虚子の取材旅行は明治四十四年四月十七日に鎌倉を発ち、岡山からは赤木格堂が同行、五月の上旬に一旦帰国、六月一日に再び渡鮮、七月六日に帰国している。二回目の取材旅行の途中からすでに新聞連載は始まっており、連載のはじめの部分は現地で執筆されていたことになる。

六月九日付の糸夫人宛書簡を紹介すれば、

拝啓　当地朝夕は東京あたりよりも涼敷昼間とてたいした事無ク頗る凌ぎやすく候。唯今徳富先生も当地御滞在中。十二日出発安東県の方に向はる丶由に候。小生も十六七日頃平壌の方に参らうかと存居候。尤も未確に候。

小説ハ毎日一二回位宛出来候。唯今漸く趣向まとまりかけ安心致候。毎朝六七時頃に起き朝飯をすますと机に向ひ昼飯をすませて尚暫時執筆二時頃より昼寝五時頃に起き入浴夜亦机に向ふことあり来客に接することあり。殆ど一日籠居の有様に候。唯今客少く頗る静にて結構に候。

子供皆丈夫に候哉。絵葉書でも送らうと思へど先日買つて帰つた外あまり珍敷ものも無きやうに候。其うち見出して送るべく候。　　　　　敬具

六月九日

糸殿

一度目の渡鮮は格堂との漫遊旅行。二度目は現地での執筆に没頭した模様である。「唯今漸く趣向まとまりかけ安心致候」にはやや驚く。連載開始十日前のことである。また子供達への気配りも虚子らしい。

虚子執筆の姿を想像したところで、格堂の証言に戻ろう。

ともかく格堂に言わせれば、「洪さん」にはちゃんとしたモデルがおり、虚子はそれを見事に写生して描いたこと。剛三は、当時朝鮮日報社長だった吉野左衛門と後に右翼として頭角を現す五百木飄亭をミックスしたような人格であること。小説中の「黒木少将」は、明石元二郎で、当時朝鮮総督府で憲兵司令官と警務総長を兼務していた。一方「お牧」は決して美人ではなかったらしいこと。「お筆」についてはモデルらしき人物を求め難き事も興味深い。

また近松秋江も虚子に「手紙」を寄せて、本来自分は紀行文のようなあっさりした読物が好きだと言いつつ、

凡て今日の時代の朝鮮といふ舞台に蠢動してゐるらしい人間が、それらしく描けてゐる。傍観的、印象的、写生的、実証的、客観的描写は、此の「朝鮮」が貴下の平常の芸術上の主張

を事実の上に発展して見せてゐるものです。例へば洪さんやお筆などは其の一人だけを取つて更に詳しく描くといふのが小説らしい小説なのでせうが、「朝鮮」は、わざとさうはしないで、是等を一と纏めにして刷毛で一気に塗《なす》つてゐる処が余韻があつて面白いのです。

（「ホトトギス」明治四十五年三月）

との讃辞を呈している。この「刷毛で一気に」は「妻という縦糸」を抜き去ったことによる効果かも知れない。つまり単行本では「妻」との葛藤という「重荷」を下ろしたために、他の登場人物が「群像」として生き生きと活躍したともとれる。

漱石も明治四十五年四月十八日付書簡でこう言う。

拝啓、久しく書物を読まずに居りました処、二三日前あなたから頂戴した『朝鮮』を読む気になりまして只今読み切りました。私も朝鮮へ参りましたが、とてもああは書けません。お京さんといふのが天真楼の何とかいふ女中のやうな気がします。豊隆（小宮─注筆者）は平壌の方をくさしたやうに記憶してゐますが怪からん没分暁漢です。矢張り結構です。仕舞の舟遊びは楽屋総出で賑かな事です。私は前後を通じてあなたが（？）お筆といふ女と仮の夫婦になつて帰る処と、夫からそのお筆の手紙とが一番好きです。中々うまいです。一寸敬意を表します。

頓首

漱石が絶賛した「仮の夫婦」の場面はこうだ。

「私ねえ、兄さん、此処から花屋の門の処に帰りつく迄貴方の奥さんの積りでゐたいの。其もねえ、私一人でさう思つてゐてもつまらないから兄さんにも其積りでゐて貰ひたいの。ねえ貴方。唯さう思つてさへ下さればいいのよ。お互にさう思つて、本当の御夫婦の積りで帰らうぢやありませんか」

（中略）


「ねえ貴方。」とお筆は呼びかけた。

「何？」と余は答へた。

「貴方浮気をしてはいやよ。」とお筆は言つた。

「するかも知れんよ。」

「厭ですよそんな事を言つては。たとひ十分間でも妻になつてゐる私に厭な思ひをさすことは止して頂戴。浮気はしないと言つて頂戴。」

「よろしい。ぢやあ浮気は致しません。」

「きつとですよ。」


（中略）


「あの児の事は忘れては厭ですよ」

「え？」

「福岡の雑餇隈に里子に遣つてあるあの児ですよ。」

余は一瞬何と答ふべきかに迷うたが、相変らずいい加減に答へるより外致方が無かつた。

「忘れるものか。」

「嬉しいわ。」とお筆は堅く余の手を握りしめた。

（後略）

世間を渡り歩いて朝鮮まで流れてきた莫連女の「お筆」。明日は再び「男」と満州へと流れてゆく。そんな「お筆」がほんの三十分でも「まともな夫婦」の気持ちを味わって見たくて「余」を誘ったのである。そして「雑餉隈」に預けてある「我が子」のことまでポロリと口に出す。虚子の旧作の俳句に〈君と我うそにほれぱや秋の暮〉があるが、虚子の心の奥底深く湛える「淋しさ」が、この悲しい「夫婦ごっこ」を導き出したのかも知れない。

近年この小説「朝鮮」を扱う論考の多くが、近代の日韓関係、ことに植民地政策の断片を観察する資料として注目しているように見えるが、本篇の興味は圧伏されつつある朝鮮の人々より、内地から押し出され「流れて」きた、そしてさらに満州へと「流されて」ゆく、「日本人の中の弱者」に向いていることを忘れてはならないだろう。

▼「東京市」（明治四十四年作）

小説「東京市」は「ホトトギス」に断続的に連載され、十二回を以て中絶した未完の小説である。「ホトトギス」掲載時期から、前半と後半に分けられ、前半は第一回から第八回まで（明治四十四年一月号から四十四年五月号）、後半は第九回から第十二回まで（明治四十五年三月号、同五月号から六月号）である。途中約十ヶ月の中断があるが、それは、およそ小説「朝鮮」の新聞連載時期と重なっている。

そのあらすじ。主人公山屋茂八（虚子がモデル）は千代田新聞の記者である。彼は東京に建設中の「日本座」（帝国劇場がモデル）に注目、建設現場を取材する。従前の日本の芝居小屋とは全く異なる経営形態にも大いに興味を抱き、さらに女優という新しい存在にも注目する。つまり「日本座」では開場以前から専属の女優養成所を開設、西洋演劇にも充分に対応できる人材の養成を始めたのである（実際、帝劇では川上音二郎・貞奴を中心に養成所が開かれた）。山屋は養成所の試演会を訪れ、さらには養成所一期生の内山せつ子（モデルは高橋徳子、後に沢村宗之助と結婚。俳優伊藤雄之助の母である）の自宅に押しかけてまで取材をする。

また山屋は、劇場専務山川倫太郎や新聞記者上がりの業界人大谷暮雨などにも面会、知り得た材料から「女優ものがたり」を新聞に発表。そんな折しも山屋は病臥する。病が長引いているうちに「日本座」は開場、千代田新聞以外の新聞もそれを書き立て、一大ブームとなった。そんな頃、山屋の友人占部卓郎（赤木格堂がモデル）がフランスから帰朝、「日本座」と西洋の演劇界の比較をさまざまに行う。さらに占部は日本を外側から見るという観点から山屋に朝鮮行きを勧める。

「朝鮮行き」によって空白を置いた一年後、新聞社を辞した山屋は再び山川を訪れる。山川は丁度専務を辞職する頃であった。二人は再び「東西文明論」を戦わす。あるとき朝鮮で知り合った貴族趙三奎が山屋を訪ねてくる。山屋は「日本座」に三奎を誘うがその前にと、彼を船橋の海岸と千住の河岸へ案内する。船橋では東京中の塵芥が山と積まれ、人々は強烈な悪臭の中、まだ使えそうな「布切れ」などを掘り返しており、千住では東京中の屎尿が船で運ばれて肥料として転送されていた。その晩「日本座」のロビーには演劇関係者、文学者、書生、あるいは「新しい女」たちが犇めいて華やかに交わっている。さらにまた、ある日、山屋は三奎を連れて「せつ子」を訪れる。「せつ子」は曾てあれほど反対していた「連中」（後援会）の人々に配る袱紗の宛名書きを山屋に頼むが山屋はそれを三奎に書かせる。

連載開始の明治四十四年一月号「ホトトギス」消息に虚子は記す。

拙文「東京市」は殆ど一年前より起稿の志あり、唯だ力に応ぜざる題目なる為め常に躊躇して今日に至り候処、到底力量以上の作品は望むべくもあらず、例の通り写生の筆の練習といふ如き心持にて今後二三年に渉り連載の事と決心仕候。今回はほんの皮切りとして数頁を草したるのみ、今後興に乗りたる時は数十頁に渉る時もあるべく又興薄き時は二三頁の事もあるべく、読者に於て気永く清読を賜らん事を切望致候。

虚子は一年前から「東京市」というテーマを懐に抱きながら、踏み出せずにいた。それを鎌倉移住（明治四十三年十二月）をきっかけに取り組んだのであろう。「躊躇」していただけあって、早速翌月の「消息」にも、原稿を没書にしたことを報告している。

そもそも「東京市」というタイトルに虚子が托したものは何なのか。「日本座」の建築設備、あるいは「女優」（従来の芸者とは異なる）という新しい存在に見られる「西洋」と「東洋」の鬩ぎ合い。さらに「趙三奎」（日本人でない）という覚めた視点で見る「船橋」、「千住」の「後進性」であったに違いない。「写生文」で鍛えた虚子の筆力を以てすれば、日本の近代化が内部に持ち込んだ、さまざまな矛盾を白日に曝すことができる筈であった。ところが「そうも行かなかった」。

この作品が「未完」であることとの意味は大きい。近代日本に生を享けた者（かく記している筆者も、免れがたく）の宿命として、一身の内に巻き起こる「西洋と東洋の対立」にどう対処するか。虚子の場合、俳句では、その後「花鳥諷詠」という解決に至り着くが、散文の場合、そう簡単ではなかったに違いない。

なお虚子という人物が「能楽」に限らず、歌舞伎、新劇にも造詣が深く、実際多くの脚本（第十二章で触れる）を手掛けている事実は本作を読めば納得がいく。

▼「お丁と」（明治四十五年作）

小説「お丁と」は「国民新聞」に明治四十五年三月七日から大正元年八月十日まで百二十回にわたって連載された。その後大正四年四月、四方堂書店から『女七人に男一人』と改題され出版された。単行本の序に、

此小説は大正元年の国民新聞紙上に「お丁《てい》と」（ママ）題して連載したものである。今書肆の希望に従つて「女七人に男一人」と改題した。もと「お丁とお葉とお滋と時子と梭子と百子とよな子と廣吉」といふ意味にて「お丁と」と題したものであるから、其をつゞめて「女七人に男一人」とすることに異存もなかつたのである。

と記す。単行本の題名の珍しさから、『旧訳聖書』中のイザヤ書「その日七人のをんな一人の男にすがりて」云々にその題名の淵源を求める説もあるようだが、それはやや穿ち過ぎで、単行本自序に言う如く、本屋の「売らんかな」の目論見から、奇抜で俗情に迎合した命名となったものであろう。

あらすじ。所謂高等遊民といった暮らしをしている古田廣吉は数ヶ月前に妻「お辻」に先だたれた。「満」と「千代子」という遺児二人の養育のため「お辻」の姉「お葉」が同居しているが、まことに気の利かない容姿もくすんだ女である。古田の家には女中が二人、一人は「お滋」といって貧乏士族の出の寡婦、もう一人が主人公の「お丁」で、これは廣吉の郷里の百姓の娘だが、十八、九で美しく、気もよく付く。ある日廣吉が友人を訪ねるべく電車を待っていると偶然「時子」に出会う。「時子」とは廣吉が結婚する以前からの友人で彼女は独身の小学校教員である。訪問先の友人の家ではその妻「百子（彼女自身も廣吉に惹かれている）」が女子大中退の「梭子」との見合いを勧める。帰宅すると娘の「千代子」が発熱していて「廣吉」は「お丁」と二人で看病する。

翌日「時子」が古田家を訪れる、時子は以前の友人時代の親しさを取り戻そうとするが廣吉は拒絶する。その翌日廣吉は梭子と見合いをする。一方「お葉」は近所の隠居に自分が廣吉の後添えになるのが相応しいと言われて嬉しく思う。その後時子は和歌の同門「よな子（すでに別のルートで見合い写真が廣吉に届いている）」こそ廣吉に相応しいと、本人に言う。

ある日「お葉」が二人の子供と「お滋」を連れて実家に戻っている間「廣吉」と「お丁」とは男女の関係になりそうになるが、「廣吉」は思い留まった。「お丁」は「廣吉」をずるいと思う。「廣吉」

は「お丁」を置いて外出、「梭子」にプロポーズをし、翌々日二人は関係を持つが、「廣吉」は「梭子」をつまらなく思う。
「お丁」は町で偶然会った「百子」と映画を見る。その帰り、町で「殺鼠剤」を買う。「お辻」の十ヶ月の命日の日、古田家では御馳走を作って食べるが、寿司に混入した殺鼠剤により廣吉以下激しい中毒に見舞われる。その騒ぎの最中、「お丁」は出奔した。中毒は大事に至らなかったが、事件から五日後「お丁」の遺体が鎌倉の由比ケ浜に上がった。鎌倉に赴いた「廣吉」は遺骨を引き取って、東京の自宅で供養した。

小説のモチーフについては「ホトトギス」大正四年四月号掲載の「広告」が大凡を語っている。

女の心　それは総べての家庭、あらゆる男の喜悲《ママ》哀楽の原動力である。内気の女に快活の女、発明な女に魯鈍な女、独身主義の女に出戻りの女、果ては近代の新しい女などが、最愛の妻を失つ《ママ》た一人の有福な男を囲繞しては消えつ起りつ纏綿せる物語りの中に、あらゆる現代女性の真相を解剖す。

十人十色　世には種々様々の女性がある。而もその相異れる性格の中に万人共通な或る物が存在する。精細深刻なる観察と暢達せる筆致は之れ吾が文壇の異彩である。

一人の男と多くの女という点から「源氏物語」を意識して書かれたのではとの指摘が、近年児玉和子氏（「夏潮　虚子研究号ｖｏｌⅢ」）によりなされ、七人の女性それぞれを「花散里」「末摘花」

「お丁と」を改題して出版された『女七人に男一人』（大正４年刊）口絵

「若紫」などに比定されたが、興味ある指摘と思われる。また同論文が、「お丁」の死因について、自分の罪の深さを自責するあまりの「自殺」ではなく、「他殺」（「お丁」が逃げる途中で所謂「朦朧車夫」に関係した点などから推察して）の可能性もあると指摘されたのは、新しい「読み」として興味深い。

ところでこの作品、「女七人に男一人」とはしたものの、新聞連載では「お丁と」であったし、読み進めれば主人公は「廣吉」と「お丁」の二人であることに疑いはなく、さらに焦点を絞れば、「お丁」が「廣吉」を思う気持ちを知りながら「廣吉」は思わせぶりな態度をとるばかり、しかも肝腎なところで「逃げてしまった」という事実に尽きる。そう思ってあらためて他の「六人の女」を眺めてみると、どの女も社会的にある程度の家の娘達（同じ女中奉公の「お滋」ももともとは「士族の出」）である。つまり「お丁」ばかりが田舎の百姓の娘で、東京で古田家の「奥様」に収まるには無理の多い女だったのである。こんな場面がある。

「廣吉」に冗談を言われたお丁が袖で顔を隠すと、

「おい〳〵。そんな恰好をしてゐると、其手が眼に付いていけない。」と袖の中から出てゐる赤い大きな下女らしい手を見詰めながら廣吉は笑つた。
「あら。」と驚いたやうにお丁は其手を引込めようとした。

「可哀想に。此手をもつと小さくしなけれやあ。」と其手を自分の掌の上に載せて廣吉は心から憐れむやうに言つた。

「もう小さくはならないでせう。」とお丁は手を呉れた犬のやうに、痩せた筋張つた廣吉の掌の上に自分のを載せて甘えるやうに言つた。

「なるとも。ならないことはない。」

「本当?」

「本当とも。」お丁は何とも言はなかつた。黙つたまゝ、其顔を、崩れるやうに男の腕の上に落した。


この直後に廣吉は「いかん〳〵」と叫んで、外出してしまう。「お丁」を可愛いと思う気持ちはありながら、古田の家の主婦に直らせるには「手が大きい」。かといって「妾として囲う」方途は思いつかないのである。現代の感覚からは同情しがたいが、明治の高等遊民には実はそうした身分感覚が未だ生きていた。「廣吉」の心のどこかには「女中ふぜい」と差別する気持ちがあったのではあるまいか。

なお「お丁」の死体が由比ケ浜に打ち上げられた場面は「ホトトギス」明治四十四年四月号所載の写生文「由井ケ浜」中の心中者の扱いの顛末から大きく影響を受けており、虚子の小説と写生文を比較する上で興味深い。

▼「子供等に」(明治四十五年作)・「造化忙」(明治四十五年作)など

「子供等に」は明治四十五年七月号「ホトトギス」に収められた写生文である。「此間父さんは霞が浦に旅行をした。其お話をして聞かさうか」という、極平易な文体で始まる。汽車で土浦へ赴いた「父さん」は旧知の渡邊香墨の病床を訪い、翌日外輪の蒸気船で潮来を目指した。途中、田舎に逼塞する「落伍者」然とした「おやじ」に会ったりして潮来着。翌日は鹿島神宮に参詣、子供等のために「鹿島立」の由来を綴る。また鹿島の丘の上から太平洋を遠望して鎌倉の小さな海岸とは違うと知らせる。再び川蒸気に乗った「父さん」は今度は「莫連女」に出会う。この「女」も「落伍者」であることは先日の「おやじ」同様で、結句東京に住めなくなって、「流れて」来た者達だ。日が暮れて航路の沿岸の楊柳に途轍もなく多くの螢のいたのも印象的だった。その晩は佐原に泊まり、翌朝香取神宮にお参りして再び川蒸気で銚子へ向かう。大雨の中、大利根を進む内に昼時となる。船員が分けてくれた「弁当」を、殆ど食ってしまったら「刻鯣」に蠅の卵がぽつぽつと付いていた。あわてて茶屋で貰った「芳功丹」を飲んで何とか切り抜けた。銚子では長らく待たされて、夜遅く東京に帰着した。

ところで、改造社版全集所収の「子供等に」では削除されているが「ホトトギス」の初出には途中、以下のような箇所がある。

いつかお前等に話さうと思つてゐたが父さんの血液の中には放浪者の血といふやうなものが絶えず流れて居る。其は父さんのお母さん、即ちお前等のお祖母さんの家に伝はつてゐたところのもので、其が父さんのお父さん、即ちお前等のお祖父さんの極めて堅固な素樸な克己的な常識的な性質の血液と一緒になつて父さんの体の中で絶えず苦闘を続けてゐるのである。

「父さん」の心の内に宿命的に盤踞する、相反する「性格」について「子供等に」告白しているのである。虚子の母方の祖父は山川市蔵といって、ふとした事で出奔し虚無僧や寺子屋の師匠をして他国で暮らした人物。考えようによっては、虚子の三高中退騒ぎなども、こうした放浪の「血」がさせたもの。さらに虚子は重慶に移住してマッチ工場を始めるなどと言って子規を心配させたこともあった。虚子という人物は世に喧伝されているほど厳格で几帳面、利に敏いばかりの人間ではないことが、ここでは語られている。だからこそ世に言う「落伍者」への同情も深い。

一方、「造化忙」は明治四十五年九月号の「地球」に掲載された小説である。そのあらすじは、「余」一家は鎌倉に移住。隣の海軍士官の家の犬「ポチ」の子、メス犬の「小僧」を貰い受けた。「ポチ」はやがて死に、「ブロ」という死んだ「ポチ」のパートナーだった犬が「小僧」の相手になり、いつの間にか「余」の家の犬になった。「ブロ」は見た目も立派で芸もいろいろ出来、海岸でも人気者であった。「小僧」は成長して子供を孕んだ頃、「余」の妻もお腹が大きくなった。やがて「小僧」は二匹の子を産んだが、二匹とも間もなく死んだ。半年ほどでまた「犬」のサカリが来て二十匹ほどの雄犬が「小僧」の許に日参するようになった。しかも「小僧」は「ブロ」を受け入れなくなってしまった。「小僧」は今度は四匹の子を産んだ。四匹が家の庭を駆け回る姿は、二年前「ポチ」の四匹の子が庭で遊んでいたときと同じ景色であった。東京で女学校に通っている「余」の娘が海水浴服を着ている姿を見ると、その娘の嫁に行くのも遠からぬことと思う。「余」の妻は無事女児を産んだ。

鎌倉生活でのさまざまの出来事を、その飼犬を中心に綴った小品である。犬の出産や人間の出産、さらには庭の草花の開落、即ち「造化」の司るこの世を描きつつ、「俳句」にも通じる宇宙観を描いた作品と言える。

第八章　死生観の確立

▼「死に絶えた家」（大正元年作）

「死に絶えた家」は「ホトトギス」大正元年九月号に掲載された写生文である。そのあらすじは、伊予松山では旧藩主の祖を祀った神社で春秋二回、旧藩士達による演能があり、余の父などは主要なメンバーであった。その地謡に吉村という、元は相当な家格の家の老人も参加していた。その吉村老人は他の旧藩士同様、新しく他郷から入り込んできた役人達と上手くいかず、収入を得るべき仕事もなく伝来の道具類を古道具屋に売っては家計を支えていた。その家にはお菊さんと彦さんという異母姉弟があった。お菊さんは「余」より三つ年かさ、彦さんは一つ下だった。自分の家では父親に頭の上がらない「余」にとって、吉村家は我が儘のできる楽しい遊び場であった。その家には他に吉村老人の老母と老嫂、それに吉村老人の病妻が住んでいた。時が経って、老人の家の道具類がどんどん減って行く状況の中で彦さんは急逝した。老人は裁判所の小使いに身を落として暮らしを支えたが、とうとう溝にこけ込んだのが原因で亡くなった。やがて老女達も他界し、一人残ったお菊さんも後妻の話があって縁づいたが、「余」が遊学先の京都から帰省したとき、そのあまりにも若い死を知らされた。

末尾に虚子は言う。「此間ふとした事から此三十年前の能舞台の光景を思ひ出して、其なつかしい回想に耽つてゐるうちに、考はいつか吉村一家の事に及び、計らずも此物語を綴ることになつた。」と。つまり「能舞台」を糸口として、記憶の糸をするすると手繰るうちに、自然と紡ぎ出された一篇の写生文と言うべきものであろう。

しかし、虚子の心に長い間湛えられていた寂寥の念は、読者の心を捉えるに十分であった。一文の終わり近くにこう記す。

指折り数へて見ると其頃の黒光りのしてゐた旧藩士らしい顔に生き残つてゐる人はもう殆ど無い。独り他郷人が入り込んで来た許りで無く、今は郷里の人自身が亦た郷里を改造して、其頃尚ほ町人だとか百姓だとか矢張り旧慣の下に多少格式の違つたもの丶如く取扱はれてゐた人が今は嶄然として社会の枢要な地位を占めて居る。能見物の時に小さい家から携へ出た蒔絵の弁当箱も瓢箪も今はもう新らしい家の重宝となつて昔の主の事は思ひ出されようともしない。

眼前の事実を正確に写し取ることを以て、興味を繋いできた写生文が、濃厚な世界観、価値観を底流に湛えながら書かれるとき、あるいは小説に匹敵する感動を読者に与えることを、この作品は示している。殊に「蒔絵の弁当箱」という具体的に、形のあるものを譬えに示すことで、読者のこころは揺れる。

▼「杏の落ちる音」(大正二年作)

「杏の落ちる音」は「ホトトギス」大正二年一月号に掲載された小説であるが、本文の肩書きには「小説　脚本」とあり、いずれ演出を施せば「戯曲」としても鑑賞しうる含みを持たせた痕跡がある。そのあらすじは、

神田に多くの家作を持って、父親譲りの古銭趣味を持ち、ときおりは玄人に交じって狂言の舞台にも立つ主人公、平岡緑雨は一中節の稽古をも始める事になり、自宅に元「堀」の芸者で一中節の師匠をしている宇治紫津を呼ぶ。紫津は今は高等官の夫人に収まっているが、近年はその夫婦仲が怪しくなりかけているという。一緒に稽古を始める仲間として、緑雨の幼馴染みで考古癖のある直樹、四国の田舎から出て来た俳人の青鳥などが募られた。稽古場となった緑雨の家は薄汚れており、緑雨の年上の妻は、五人の子持ちで、稽古中隣の暗い部屋で裁縫をし、時折紫津に茶を淹れたりするが、身なりも構わず暮らしている。しかし家政はそれなりに守れる女であった。庭には大きな杏の木があり、梅雨の夜半など、大きな音を立てて「杏」の落ちることがあった。その稽古会は一年ほど続いた。紫津には向島で芸者をしている妹がいた。緑雨はそこにもよく顔を出した。そこでの女達の、芸者とお客の昔話を緑雨は好んで聞いた。そのうち緑雨とお紫津は男女の関係となり、お紫津は高等官とは手を切った。丁度そんな頃、緑雨の持地面が区画整理で取り上げられて三千円の金になった。緑雨はその金でお紫津に芸者屋を始めさせた。それからの緑雨は向島の、その芸者屋に入り浸りとなる。ある時は向島一帯が大水で大変なことになったりもした。緑雨はお紫津から、かつての男達との情交を聞き出しては、「おしづ籠」というポルノを書き始めるが、それと同時に彼の体は荒んでいった。ある年の暮れに家に戻った緑雨はインフ

ルエンザで寝込んだと思ったら、一月の十六日には急死してしまった。お紫津に渡った三千円を取り戻しにいった緑雨の妻にお紫津は凄んだりしたが、妻はそれなりの金は取り戻した。

主人公平岡緑雨は実在の岡田村雄がモデル、村雄は狂言を山本東次郎に学び、古銭の趣味では有名人であった。また青鳥は虚子自身だが、虚子と一中節について娘の真砂子は「一中節のお稽古は家ではしなかつた。だから私達は一度も父の一中節は聞かなかつた。然し三味線は一挺求められた。その師匠だといふ四十がらみの小意気な人が、松根さんや狂言師の岡田さん方と家の二階に来たことはおぼえてゐる。（中略）これ等の（ほかに虚子は「英語」と「お経」を習っていた）お稽古はあまり長くはつゞかなかつたと記憶する」（菁柿堂版『虚子自伝』）と証言している。真砂子は「狂言師の岡田さん」を覚えており、さらに「お紫津」を「小意気な人」として見ていたのである。

また作中の「直樹」こと林若樹は虚子への書簡中「古人は紙碑といふことを言ひます、杏の落ちる音も或意味からいへば岡田君の伝記です。それは十中の殆ど十皆事実譚であるからです。」と、本作が「事実そのもの」であることを証言している。筆者が「舞鶴心中の事実」の条で触れた「虚子の事実談へのこだわり」を考え合わせると、この「岡田村雄の死」は、虚子の思い通りに（事実を綴り合わせるだけで）書けた小説であったと言えよう。

さらに作中「ロシア文学の紹介者」として登場する内田魯庵は「杏の落ちる音の主人公」という文中で、本所の大通、西湖の言として、

（紫津は）何しろ男殺しといふ名代の札付になつてる女ですから、あんな女に関係しちゃアどんな男だつて身体が堪りませんや。実は内々聞込みましたから何とか忠告したいと思つてましたが、外の事と違つて表面から露はに云へないので、一度考古会の帰りに緑雨君に夫れとなく仄かしたんですが、どうか然ういふ目に会つて見たいもんで、乙な緑雨君の挨拶だから何とも云ひやうが無い。あの女といつまでも関係してゐちやア今に健康が損じると陰では心配してゐたんですが到頭……何しろ気の毒でした。

という話を紹介し、

我々が一千年前の土偶を翫んで盛唐の文明を偲び、鐘鼎碑板の鳥跡や金石古陶の蒼古を愛撫するよりは、生残つた江戸の芸者の木乃伊《ミイラ》に命を捧げた緑雨の生涯の方が遥に有意味でもあり生き甲斐もあり死に甲斐もあつたかも知れぬ。

と評する。この魯庵の「村雄評」あたりにこそ、作者虚子の執筆動機があったのかも知れない。つまり、ここにも、「死に絶えた家」同様、滅んでゆく「旧時代」への虚子の愛惜が描かれていると見ることができるからである。

ところで、小説中の洪水は明治四十三年八月八日の大洪水に違いなく、その翌年四十四年一月十六日に村雄は急死、その翌年の暮れに「杏の落ちる音」は執筆されたことになる。

本作の工夫の一つとして「江戸の下町言葉」の再現があろう。例えばお紫津の科白を、

「妾《あたし》ァ滅多《めつた》ァ病気なんか仕なかつたが、それでも風邪をひいたとか、インフルエンザだとか、なんだとか些《ちつと》ぐらゐ寝る事もありまさァね。さうすると染吉ッあんが病気だからッて、チヨイと味噌漉……それもたゞのぢやァありません、気取つた味噌漉なんかへ食べられるやうなものを容れて寄越しましたつけ」

と、それらしく表記し、如何にも下町の芸者の雰囲気を伝えている。また酔った芸者の描写で、

「僕、大賛成。」

お今も舌をもつらせ乍ら斯う言つて、緩く握つた左の手の甲を右の掌に打当てながら反身になつた。

では、女がふざけて男の真似をしてみせる、一種のコケットリーな仕草が冷静に描写されている。このあたりは長年、写生文に関わった観察力の成果と言っていいだろう。

虚子と色里というと、京都の祇園ばかりが取り沙汰されるが、隅田川沿いの地域にも疎くなかったことは、その後の写生文「隅田川」(「ホトトギス」大正七年四月号)のあることからも分かる。また林若樹、岡田村雄の属していた「集古会」の世界と虚子の間に若干の交渉のあったことも興味深い。

なお後年、昭和十三年、林若樹は「復軒先生」でも本作に触れている。

▼「柿二つ」（大正四年作）

「柿二つ」の初出は大正四年一月一日から四月十六日にかけての「朝日新聞」である。二十章各五回、全百回の連載。長期にわたる新聞連載としては「俳諧師」、「続俳諧師」、「朝鮮」、「お丁と」に次ぐ五作目であった。

冒頭、

　斯うやつてゐると小さい一本の筆が重くなる。筆が重くなるといふよりも腕が重くなるのである。痩せた自分の腕が重くなるのである。さういふ時には投げるやうに畳の上に其筆を持つた右の手を落す。と同時に又草稿を持つた左の手をも蒲団の上に落す。

「柿二つ」の題名が〈三千の俳句を閲し柿二つ　子規〉という俳句からの命名であることを、ある程度知って読み始める読者にとって、この導入部分は洵に刺激的である。

第一、「斯うやつてゐると一本の筆が重くなる」の冒頭の一節は、当初読者には何を言っているのか不分明で、読者はその「不分明」をペンディングしたまま、読み進めなければならない。ところがさらに、「筆が重くなるといふよりも腕が重くなるのである」と謎を深め、「痩せた自分の腕が重くなるのである」に至って、漸く読者は、どうやら病気の人物の衰えた身体を描写しているらしいことに想像が及ぶ。そして正岡子規という人物の「病牀六尺」の闘病生活をすでに知識として知っている読者には、朧気ながら子規の病床であることが了解され、さらにほんのしばらくの時間ながら、読者をして「謎の世界」を歩ませた作者の技巧に対し、軽い親近感を覚えるのである。

この冒頭の一文は、ある意味では虚子の写生文修行の至った、一つの極点と言っても過言ではないだろう。そして近くに誰も居ない病床の、子規その人をこのように描くことで、まるで十三年前に逝った詩歌界のアイドル、子規正岡常規の「亡霊」が今にも何か語り出すような錯覚に読者は囚われる。

その後は「子規の目」になったり、「虚子の目」になったり、「神の目」になったり、視点は移りながらも、子規その人でなければ語り得ないような（例えば彼の見た夢など）エピソードを鏤めながら一篇は進行する。

語られる時代は明治三十年の秋、一篇の題名ともなった前出の俳句〈三千の俳句を閲し柿二つ子規〉の現場ともいうべき子規庵での選句の様子から始まる。ちなみに明治四十三年三月号「ホトトギス」に「句稿」なる虚子の文章があり、同じく病床にあって選句に勤しむ子規の姿を描いている。結果として「柿二つ」冒頭の習作と呼ぶべきものと言えよう。

その後は子規の没年までの数年間の出来事が順次紹介されながら、主として「子規」と「虚子」と「その仲間達」の三つ巴の緩い軋轢も曝されていく。読者がその数年間の子規周辺の出来事を「墨汁一滴」、「病牀六尺」、「仰臥漫録」である程度承知されていることを前提に一篇の材料を羅列するなら、

虚子の結婚と下宿営業、向島の桜餅屋の娘「お六」、虚子の失職と「ホトトギス」東遷、虚子の経営手腕、虚子の入院と碧梧桐の「ホトトギス」編輯、青々の上京、闇汁会・柚味噌会、山会

の発足、子規庵のガラス障子、蕪村忌、子規の興津移住問題、石炭ストーブ設置、日本派同人の家賃比べ、俳諧評判記事件、子規の「病床苦語」、南岳の百花絵巻物、臨終といった順に記述は進む。

本作発表前年、大正三年九月十九日は子規居士十三回忌にあたっており、「ホトトギス」では改巻の十月号から虚子が「子規居士追懐談」を掲載、翌四年の三月号まで子規の思い出を綴っている。つまり小説「柿二つ」と「子規追懐談」（後に『子規居士と余』として上梓される）は執筆時期の重複していた時間が少々あったことになる。

なお「子規居士十三回忌」については井上泰至氏に「虚子の子規追善」（「夏潮　虚子研究号ｖｏｌⅠ」）という示唆に富む論考があるが、それによれば「さて、劣勢に立ってしまった虚子はと言えば、子規十三回忌を挟んで、明治四十四年末から大正初年にかけて、目覚ましい挽回の挙に出る。」となり、大正三年の「子規十三回忌追善」が虚子をして子規派正統を名乗らせるチャンスになっていたと結論する。その伝で言えば、この「柿二つ」もその流れの中での著述であると言えなくもないであろう。

そのことはさておき、「柿二つ」の中には、いくつか注目しておきたい箇所がある。

一つは、第二回「Ｋ」の「一」。子規はある夜夢を見る。

馬肉屋の横町を這入ると聞いて其通り這入つて行くと果して右手に一軒の下宿屋があつた。開きにくい表の障子を開けるとすぐ其処が帳場になつてゐて、其帳場格子の中にＫ（虚子―注筆者）が俯向いて何事をかして居た。

「おい。」と彼は声を掛けた。顔をあげて彼を見たKは驚きの目を瞠って、

「N（子規―注筆者）さんかな。よく表に出られたな。さあお上り。」と国言葉で親しげに彼を迎へた。

其辺の光景は大方人に聞いた通りであつたが、唯書生姿のKが帳場格子の中に控へてゐて、下宿屋の主人公として少しも不調和に見えぬのが予ての想像とは少し違つてゐた。が、其俯向いて見てゐたものが俳句の草稿であつた事は矢張り人から聞いた通りであつた。

彼は其草稿を手に取つて見た。其投句家は皆彼が昨日投書函を一掃する時に見た投句家であつて、其俳句も亦同一のものであつた。其に更に驚くべきはKの選句が彼の選句と全く同一なる事であつた。彼は或不快の念の萌すのを抑へる事が出来なかつた。見るとKの顔にも当惑の色があつて、彼が其草稿を見る事を非常に迷惑してゐるらしい容子が見えた。

其から先はどうであつたか十分に覚えてをらぬが、是だけの光景ははつきりと覚えてゐた。今思ふと其は夢であつたのである。其に今一つ明白に記憶に残つてゐるのは台所に働いてゐるKの新しい妻の事であつた。其も嘗て見た事のある顔ではあつたが、其がKの妻として丸髷姿で立働いてゐるのを見るのは此時が始めてであつた。彼は不思議な心持ちに鎖されて暫く其横顔に見入つたのであつた。其横顔は斯う呟いてゐた。

「Kは私の主人です。私のものです。」

其も矢張り夢であつたのである。

随分念のいった設定であるが、子規の夢に現れた自分たち夫婦の姿を想像して書いているので

ある。ポイントは二つあって、一つは、夢とはいえ、子規の選句と虚子の選句が全く同じであったというエピソード。このことは子規にとって、今までは当然であった「選句に於ける子規の優越性」について、子規自身が疑いの念を抱いていた、ということに他ならない。そのことを虚子が書いている、ところに実は問題がある。「子規居士」と奉って、そのまま後継者のポジションに収まるのとは一寸違う、二人の男の隠し切れない、心の葛藤がそこにはある。

さらに末尾近く、妻の「Kは私の主人です。私のものです。」という科白。ここで子規は完全に疎外感を味わわされることとなる。しかも言外に「以前は、貴方のものだったかもしれませんが」を匂わしている。「誰々のもの」。現代の人間関係（夫婦関係も含めて）では、なかなか聞かない表現である。さらに大胆に憶測すれば、虚子と子規の間には少なくとも精神的には「若衆と念者」にも似た絆があったことを間接的に告白していることになりはしないだろうか。子規が没した晩の母八重の科白。「N（子規）はK（虚子）さんが一番好きであつた。Kさんには一番お世話になつた」の「好き」には存外重い意味合いも含まれている。

いま一つは第十七回「小葛藤」の「三」。「俳諧評判記」についての部分である。

「ホトトギス」明治三十五年三月号に「俳諧評判記」という座談会風の記事が「同人数名」という名前で掲載された。冒頭に「〇虚子は近頃妙なわからない句を取るが、それもよいとした所で、商売に身が入つて、句作の方は大方お留守だ。其句を見給へ、句作が下手になつたと言はれても致方がない。」とあった。また「〇虚子の花葵に出て居る句評といふものは筆者のわるいせいかも知らぬが、其口調がいかにも宗匠地味とる。それではいきませんねえと来るからなあ。」

と追い打ちをかけ、仕舞には「〇露月は医者四分俳諧師六分。格堂は法学生三分五厘俳諧師三分五厘歌よみ三分。虚子は俳諧師四分七厘商売人五分三厘。」と結んだ。他にも碧梧桐、青々、極堂、紅緑などを槍玉に挙げて憎まれ口を連ねてはいるが、虚子への風当たりがなかでも際立つ。

自分の雑誌（「ホトトギス」東遷に際して、虚子のみが三百円の出資をしている。今の常識からすれば百パーセント、虚子の個人雑誌である）に自分が知らないうちに、こんな中傷記事を書かれた虚子は憮然とした。翌朝、「彼（子規）」からの手紙で、

此頃伝聞するところによると俳諧評判記がお気に障つた由、あれは執筆者の罪も幾らか無いではないが併し其責任は自分が背負ふ。此頃自分は俳句界の事情に疎いけれども、其でも枕頭でいろんな噂を聞くと其が気になる。纏つた意見を発表する勇気は固より無いから、其枕頭での噂を筆記させて雑誌の埋草にし幾らか警策《こうぎ》ともし度いと思つたのであつた。其が貴兄等の怒りを買つたことは甚だ不本意である。が全く自分の不徳として慚愧に堪へない次第である。こゝに謝罪の意味で此手紙を認める。もう自分の命も旦夕を計られないのであるが、其でゐて、此頃は万事皆非なりといふやうな感じがして頗る不愉快である。

と言って来たが、虚子には更なる不快感がこみ上げる。親や兄に向かって不平を感じていたのに、親から「正式に謝られた」ような、不快感であったと記し、「柿二つ」の中で虚子はこの手紙を「十にも二十にも」細かく破り捨てる。十八歳で子規と文通を始めてから、子規の全ての書簡を保存していた、その虚子が、初めて子規の手紙を破り捨てたのである。この「俳諧評判記」の件は、

初期「ホトトギス」の人間関係を最もよく表したエピソードと言える。ともすると「子規」と「虚子」が二人だけで「ホトトギス」を運営していくことへの「その他の仲間達」の嫉妬が、さまざまの憶測や不平を呼び、時に「子規」までが「その他の仲間達」と一緒になって「虚子」に嫌がらせをするといった構図であった。「子規」にしてみれば「その他の仲間達」にも少々同調することで彼らの「ガス抜き」をしている積もりもあったのであろうが、孤立した「虚子」にとってはたまったものではなかっただろう。こうした不協和音は「虚子一家の暮らしぶり」とか「仲間達の家賃比べ」とかいう形で間歇的に噴出した。

「柿二つ」は「朝日新聞」での連載が四月に終わると、早くも五月十日、新橋堂から単行本として出版された。

虚子はその自序に、

　此「柿二つ」は正しく居士を書かうと思つて書いたもので、少しも虚構を加へずに事実其儘を写生したものである。が、其かと言つて、此一篇は子規居士を伝したものといふ事は出来ぬ。居士の言行は如何なる些細な事でも事実に相違せぬやうにとつとめたのであるけれども、志か《（而）》も心理上の事は悉く私の想像になつたものである。其点からいふと矢張り小説であつて伝記といふ事は出来ぬ。

と述べ、自分の空想の部分もあるので、「伝記」ではなく「小説」であるとする。そして嘗ての「お丁と」のように写生文的な詳細な描写を以て、全く架空の小説世界を描くのも写生文の道であるし、この「柿二つ」のように、徹底的に「事実」だけを扱うのも写生文の別途の一方向であろうとする。

「ホトトギス」にはこの単行本『柿二つ』について、八月号、九月号、十月号と続けざまに書評が掲載された。

八月号の吉野左衛門は、「柿二つ」を所謂小説として批判すれば「全然失敗」であると断言するを憚らない。作者は「空想」を働かせたとは言うが、「居士の平生及び其の書翰等に現はれて居る居士の言行を土台として書かれたものであるから、居士に親炙して其の人となりを了解して居る我々門弟の眼から見れば全く正しき子規伝であつて、之を小説といふのは既に無理である」とする。左衛門は「小説」というカテゴリーへの理解の違いを述べながらも、作品そのものへは洵に好意的で、さらに虚子が往時の「仲間達」から批判された多くの原因は「子規の虚子偏愛」にあったのだとも記す。

九月号の内藤鳴雪は、「柿二つ」の作品評は殆どなく、子規の懐旧談に終始した。特に子規の抱いていた「大野心」が病気の為に達せられなかったであろうことに言及。いずれは「政治の方面」にも進出したに相異なく、その辺りのことは五百木飄亭あたりが詳しかろうと水を向け、子規の最期の病床へは敢えて遠ざかっていたと告白する。

十月号の五百木飄亭は、九月号の鳴雪文の流れから、飄亭になった節もあるが、こちらは随分と辛口であった。前半は「吾輩が「柿二つ」を読んで先づ第一に感じたことは俳諧師時代よりの虚子の文章が円熟して来たといふ点である。事実にもせよ此複雑な光景を写生するのに頗る楽に書いてゐる。つまり以前より余程進歩してゐるのであつて、此進歩は自然々々に練習せられた結果に他ならぬのである。」と文章の技量の進歩については、それを大いに認めている。しかし、「柿二つ」に描かれた子規像については、

子規を表面から見たる写生は殆んど遺憾のない程よく写せてゐる。形丈は実に眼前に見るが如く躍如としてゐる。ところがそれは一寸見た輪郭の上のことであつて、之れを内部から見たる、即ち子規の人格全体といふものに至つては現はれてゐないのであつて、其残りの三分は虚子自身の人格の如き感がある。（中略）忌憚なくいへば子規の客観的方面の描写には成功してゐるが、其主観的方面の描写には不成功に終つてゐると思ふ。

と手厳しい。さらに、

虚子といふ男は此男性的な部分が欠けてゐるやうに思つてゐる。今子規の心理を書くといふ場合にあたつて余りに陰性的に成り過ぎてゐる。皮肉とか、嫉妬的とか、其他さういふ陰性的の部分が不相応に現はされてゐる。

と綴る。飄亭に言わせると、子規はもっと男性的、陽性的で「子規にはもつと余裕といふものがあつた」ということで、「あれ（子規像）は虚子自身によつて虚子化せられたものである」となる。飄亭の不満は「伝記」として「柿二つ」を捉えるから、本当の子規は「そうでは無かった」という抗議になるわけで、吉野左衛門と同じく「伝記」として享受したということでは共通する。お

そらく当時の読者の殆どはそうであったのだろう。

飄亭の「書評」の後半は、「日本が中心になつて東洋復活といふ運命をもつてゐる」云々の「大東亜論」となってしまい「柿二つ」はどこかへいってしまっている。

結局三本の書評ともやや、的の外れたものになって了ってはいるが、それだけ大正四年時点に至っても、十三年前以来の確執が子規の周辺には残っていたということになろうか。

▼「落葉降る下にて」（大正五年作）

大正五年一月号の「中央公論」に虚子の「落葉降る下にて」が掲載された。その梗概は、
主人公の「私」は仕事を鞄に詰めて、二十年前に滞在したことのある温泉に来ている。「私」は一年半前に六番目の子である四女を亡くした。その子は少し月足らずで生まれたせいもあって病弱で、自分の看病の失敗もあって、低能児のような状態になってしまった。「私」はこの子はもう助からぬと諦めてしまった。それまで子供の病気は一生懸命看病するのが常であったが、この子の看病は妻任せにしてしまった。「私」は「凡てのもの丶凋びて行く姿を見よう」という気持ちになった。そしてその子は親に抱かれずに死んでしまった。温泉場には不思議な人達が居た。またあるときは野面の焼き場で孫を焼いている老人にも出会った。火事があったり、その犯人が捕まったりした。「私」は「何が善か何が悪か」ということを考えた。そして、
山川が静にありの儘を其掌の上に載せて居れば時は唯静に其等のもの丶亡び行く姿を見せるのみである。其処に善も無ければ悪も無い。私はたゆまうとする心を振ひ起こして鞄の中の用

事を片づけるより外に道はなかつた。

と結ぶ。虚子の四女「六」の死の状況は、およそ本作で語られた通りであったろう。虚子は、その子が「助からぬ」と見えた直後から冷淡になっていった自分を責め、その気持ちは何時までも続いた。その「私」を救うのは「山川」すなわち「大自然」の中に活かされている、凡てのものは「時」の奔流の中ですべて亡んでゆく。それは「善悪」を超えた摂理であるという認識であった。

これはこの後虚子の世界観として揺らぐことなく持ち続けられ、最晩年の「人生とは何か。私は唯日月の運行、花の開落、鳥の去来、それ等の如く人も亦生死して行くといふことだけを承知してゐます」（ジュリアン・ボカンス宛書翰）、まで一貫して虚子を支えた。

そういう意味で「落葉降る下にて」は短編ながら重要な作品と言えよう。

▼「一日」（三部作）（大正六年作）

大正六年、虚子は三編の「一日」を、それぞれことなった雑誌に発表した。つまり「一日（東京）」は「中央公論」四月号、「一日（鎌倉）」は「新公論」五月号、「一日（下関）」は「黒潮」五月号であった。

「一日（東京）」の「梗概」は、

東京牛込船河原町のホトトギス社で目覚めた「私」は朝、兄の信嘉と電話で用件を相談し、昼食後は芝の寺で長兄の百ケ日に参列する。途中新橋の新聞売りの女が死んだ新聞記事を思い出したりする。法事中は姪や甥の大人になった様子を見るにつけ自らの「老」を思う。法事が済んでからは根津権現での若い学生達の俳句会に出席する。その時も自らの「老」に思いは及んだ。

「一日（鎌倉）」は、

「私」は鎌倉の借家で眼を覚ます。ゆっくりと朝湯に浸かって、髯も剃る。その間身体的な「老」をしみじみ思う。朝食後に読んだ故郷の新聞には故郷の役者の死を報じていた。その役者には色々の思い出がある。その後幾つか用事を片づけて、近くの能楽堂へ赴き近々催される囃子会の稽古をする。その間「過ぎてゆく時」ということばかり考える。ふとこの能楽堂の建っている塔の辻が鎌倉時代幸若舞の舞台があったことに思いが至る。帰宅すると子供達が摘んできた土筆の袴を取っていた。

「一日（下関）」は、

「私」は下関の山陽ホテルで眼が覚める。カーテンを開けると外は雪だった。朝食後ホテルの支配人と雑談をしているうちに「河豚」の話題になった。そのうち当地在住の幼馴染みやホテルの若手社員を交えて、東西文化論といった議論が展開された。午後は「河豚」の席題で句会があり、夕刻は近くの料亭で「河豚」を食うことになった。「私」は「河豚」を食うことを怖れていたが、不思議な巡り合わせから、食わざるを得なくなって結局食ってしまった。

三部作、どの「一日」も朝、起床してから、夜就寝するまでを克明に描きながら、その行動だけでなく心象をも描いている。中でも作者が執拗に拘るテーマは「老」と「死」であった。「老」について具体的に挙げるなら、
　顔を洗つてしまつてからそこにかゝつて居る柱鏡に顔を写して見ると、頭の髪は延びて此頃

鼻の上に出来始めた皮膚病は少し拡がつてゐるやうであつた。それから左の瞼の方が、右よりもより多く窪んでゐるのが気持が悪かつた。（東京）
ところがいよ〳〵四十台に足を踏み込んでみると時々鏡に写して見る自分の顔は、皮膚は荒れて光沢がなく、眼球も濁つて光りが薄く、歯もよごれ、髪もこはばり、当年の紅顔は既に褪せて白頭翁とまではゆかないにしても、鬢にも顎髯にもだん〳〵白きを交へつゝあることに気がつく。（鎌倉）
鏡に映つてゐる顔は髯を剃ることによつて多少若々しくすることが出来る。然し同時に鏡に映つてゐる身体の皮膚は如何につとめても之を二十台、三十台の若々しさに引かへすことは出来ない。いくら御馳走を食つても、いくら養生法につとめても身体の皮膚の若さを呼びもどすことの出来ないことは、丁度西に傾く太陽を中天に引き戻すことの出来ないのと同じことである。（鎌倉）
そんなことを言ひ合つて三人は互に年とつた顔を見つめあつた。皮膚の光沢が無くなつたとか、皺が出来たとか、鬢髪に白きを交へたとかいふことの為にお互の容貌が稍々変つてゐると思つて注意して相手の顔を見るのも決して長い間のことではない。（下関）
四十四歳にして、この自意識過剰とも見える「老」の自覚は、現代の我々から見るとやや理解に苦しむが、「老」の果てには「死」がある、と考えれば納得できなくもない。そこで三部作中の「死」についての記述をも同様に抽出してみよう。

其新聞の中の記事に、芝口の停留場で新聞の売子をしてゐた一人の女が自動車に轢き殺されたといふことがあつた。年齢は四十前後の女であつたと書いてあつた。（中略）夕刊売の女の死、それが何程の価値があるものか。その血にまみれた屍を他へ運び去つてしまつて、路上に流れてゐる血を二三杯のバケツの水で流してさへしまへば、もうその問題は落着したのである。（東京）

夕刊売どころか、大山公といはるゝ程の人であつても、威儀を正した葬式が済んでしまつたあとは何でもない。（東京）

その伊予日々新聞を読んでゐると三面に黒い棒の引いてある記事があつて、それは市川左文治の死を伝へてゐるのである。（鎌倉）

六子といふのは私の四女で宵子の妹に当るのであるが、今から三年前に三歳で亡くなつて、その墓は寿福寺の境内にあるのである。生れてから虚弱であつたので三歳になつてもまだ十分に口が利けず、首の骨もたしかにはきまらなかつた。（中略）死んだ方が此子自身にとつても仕合せだ。と私は幾度も心の中でさゝやいたことがあつた。さうしてそれは終に私の希望通り三年前の四月二十二日に小さい息を引取つてしまつた。死んでみると生前死んだ方がいゝと考へたことが殊に残酷なことであつたやうに考へられもするのであつたが、然し死んだ方が此子の幸福でもあり、又われ等親にとつても仕合せであつたといふ淋しい安心を覚えた。（鎌倉）

そんなことはないであらうけれども、万々一河豚の毒に当てられたならば、今夜私は此部屋の中で悶死せねばならぬ。（下関）

死んだならば自分が無くなると同時に、自分の意識も無くなつてしまふのだから、即ち此世界といふものも無くなつてしまふのだ。と不図考へた時に、私は今迄歩いてゐたものが俄かに中心点を失つて礑と大地に倒れたやうな心持がした。自分の亡くなるといふことは恐怖ではなかつたが、此世界が無くなつてしまつて総てが無になつてしまふといふことは耐へ難い恐怖であつた。（下関）

三つの話とも「死」の話題には事欠かない。第一「東京の一日」などは、長兄の「百ケ日」という日であることからして「死」を一日中考えても不思議はない。また「鎌倉の一日」の「六の死は前出「落葉降る下にて」でも触れた問題だが、こちらの方がもっと赤裸々に「死んだ方が仕合せだ」と何度も心の中で囁く。「下関の一日」は一種のサスペンスの面白さで、「河豚」を怖がれば怖がるほど主人公は「河豚」を食わざるを得ない立場に追い込まれて行く。ところで、この「老」と「死」の問題も、もっと大きな視点から見れば「時の流れ」の中の一齣、一現象と捉えられなくもない。「東京の一日」の以下の部分、車内で乗り合わせた「母子」を観察する場面は、そういう意味で、この三部作のテーマそのものと言ってもいいだろう。

親の顔にはしぼみかゝつた花の哀れさがあつて、子供の顔にはこれから咲かうとする蕾の力が満ちてゐた。盛りを過ぎた花といふのも、これから咲く蕾といふのも、畢竟或る植物の生命のあらはれに過ぎない。個人にとつては生死は大問題であるけれども、大きな人間といふものから見たら、それはたゞ梢にある花の開落に過ぎない。一つの花が散つても、其あとには又別の花が咲くのである。植物其物の生命には何の影響するところもない。

ここでもまた「落葉降る下にて」の折りに紹介した、「人生とは何か。私は唯日月の運行、花の開落、鳥の去来、それ等の如く人も亦生死して行くといふことだけを承知してゐます」（ジュリアン・ボカンス宛書翰）に触れざるを得ない。つまりは「一日」三部作もまた、「落葉降る下にて」と並んで、虚子の死生観が確立した時期の記念すべき作品ということができるのである。

第九章　紀行文のことなど

▼「風流懺法後日譚」序章

「ホトトギス」大正八年一月号に「風流懺法後日譚」が掲載された。

阪東君。君と祇園の一力に遊んだのはもう何年前になるかな。あの時分のことを思ひ出すとなつかしい心持もするし淋しい心持もする。しかし実をいふと其を思ひ出す機会さへ少くなつてゐたのだ。ところが此の旅中ふとしたことから其時分出逢つた女の一人に出逢つた。

という書き出しで始まる文章は、虚子が「草深い片田舎の温泉場」で出逢った芸者「富之助」が、曾て祇園で虚子や「阪東君」の酒席にも侍ったことのある、舞妓「玉勇」の零落した果ての姿であったという話である。

宿の女将に勧められて温泉地の郊外にある「潭」に遊山に行く芸者連れの一行に交じった余は、別れ話の始まっているらしい芸者と、その客と一緒に「潭」で酒を飲む。その「富之助」という芸者は、客の止めるのを無視して泥酔する。そのうち客は一升瓶を「潭」に投げ込むと、瓶は岩に当たって壊れるでもなく、「潭」の渦の中で浮いたり沈んだりしている。そんな一升瓶のような危うい暮らしぶりをしている芸者「富之助」がかつての祇園の舞妓「玉勇」であった、というのである。

　ところでこれに酷似した話が大正八年四月に上梓された『伊予の湯』の中にある。「某夫人の日記」という短編の中に道後の郊外「湧ケ渕」に遊山に行く話があり、ここでは渓流の畔で田舎芸者が客に盛り潰されて醜態を演じる。実は「富之助」の話もこれと同じ体験から執筆されたものと考えていいだろう。しかも虚子の『伊予の湯』の取材・執筆は大正七年五月十八日から二十七日までと日時もほぼ確定している。

　つまり全くの偶然から虚子は十一年前の「玉勇」と道後で邂逅、往時の舞妓達の「その後」について若干の消息を知り得た、そのことが、この「風流懺法後日譚」の発端となっているということは確認しておく必要がある。

「富之助」の文中に言う。

　昔のやさしい玉勇といふ名前は今は富之助といふ男のやうな名前になつてゐた。其富之助は千賀菊以下の消息をあらまし伝へた。
三千歳は或若い男に囲はれて子供が二三人あるが、容色は少しも衰へずにゐるさうだ。
松勇はまだ芸者をしてゐる。がこれも子供がある筈だ。
喜千福は大阪で或人に囲はれて宿屋をして繁昌してゐる。
岸勇は新聞にも出た通り雁次郎《（ママ）》の息子の恋女房になつた。尤も一時別れ話が持上つて京都へ帰つてゐたが、又もとに納まつた。

お福は今いゝ芸者になつてゐる。
来吉婆さんは退いた。
お花婆さんはまだ出てゐる。
一念といふ坊さんは知らぬ。

文中、「千賀菊以下の消息」云々と、記した直後に「三千歳」（千賀菊が祇園での源氏名、三千歳は小説中の名前）と持ち出すあたり、読者を自然と「風流懺法」の世界へ誘う布石が見えるし、最後に「一念といふ坊さんは知らぬ」にも同様の仕掛けがしてある。ともかくこの「富之助」との出逢いから「後日譚」の物語は繙かれていくのである。

「ホトトギス」大正八年二月号には「風流懺法後日譚」第二回として「駒太郎」の章が立てられた。「余」はある時京都の知り合いS氏の取り持ちで昔の「松勇」、現在の「駒太郎」と出逢うことができた。彼女は今はある人との子を育てながら芸妓をしている。そしてこの「駒太郎」も、前回の「富之助」以上に容色を衰えさせていた。章末に記す。

もうこれで筆を措かう。風流懺法のワキの一人であつた松勇、今の駒太郎の消息は概略以上陳べた通りである。扨てシテ役である三千歳、一念の二人はどうしてゐるであらう。三千歳は人の妾となつて子供が三人あつて、今でもみづ〳〵してゐて美しいといふことだけの消息が判つたが一念に至つては少しも聞くところが無い。僕は今回は此儘で帰京する。他日君と此地に同遊する機会を得たならば其時彼等二人の後日譚をしらべて見ようでは無いか。

如何にも読者の気をそそる文章ではないか。「富之助」の章でもそうであったが、随所に「阪東君。」という呼びかけを配しながら、読者をして十一年前の「風流懺法」、「続風流懺法」の世界に回帰させつつ、新しいドラマの展開に期待を持たせている。虚子は、すでにこの時には一念・三千歳の「後日譚」の構想を胸に秘めつつ、読者を引きつけておこうとしているのである。

「風流懺法後日譚」第三回は、さらに変わった趣向を施してある。「ホトトギス」大正八年三月号は「風流懺法後日譚に就て手紙四本」と題して、芥川龍之介、林若樹、寒川鼠骨と、「三千歳」からの手紙を掲載している。芥川、林、寒川のものは短文で、どれも実在するものと思われるが、「三千歳」からのものは、どう見ても「贋物」というより、はっきりと虚子による「創作」と考えるべきものであろう。

実際の「三千歳」、即ち祇園の舞妓「千賀菊」、本名「小島愛」、後の「田畑三千女」については、小林祐代氏の「三部作「風流懺法」小考」（「夏潮別冊　虚子研究号ｖｏｌⅣ」所収）に詳しいが、それによれば、虚子と千賀菊が再会を果たしたのは大正九年五月十一日とのこと。ちょうど「風流懺法後日譚」を脱稿した頃である。

つまり虚子はそれまで得ていた千賀菊情報を元に、如何にも千賀菊が虚子に書いてよこした体の「手紙」を発表するのである。中でも、

私はいつ迄も一念はんを慕ふて、又三人の子を可愛ゆがつて、さうして苦しんでゐねばならぬのでせうか。どうかならぬものでせうか。

斯ういふ手紙を差上げると、あなたは屹度、私と一念はんとの今迄の話をせいとお言ひやすやらう。それは大事な〳〵お話。まあそうつとしまつて置くことに致さうではございませんか。

と読者に期待を抱かせる手法は、当今のテレビなどの番組宣伝映像を思わせる。

筆者がここまで「風流懺法後日譚」の発端部分に拘るのは、世に言う「風流懺法三部作」は前二作と「後日譚」では全くそのコンセプトが異なること、執筆の動因は偶然「玉勇」と出逢ったこと、などを確認しておきたかったからである。

▼「風流懺法後日譚」（大正八年作）

「風流懺法後日譚」のストーリーそのものは、「ホトトギス」大正八年四月号をもって漸くスタートする。世に広く読まれた単行本『風流懺法』（大正十年六月、中央出版協会刊）でも「富之助」、「駒太郎」、「手紙四本」は省かれ、「白河口の茶店の前に五台の車がどや〳〵と梶棒を下ろした。」の一文から始まる。「一念・三千歳」十五歳の春という設定である。そのあらすじは、

「風流懺法」では十二歳だった一念・三千歳の三年後、三千歳や玉喜久ら舞妓、芸子を連れた客の一行は比叡山を目指して遊山に出かける。東塔で偶然一念に出逢った三千歳は折りからの驟雨で人々が宿院に降り籠められ、一晩を過ごす間、西塔のお堂で一念と結ばれる。その後二人は、大原三千院の「懺法」を口実に逢い引きをしたり、三千歳の身請け後は、一念が、その囲われている妾宅に忍び入ったりする。そして二人は二十歳を迎え、お三千は自分を囲っている小寺正造の子を身ごもる。

一方、一念は叡山に暮らしはじめてからこのかた、この「お山」には馴染めずにいる。僧として自分の身を仏道に捧げる気持ちにもなれないし、叡山に多くいる俗物的な僧にも同調できない。

それでも二人は時折逢い引きをしながら、お互いの現状を受け入れざるを得ないでいる。一念は駆け落ちでも何でもして、二人で生きようというが、お三千は現実の経済的基盤を失うことには消極的になる。あるときは還俗を心に決めて叡山を下りてきた一念を、お三千は何とか説得して帰山させたこともあった。そして、その一年後、とうとう二人は心中することを心に決めて比良山の奥まで迷い込むが、そこで出逢った炭焼きの男と、その女房の不思議な対応により、翻意して、京へ戻る。

「後日譚」は、「風流懺法」、「続風流懺法」のようなあっさりした写生文風のものとは違って、やや大衆小説的ではあるが具体的に「読ませる」部分に富んだ作品と言えよう。例えばお三千が小寺に一念との仲を疑われて、急に恋文を燃す場面、その慌てた拍子に二十円の現金を一緒に燃してしまうあたりは、読み手をはらはらさせてくれ、サスペンスとしても楽しめる。

そして正編・続編と最も異なるところは、大人になった一念とお三千が、その名の示すように「一念」は一途に現状を打開して新しい世界へ二人で踏みだそうと性急になるのに対し、「お三千」は周囲の全てのファクターを勘案して、最も現実的な形に留まろうとするところである。ある意味では「後日譚」に至ってはじめて「一念・三千歳」の名前に適う「風流懺法」になった、と言えなくもない。

また心中を覚悟で踏み込んだ比良山中で出会う炭焼きの男と女房はまことに印象的で、ことに寝たままの「声の佳い女房」は恰も観音のように二人の心を溶かし、救ってくれる。

ところで小説「風流懺法」を論じたものの中に、「一念・三千歳」、即ち「叡山と祇園」とに「聖と俗」との対比を見ようとするものが少なくないと第四章で指摘したが、この「後日譚」を読むかぎり「一念」の認識としての「叡山」は必ずしも「聖なる領域」とばかりは捉えられていないようにも感ぜられるが如何であろうか。

▼「時雨をたづねて」（昭和三年作）

冒頭近く、

「京都の時雨に逢ひたい」と俄に思ひ立つた私は万事を放擲して京都に来ることになつた。

は虚子にしては珍しく気取った書き方であるが、雑誌「改造」からの依頼で写生文を書くために取材に出たとなれば、無理からぬところもあろうか。東京から同行したのは高野素十、柏崎夢香。京都で合流したのは野村泊月、田中王城であった。前日から京都入りして、東山に泊まっていた一行は第一日目、嵯峨へと志す。生憎？の小春日和。時雨の気配すらない嵯峨。大堰川での舟遊びから始めて、常寂光寺、二尊院、祇王寺、落柿舎、野々宮を巡る。野々宮ではちょうど「お火焚き」に行き合うが、見物することもなく中食をすませて一行は高雄へ向かう。その日は高山寺の宿坊に泊まるが、結局、時雨れることはなかった。

因みに「時雨」は低気圧の移動などで起こる気象現象ではなく、基本的には冬の「西高東低」の気圧配置の場合、関西地方ではしばしば起きるので、「時雨をたづねて」行けば、遭遇する確率は比較的高いのである。
翌日は大原へ。予め知らせておいたので大原の村長が出迎え、無住寺の「宝泉院」にひとまず落ち着く。夕方ごろから「時雨」。宿泊は近くの茶店に頼んでおいた。夜分、近くで土産物屋を営む小塙德女が訪ねてくる。德女はもともと茨城の人、絵が画きたくて大原に移住。今では大原女の恰好をして観光客に接している。夜分、外に出てみると空には月がかかっているのに時雨れて来た。そんな幻想的な夜景に虚子はうっとりする。
翌朝、一行は寂光院へ。青空が見えながらも時折、はらはらと時雨が零れてくる。

日が照りながら時雨れてゐる。この明るい光景の時雨こそ私は東京にゐる頃から遇ひたいと心に念じてゐるところのものであつた。空には雲があるにはあつた。白い雲がところ〴〵にあつた。時々太陽はそれ等の雲に隠れもしたがしかし直ぐに現はれた。明るい光は空中に満ちてゐた。時雨はその太陽の光の中に輝きながら落ちて来た。そしてうち仰いでゐる私たちの顔に快く当たるのであつた。

虚子が東京を出発する前から心に思い描いていた「時雨」にここでやっと出会ったのであった。虚子自身は、この時俳句を作らなかったようであるが（「改造」に執筆する散文にすっかり心が向いていたのであろう）、同行の素十はこの景を詠んで「ホトトギス」の巻頭を得ている。

門前の萩刈る媼も仏さび　　高野素十

紅葉ちる常寂光寺よき日和　同
小倉山見ゆ境内の紅葉折る　同
時雨るゝと四五歩戻りて仰ぎけり　同

寂光院
翠黛の時雨いよ〳〵はなやかに　同

寂光院の尼は虚子の知っていた老尼から代が替わっていた。一行は建礼門院、阿波内侍のお像を拝見、ご庵室の跡、内侍の墓、朧の清水などを巡って大原小学校の前を通り、昨日の「宝泉院」まで戻った。ここで茶店から運ばれた中食を摂り、徳女の店を経て京都行きの乗合自動車の乗客となった。

虚子には既に、大正七年に〈二三子や時雨るる心親しめり〉の名吟があり、昭和十七年には鈴木花蓑への追悼句ながら〈天地の間にほろと時雨かな〉がある。

勿論、宗祇の〈世に経るもさらに時雨の宿りかな〉、それに応じた〈世に経るもさらに宗祇の宿りかな　芭蕉〉の名吟も虚子の身に沁みていよう。芭蕉忌の別名が「時雨忌」と呼ばれることは、さらに、俳諧史上の「時雨」の意味を大きくしている。

しかし、それらの「時雨」を対局に置きながら、虚子の「時雨」はもっと「華やかで」、「明るい」ものであった。文中に登場する徳女にしても、大原女達も、寂光院の尼も、みな「明るい時雨」をより華やかなものにするための装置として描かれているとも見える。

芭蕉の時雨は〈初時雨猿も小簑を欲しげなり〉ほか、『猿簑』掲出の時雨の発句に代表されるものであった。どこかに閑寂味を漂わせ、どこまでもこの世の寂寥感が背景にある。それは求道者芭蕉の視座からのもの。それに対してエピキュリアン虚子の「時雨」には、「明るさ」と「艶」がある。

▼「白露物語」（昭和四年作）

虚子は昭和四年五月から六月にかけて満州に遊んだ。満鉄の招きに応じたもので、満州中の行程については現地の江川三昧が同道した。虚子にとって、満州は大正十三年以来五年ぶり二回目。その紀行文は「ハルビンなど」と題して「ホトトギス」に連載。その後、写生文集『二三片』（昭和五年五月刊）に「大連よりハルビンを経て京城まで」の題で、さらに改造社版『高濱虚子全集』第一巻（昭和九年十月刊）には「白露物語」として収録されている。

書き物をする虚子（昭和４、５年頃か）
（虚子記念文学館所蔵）

全体を、ほぼ旅行の時系列にそって二十八章に分かっているが、その中の多くの部分を所謂「白系ロシア人」についての記述に当てているのが印象的である。

虚子は記す、

今度満州に再遊することになつて、私の志したのは一路哈爾賓に向ふことであつた。さうし

て憐れなる白系露人が、今如何の生活状態にあるか、若し知ることが出来れば其を知りたいと考へた

虚子は前回満州を訪れた時から、白系ロシア人に深く興味を持っており、その興味を充たすにはロシアが作った町とも言われているハルビンに赴くのが最も相応しかった。ハルビンでのエピソード、具体的には第七章の「ゾーヤさん」から「チンへの家」、「陸軍大佐バールメント」、「詩人スキターレッツ」、「踊子」、「乞食」、「少将の遺族」、「ジーナの家」、「ニッツエ」、「チユーリン」等々はどれも虚子が不遇な白系ロシア人達に直接会って、それぞれの過去や暮らしの現状を聞き取る中で、彼等の哀れな境遇を紹介したもので、旅行前に期待していた通りのものであった。虚子の筆は凡そ客観的に彼等の物語を伝えており、随分と政治的な話柄も混ざるが、そこに虚子自身の政治的価値観はあまり反映されていない。それより何人か登場する若い娘達への単純な「好奇心」、あるいは「慕わしく思う気持ち」の方が目立つ。

例えば「少将の遺族」の中に描かれている少将の娘は北満ホテルの地下の「カバレー」で給仕をしている。その娘に出会った時の印象を虚子は、こう綴る。

私の眼の前に現はれたのは二十五六と思はれる一人の女であつた。私はなんとなくまぶしい思がして暫く立ちどまつた、たとへば満開の桜を眺めた時分に暫く立すくむやうに。それほど美しく且つ気品が高いやうに思はれた。

まるで手放しの讃辞である。二十五六の「娘」に対して「憧れ」に近いような思いを抱いてしまっている。

こうした思いは「踊子」の章の「ジーナ」についても同様であった。タヴェールナという安い食堂に専属している踊子のジーナは松花江の中州、「鶯島」に住んでいて、肺病の父と母と弟を養っている。日本のことが大好きで、虚子との対談中にも「日本に行きたいが、お金がない」とジーナが言うと、虚子は「私は金は沢山あります。日本につれて行きませう」などと冗談とも本気ともつかない遣り取りが交わされる。さらに二日後には、虚子はジーナの粗末な家を訪問し、父親に療養費と称して金一封を施したりする。

この「金」については、貧民街で見かけた「ゾーヤさん」という少女にも、町の乞食にも、他にもあちこちで施した。同行の江川三昧が「家庭に送りたる虚子の消息」で、

先生は、先きの昼飯を食つた露人のうちでも大佐のうちでも少将の娘でもいくらか心附をせられました。こゝでもお金を恵まれました。至る所にあはれな乞食がゐるのでそれにもお金をおやりです。まるで社会事業視察か、宗教家の様です。

と半ば呆れた様子で報告している。今日の我々読者からすると、「如何なものか」と思える節もないではない、取材費と考えればよいのかも知れないが……。

もうひとつ虚子にはこの旅行で期待していたものがあった。それは、

嘗ても一寸云つたやうに、国外を放浪してゐる志士型の日本の女が、若しかすると哈爾賓あたりにゐるかも知れない、或はマンヂユリーあたり迄行けばさういふ女に出喰すことが出来るかも知れないと考へてゐたのであるが、これは全く空想であつて、さういふ女は最早明治といふ年号と共に跡を絶つてしまつたのであるといふことを明らかにした。

おそらく虚子の脳裏には小説「朝鮮」で描いた「お筆」のような女がいたに違いないが、時代は変わってしまっていたのである。その代わり、支那人の中にちゃんと志士型の女を見つけていたのは、流石に虚子であった。「白露物語」の冒頭、「支那の芸者」がそれで、大連で歓迎会の晩餐後、記念写真を撮る虚子ほか日本人の一団に、挑戦的な眼差しを射る「支那の芸者」に虚子の心は釘付けになる。

その時私の目に映つた一人の女があつた。それは断髪で洋服を着てゐる十九か二十歳ばかりの女であつた。白いスカートの中から出てゐる二本の足はスンナリとしてゐて其を無雑作に重ねて椅子に腰かけてゐるやうすが頗るシャンに見えた。殊にその先きに行く程つぼまつてゐる脚の線は白い靴の中に形よく納まつてゐた。その、上に重ねた方の靴の尖が、私達の方に向つて鶏尾の如く聳え立つてゐた。

どきどきするほど緊張した文章であるが、いかにも虚子らしい美学が読みとれよう。「紀行文」という範疇に属すべき作品ではあるが、虚子の日本人以外の女性への観察眼も見えて面白いものになっている。

▼「沼畔小景」(昭和五年作)

これは、虚子の「思想」ともいうべきものに直結する写生文である。昭和五年十二月号の「ホトトギス」に掲載された。

その日は「武蔵野探勝会」第三回ということで虚子一行は手賀沼を訪れていた。晩秋の好い天気で、小料理屋の生け簀では亭主が一行の夕食のために鯉を掬っている。俳人の雨意が一本の櫨紅葉を手折って来て縁側に置いた。庭では仔猫が蟷螂を嬲っている。すると「キュー、キュー」という音がする。それはヤマカガシが蛙を呑もうとしているのであった。立子がその蛙を助けて欲しいというので、亭主は竹棒で蛇を突いて蛙を放させ、棒に引っかけて蛇を遠くの刈田へと放った。蛇はこちらを見ていた。あふひは「あの蛇は、またあの蛙を呑むよ」という。座敷に戻ると先ほど仔猫に食われた蟷螂の翅が散らばっていた。また雨意が持ってきた櫨紅葉の枝では別の蟷螂が今蝗を食っている処だった。

全文六十行ほどの洵に短い写生文だが、その中に、「仔猫と蟷螂」、「蛇と蛙」、「蟷螂と蝗」という、「食う者」と「食われる者」の姿が坦々と記されてゆく。さらに読者は、書かれてはいない「人間と鯉」という組み合わせにも必ず想到する。この世に生きている以上、生かされている以上、目を逸らすことのできない、自然の摂理を物静かに語った短文であるが、これ以降揺らぐことのない虚子の世界観の礎となった写生文と捉えることもできる。

小動物の「死」という道具立てから、志賀直哉の「城の崎にて」を想起する読者も少なくないであろう。しかし志賀の拘ったのは「個」の生死であるのに対して、虚子の見据えたのはもっと大きな「生き物の連鎖」であった。

本稿中すでに何回か触れた、虚子の「死生観」を根底に持ちながら、より具体的に牧歌的に綴った写生文ということができるだろう。

戦後のことになるが、虚子は『俳句への道』中でも「もののあはれ　二」と題して次のように記す。

人は戦争をする。悲しいことだ。併し蟻も戦争をする。蟇もする。其外よく見ると獣も魚も虫も皆互に相食む。草木の類も相侵す。これも悲しいことだ。何だか宇宙の力が自然にさうさすのではなからうか。そこにももの丶あはれが感じられる。

太平洋戦争の敗北という未曾有の試練を潜ることで、「沼畔小景」がより純化し、確固たる「死生観」、「世界観」として確立していることが分かる。

▼「其の男」（昭和七年作）

「其の男」は昭和七年八月号の「ホトトギス」に掲載された写生文である。

郊外の池の畔に停めて洗われていた自動車。その自動車が、いつの間にか後輪を泥にとられて出られなくなってしまう。同じ場所に吟行に来ていた仲間が自動車を押してもますます深みに嵌まるばかりであった。

そこへ「運転手何をしてゐるんだ、そんな事して動くものか」と突然怒鳴ってやって来たのは、四十歳ばかりの「苦味走つた男」であった。男は「茶色のジャケツを着て脚には巻きゲートルをして、手に釣棹を二本持つてゐた」。男は低い声で自動車の引き込み禁止の立札を無視した事を詰った。運転手は拾って来た「板」をタイヤに敷いて、さらに脱出を試みるが、「そんなことをしたつて駄目だといふに」と言いながら、どこからか柱の古材を持ち出してきて「梃子」で自動車を浮かせ、シャベルで土を均し始めた。また、いつの間にか「印半纏」を着たもう一人が加わって作業は進む。その場を「取り仕切つた」男は、吟行会の人々に「旦那方、こゝを確りと圧へて」などと、命令をするように言う。そのうち「着流し」の老人も立ち現れて、眺めている。そうこうするうちに自動車は何とか泥地から脱出。自動車の持ち主の「黒田」は、「御苦労でした」と言いながら、「其の男」の手に「札《サツ》」を握らせた。「其の男」は「印半纏」にその「札」を示した。自動車が脱出した跡には大きな穴が残ったが、「印半纏」と「其の男」は近くの土を盛った車を曳いてきて埋めていた。黒田が「御苦労です。あとをよく頼みます」と「其の男」に言うと「さつき来てをつた老人は村長だ。相手が悪くなかつたからい、やうなものの……」と言って口をつぐんだ。

その後池の畔で会った「其の男」の二本の釣棹の一本は釣棹ではなく、「竹の尖に車のやうに鉤のついてゐるものであつた」。

文中「黒田」は赤星水竹居のことらしく（虚子の写生文に、しばしばその名で登場する）、場所は三宝寺池、時は昭和七年六月五日、「武蔵野探勝会第二十三回」でのことと思われる。「其の男」は謎に包まれた人物で、何度読んでもはっきりとしたことは判らない。それでいながらある実在感はあり、服装、口調、などから土木関係の職業に就いているようにみえながら、自動車を掘り出す際の、あまりの「手際よさ」から、却って「怪しげな、胡散臭さを」まき散らしている。殊に「印半纏」がいつの間にか加わっていたこと。黒田が与えた「札」を無言で「印半纏」に示すだけで了解できていること。穴を埋めるのに「車」まで使っていること。こうなると「読者」は二人が始めから自動車が埋まることを予期していたかも知れぬと思い、さらに「村長」と言われた男も、その一味だったのではないかと疑いはじめる。さらに「釣棹」でないもう一本の「竹棹」の使用目的の「謎」となる。

ところで、これほど「謎」が残っては「写生文」として不完全なのかといえば、そうとも言えない。「そのまま」を写生し、筆者の抱いた「疑問」・「不可解」をそのまま読者にぶつけることで、「筆者と読者」は同じ立場に立つことになる。それでいて「其の男」の「怪しげな」感じは、「姿」から、「声」から、「匂い」までありありと実感できる。写生文の行き着いた窮極の「筆遣い」といってもよい作品と言えよう。

▼「渡仏日記」(昭和十一年作)

虚子が息の池内友次郎(虚子の二男で、虚子の兄池内政忠の養子となり、西洋音楽研究のためにコンセルヴァトワールに留学していた)のフランスでの留学生ぶりを一目見ようとヨーロッパを訪れたのは昭和十一年二月から、六月にかけてのことである。約百二十日に及ぶ長途の旅は勿論虚子の生涯で最も永く遠い旅であった。写生文家であり、紀行文家でもあった虚子にとって、この「渡仏日記」は最長の「紀行文」と捉えてもいいだろう。当然のことながら「ホトトギス」

シェイクスピアの生地ストラトフォード・アポン・エイヴォンにて。左より八田一朗、番人のミス・チャタウェー、上ノ畑楠窓、虚子、池内友次郎、章子、松本覚人
（虚子記念文学館所蔵）

にはその紀行文が逐一執筆されたが、昭和十一年八月には帰国二ヶ月にして単行本『渡仏日記』が改造社から出版されている。その上木の早さから、いかに人々に待ち望まれていた紀行文であったかが判ろう。

さてその行程を簡単に記せば、昭和十一年二月十六日、虚子と六女章子を乗せた、日本郵船「箱根丸」は横浜を解纜。国内、名古屋・大阪・神戸・門司を巡って日本を離れたのは二十二日。その後上海、香港、シンガポール、ペナン、コロンボを経由してインド洋へ。その後はアデン、スエズに寄港。そこで船はスエズ運河を辿り、虚子父子はカイロ、ピラミッドの遠足に参加、ポートサイドで再び乗船。その後は地中海を進んでフランスのマルセーユに上陸したのは三月二十七日、横浜を出てから四十日後であった。友次郎に迎えられた虚子・章子は汽車でパリへ。パリ十五区の友次郎の下宿に落ち着いた。パリでの虚子は少々の観光地巡りはしたもののほぼ終日下宿に籠もって「ホトトギス」の雑詠選に日を送った。日本からシベリヤ鉄道を使って毎月の雑詠投句は滞ることなく虚子の許に届いていた。

四月十八日からはパリ北駅を出発、親子三人のヨーロッパ各国への旅が始まった。ベルギーのブラッセルを経て「箱根丸」の停泊しているアントワープへ、そこから東へ進んでドイツのケルン、ライン川に沿って南下して、素十が留学していたハイデルベルクへ。さらにベルリンでは暫く滞在、オランダを経由して海路イギリスへ渡り、ロンドンへ。ロンドンではペンクラブの招待で講演をし、再びパリに戻ったのは五月六日であった。パリではハイカイ詩人達のパーティーに招かれ、それとは別にジュリアン・ヴォカンスというハイカイ詩人にも会った。五月八日、再びマルセーユから「箱根丸」に乗船、帰国の途に就いた。復路は往路と同じコースであったが、紅海の夏は熱く、インド洋ではスコールに遇った。横浜の埠頭に虚子親子が再び立ったのは六月十五日、出発から約百二十日の夢のような駆け足旅行であった。

さて「渡仏日記」中、虚子の年譜的興味、あるいは見聞上の興味から注目しておくべき文章はさまざまにある。また俳句の季題という観点からは所謂「熱帯季題論」などは重要な文章と言えよう。しかし「散文」として、「写生文」・「紀行文」としての魅力となると、また別の基準もありそうだ。そこで、心惹かれた一文を紹介しておくことにする。

いひ忘れてをつたが、一条のかなり大きな川について我が汽車は走つてをるのであつた。それはローヌ河である。仏蘭西は中央の高地から南に流るゝものがローヌ河となり、北に流るゝものがセーヌ河となるのださうだ。其ローヌ河に沿うて我汽車は非常な急速度で走りつゝあるのであるが、私の尤も美しいと驚嘆したのは其ローヌ河のほとりにある雑木林の木の芽である。日本にも白い木の芽はありはするが、此ローヌ河の岸の木の芽はビロードのやうに柔かく、銀のやうに光り輝いてゐた。彼の杏花村の杏の花はどことなく光沢に欠げたところがあるが、此木の芽は全く花よりも美しかつた。

フランスの女美し木の芽また

併し誰一人此杏の花を眺め、此木の芽をふりかへるものは無いやうに思はれた。杏花村は静まりかへつてゐて百姓はうつむいて耕馬を追うてゐた。

三月二十八日、マルセーユを発ってパリに向かった折の窓外の所見である。文中「杏花村」は「木の芽」の美しさに見惚れる前に車窓から見えていた「村」の様子である。同じコンパートメントには虚子・章子・友次郎親子の外にフランス人の「女」が同乗していたが、その「女」が花の名を「アマンディス、杏」と教えてくれたのであった。虚子はその「女」を美しいと見るのであったが、友次郎は、その「女」を下品な「女」であると断じた。

ともかく初めて見るフランスの田舎の景色を丁寧に描き、その美しさを偶々同乗した「女」の美しさに準えてもみたのであった。

単行本『渡仏日記』には「ホトトギス」掲載の「渡仏日記」本篇のほかに、他の新聞、雑誌に投じた文章も「渡仏雑記」、「洋行雑記」として収録されている。それらの中にも味わうべき文章が少なくない。

例えば「久千代」は香港の千歳花壇という料亭で、芸者の久千代が章子のために自分のチャイナドレスを差し出す話。「四迷の碑」は、欧州からの帰途ベンガル湾で客死した二葉亭四迷の、シンガポールにある墓に詣でる話。「マテーズ氏」は第一次大戦後ライン河畔に出来た「レナン」という国の大統領であったという人物と虚子が、パリで何回か出会って話をするもの。「ビュルガ姉妹」はベルリンに住む日本贔屓の姉妹が俳句を詠む話。

それらの中で、「ハイデルベルヒ」は高野素十が嘗て留学していた町に、虚子がわざわざ立ち寄る話である。

独逸に行つたら、是非ハイデルベルヒに行つて御覧なさいと云ふことは、私の出発する前に素十君が云つた言葉であつた。私はその言葉に従つて、白耳義から独逸に入つた時に先づケルンに一泊し、翌日はハイデルベルヒへと志した。

その途中、ライン河沿岸の景色は丁度梨や林檎の花盛りであつて、古城の点綴して居る山々を梨花村の上に望みながら、ライン河に沿うて汽車は上へ〳〵と進んで行くのであつた。汽車がライン河を離れて、暫く行つた処に、ハイデルベルヒの町はあつた。平野がこれから谿谷にならうとする処にある小さい都邑であつた。

山の小高くなつて居る処に、シュロス・ホテルと云ふのがあつて、そこに泊つたが、ヴェランダに出て眺めると、小さいハイデルベルヒの町は一望の裡にあつた。ネツカ河と云ふ河が、町の中央と云ひたいが、寧ろ町の片側を流れて居つて、瀬の音を立て、ホテルの丘を下り走り、それから市街に沿うて一筋に、遠く平野の方に去り、遂に山の麓を右曲して見えなくなつてしまつて居た。

冒頭、発端の説明から入って、大まかな旅程に触れ、徐々に景色の描写を展開しながら、シュロス・ホテルのヴェランダからの展望へと移り、ネッカ河の流れ下る様子までを丁寧に綴っている。ハイデルベルクに行ったことのない読者にもおよその景色と気分が伝わってくるあたり、さすがに写生文で鍛えた筆の冴えが見てとれよう。

なお渡仏の旅については拙著『虚子渡仏日記紀行』があるので興味のある方は参照されたい。

本章では「白露物語」、「渡仏日記」という虚子の二大紀行文を紹介した。「時雨をたづねて」も、あるいは紀行文の範疇に入るかもしれない。そうなると「紀行文家虚子」という捉え方も虚子の大事な一面を表していると言えなくもない。因みに改造社版全集の第六巻は「日記・紀行」篇を標榜しているが、そこに「木曾路の記」ほか三十四篇を収録、収録はされなかったが、題名のみを挙げたものが九十二篇の多きにのぼることで、虚子の紀行文作品の多さは窺い知れよう。しかもそれが昭和九年時点でのことであってみれば、その後の「紀行文」の分量も大方類推できる。

「写生文」の最も得意とした方面に「紀行文」があったことは事実である。それが丁度此の頃からの「動画」の飛躍的な発展（因みに、この旅行中虚子はヨーロッパで十六ミリカメラを購入している）が「紀行文」執筆の機会を圧倒的に減らしていったのである。

第十章　戦後の名品

▼「小諸雑記」（昭和二十年作）

昭和十九年九月、虚子は長野県小諸に疎開した。大東亜戦争の戦局悪化に伴い、鎌倉などの相模湾沿岸が敵の上陸目標とされ、足の不自由な妻を抱えた虚子は大いなる不安を感じていた。そんな折、五女の高木晴子一家が信州小諸に疎開することとなり、虚子夫妻も同行したのである。

誰も知り合いの居ない小諸での虚子の暮らしは簡素そのもの。その徒然なる暮らしから、ぼつぼつ書き記されたものが「小諸雑記」である。初出は昭和二十年一月号、さらに三月号にも掲載。それらの掌篇は当時の「ホトトギス」の乏しい頁数に鑑みて、簡潔に記されたものばかりである。

それらのうち「虚船氏のこと」、「小いとゞ君のこと」、「能孝君のこと」はいずれも大東亜戦争で戦死を遂げた人々について、その死を悼んだもの。また「福西正幸」も戦場から投句する人物について記したものである。「小諸雑記」は、こうした虚子が小諸で知り得た「戦線」情報をも含めた身辺雑記としてスタートした。他の文章、即ち、「散歩」、「霧氷」、「好きな径」、「浅間が焼ける」、の四篇は、それまで暖国しか知らなかった、虚子の初めての寒冷地体験として、まことに魅力的な文章となった。

ところが、戦局がますます悪化し、「ホトトギス」そのものの発行が不能に陥って行く中で「小諸雑記」も消滅、次に「小諸雑記」のタイトルが「ホトトギス」誌上に現れるのは、終戦後、昭和二十一年「三月号」からであった。

再開された「小諸雑記」は山国での老人一家の暮らしを坦々と記す。冒頭に掲げた、「小諸」という小文では、

汽車が熊谷をも過ぎ本庄駅あたりに来ると。《(ママ)》黒ずんだ妙義山脈の上に真白な高い山が聳えてゐるのが見える。それが浅間山である。富士、浅間と竝び称せられる丈あつて、高い山であることが成程と諒解されるのである。がそれは武蔵野の平原から来た時分に、初めて受ける感じであつて、それから碓氷峠を登つて軽井沢に出て見ると、その前にぽつんと見える浅間山は、左程に高い山とも思はれない。それから汽車が小一時間走つて、小諸に来て見てもやはり同じやうにあまり高い山とは思はれない。（中略）

私は其小諸にもう一年半ばかり住まつてをる。此頃は東京に出掛けることも少なくて、こゝの農民達に交つて山住みの生活を営んで居るのである。さうしてそれが今の私の日常の生活であるやうな心持がしてゐるのである。其の一年半の間の私の生活は極めて単純であつて殆ど変化のない毎日を送つて来たやうにも思へるのである。

と、如何にも東京方面から訪れる人のためのガイドのような筆遣いである。一年前の「小諸雑記」は一旦反故にして、「新規蒔き直し」で、小諸暮らしを書き綴る意気込みが見える。

「三月号」に「小諸」、「縁側散歩」、「一日」、「室」、「病気」、「餅」六篇を執筆した虚子は、「四

月号」でさらに「松屋」、「蔦屋」、「六百号」、「家壁蝨」、「牛」の五篇、「五月号」では「志賀村」ほか七篇と立て続けに執筆。老俳人の小諸での暮らしぶりが詳細に紹介され、戦禍とは直接関わりのない山国の、静かな日々が描かれていく。

「縁側散歩」は運動不足になりがちな老体を励まして、三間半の縁側を一時間以上も散歩する話。「一日」は朝起きてから、夜就寝するまでの「一老人」の行動を細かに記すもの。「室」は野菜類を保存する、山国ならではの保存法の話。「病気」は晴子の次男の急病をきっかけに地元の医師と懇意になり、その医師のために俳句会を始める話。「餅」は小諸からやや離れた場所で農業を営む俳人を訪ねる話だが、戦時中の食料難を背景にしたペーソス溢れる掌話となっている。

それらの中で「志賀村」という写生文は、虚子が小諸に疎開して旬日も経たぬうちに、佐久の志賀村に住む旧知の神津雨村を訪ねる話である。虚子は独りで小海線に乗って、岩村田まで行き、バスが故障で出ないので、一、二里の田舎道を歩いて雨村邸（赤壁の家と呼ばれて、志賀村一の名家である）に辿り着いた。

以前来た時分の記憶が蘇りつゝ、其の赤い壁の大きな屋敷の前に立つて中を見渡すと、森閑としてゐた。門を這入つて案内を乞ふと一人の顎髯を生やした袖無しを著た老人が出て来た。それが雨村君であつた。請ぜられて上に上つて一別以来の挨拶をして互に旧を語り合つた。以前私の泊めてもらつた部屋といふのを今更の如く見廻して見たりした。昔のまゝの邸宅、昔のまゝの部屋ではあるが、時勢はすつかり変つてゐた。雨村君は奥さんと二人で門前の水田を自ら植ゑつけたことなどを話した。が雨村君は胃潰瘍を患つて昔の元気はないとのことであつた。暫

「高浜虚子氏疎開記念」の文字の入った小諸での一枚（昭和 20 年）
後列中央に虚子、隣が糸。前に立子。高木餅花と子供達も見える　（虚子記念文学館所蔵）

く話してから私は又、先刻来た道を徒歩で帰らねばならぬからといつて日の高いうちに辞した。帰りの道は来る時程興味は無かつたが、それ程遠いとも思はなかつた。

坦々と叙しながらも、静かに「寂寥の情」が伝わってくる。しかし、この文章、実際の体験から執筆まで一年半以上の時間が経過してしまったためか、どこか他人事のような冷静さが漂う。もし仮にこれが昭和十九年秋の時点で執筆されていれば、もっと違う文章になっていたかも知れない。というのも本来、虚子は「赤壁さん」に多くの期待をもってやって来た筈であったし、事と次第に依っては、「赤壁さん」に疎開させて貰うことまで考えていたかも知れない。それだけに、具体的に何もして呉れない「赤壁さん」には、大いに「落胆」させられた筈だ。

「写生文」は眼前の諸事象を、あたかも俳句を写生する時と同じ客観的な目で見て、描写する。材料の取捨はするが事実の捏造はしない。坦々と事実をならべることで、作者の心の「波立ち」を読者が読み取ることができるようにするところにその醍醐味がある。「波立ち止まぬ心」を抑えに抑え、事実だけを列べて行く「写生文」にあっては、内心の「うねり」が大切なエネルギーとなるのである。

そう考える時、この「志賀村」が昭和十九年秋の執筆でなかったことが、「もの足らなさ」の原因とも思えてくる。時間がすっかり虚子の心を平静にしてしまっていたのだ。

単行本『小諸雑記』は昭和二十一年八月、菁柿堂から上梓された。前出の「小諸」を巻頭に据え、「ホトトギス」昭和二十一年三月号掲載分を連ね、さらに四月号、五月号、六月号、少し跳んで十月号掲載分を以てしている。さらに「小諸スケッチ其他」として昭和二十年執筆分や、周辺の紀行文、句会報を併せて一書となしている。なお「虚船氏のこと」を始め大東亜戦争での死者を追悼する諸篇は、GHQの意向を慮ってか収録されなかった。

▼「虹」（昭和二十二年作）
虚子の小説「虹」は昭和二十二年一月の文芸誌「苦楽」に掲載された。雑誌「苦楽」は大佛次郎が中心になって「頑固で旧弊な日本人の雑誌」というコンセプトの下にやや国粋的な気分と、鏑木清方描く美人画の表紙で、占領下、ある範囲の人々に受け入れられた。

小説の舞台は、四年前の昭和十八年である。

伊賀上野で執り行われる、芭蕉二百五十年忌法要に参加するため虚子は立子を伴って鎌倉を出発するが、直接西下せず、わざわざ信越線経由で越前三国を訪れる。越前三国には病弱の愛弟子伊藤柏翠と森田愛子がひっそりと病を養っているのである。二人はそれ以前鎌倉の結核療養所で知り合い、共に虚子の俳句の弟子として睦みあっていたのであるが、愛子は大東亜戦争の激化と共に故郷である越前三国へ帰った。愛子は地元の有力銀行家森田三郎右衛門の妾腹の子で、母田中よしと二人で暮らしていた。一方柏翠は天涯孤独の身の上であったが、今回いささかの財産を処分して三国で愛子母子と一緒に暮らし始めていたのである。

十一月十五日、前夜、夜行で上野を発った虚子と立子は三国の愛子居（後に愛居と命名され、虚子揮毫の扁額も残される）を訪れ、俳句会を催し、その夜は近くの芦原温泉「べに屋」に宿泊、折りから立子の誕生日などを祝った。

翌十六日は小春日和のなか、永平寺での俳句会に参加、その後一行は再び芦原の「べに屋」に帰館。虚子は森田三郎右衛門に依頼して翌日からの金沢、山中温泉への小旅行に愛子母子を伴うことを許された。

十七日、金沢では市内逍遙後俳句会。宮保旅館に止宿。

十八日、当日は冷たい雨の降る一日、当初予定していた那谷寺行きは中止となり、一行は山中温泉「吉野屋」に投宿する。夜、地元俳人達による歓迎の宴が催され、宴たけなわというところで、愛子の母がかつて名妓と呼ばれた頃を彷彿とさせる見事な三国節と山中節を唄い、それに合わせて愛子も踊るのであった。それを見ているうちに虚子は覚えず泣いてしまい、愛子も柏翠も、立子までもが泣くのであった。

翌十九日、虚子・立子は山中温泉を発って関西に向かうが、愛子母子と柏翠も途中の敦賀まで送るといって、汽車に同乗してきた。そして福井あたりで、ふと車窓を振り返ると、遥か三国の方角にはっきりと虹が立つのであった。愛子は「あの虹の橋を渡つて鎌倉へ行くことにしませう。今度虹がたつた時に……」と言い、虚子も「渡つてゐらつしやい。杖でもついて」と言うのであった。

ところで、この作品についての評論で、今でも色褪せない重要な指摘をしているのは清崎敏郎である。

虚子は、数年の間、この題材が進展してくるのを静かに待っていた。そして、自らの心持の醱酵してくるのをも、静かに待っていた。やがて、心持が高揚してくるのを覚えると、数度、愛居を訪ねて、自らやまばを設けてもいる。即ち、自らも、小説の中の一人物として身を投じているのである。京極杞陽の言を借りるならば、それは、蜘蛛が、網をはって、それにかゝってくる獲物をじっと待っている。一旦獲物が網にかゝると、自ら、その網をたぐって、獲物を、自家薬籠中のものとしてしまうのにも似ている。そのタイミングを捉えて、筆を下したのが「虹」なのである。

（『高濱虚子　人と作品』桜楓社、昭和四十年）

戦争が終わり、人々が、「いつ死ぬか判らぬという、一種の思考停止のような状態」から解放されて、物事がそれぞれの理屈にあった方向に流れ始めた時、虚子の心のうちで越前三国に住む病弱の女弟子の姿が、こよなきものとして「像」を結びはじめたのである。

その発端が写生文「桜に包まれて」の中に見られる。昭和二十一年四月十五日から二十五日までの十日間、虚子は家壁蝨が原因の痒みと腎臓の不調がもたらす浮腫の治療のために、小諸の山廬を出て新潟医大へ入院、その間の日録が「桜に包まれて」である。その「四月十九日」の条に、

午前七時半、芦川君が来て腕から血を採つた。
みづほ君が来て其文章「連翹」、「芒」を読んで批評を求めた。私は又腹案の短編小説の筋を話した。暫く小山会の観を呈した。

つまり、入院中の虚子の許を弟子で、同じ医大に奉職している中田みづほがやって来て、自らの写生文を朗読し、虚子の批判を仰いだ。それに対し、虚子は「腹案」の小説の粗筋を語って聞かせた。その様子は「小山会」即ち、「ホトトギス」の「山会」のミニチュア版の容相であった、というのである。この「腹案」こそ「虹」であったに違いなく、敗戦の動乱から漸く立ち直っていく虚子の心の中で、ゆっくり醸成していく「愛子・柏翠」への思いが窺える。同じく「四月二十一日」の項では、

始め入院してゐる間は多少の暇があるであらうと思ひ、昨日みづほ君に話した短い小説でも執筆して見ようと考へて居たのであるが、実際入院して見ると仲々用事が多くて、さういふ暇は無かつた。

これによって、「この小説」の構想は、新潟医大への検査入院以前から、虚子の心の中で段々に育って来ていたものであることも判る。清崎が指摘するように、この頃「やがて、心持が高揚してくるのを覚え」たのであったろう。

ところで、小説「虹」は虚子の晩年を代表する名作と謳われるだけあって、構造的にも実に緻密に整備された作品である。以下、やや丁寧に点検してみよう。

「虹」には、特に「章立て」は設けられていないが、全体はおよそ七章に分けられる。

第一章、冒頭のセンテンス、

愛子はお母さんと柏翠と三人で、私と立子を敦賀まで送ると言つた。

ここに、すでに主な登場人物が全て登場する。その後、題名となる「虹」が車窓に現れ、それを見た愛子が「あの虹の橋を渡つて鎌倉へ行くことにしませう。今度虹がたつた時に……」と言うと、虚子は「渡つてゐらつしやい。杖でもついて」と応じる。まるでお伽噺のような会話を、大の大人が遣り取りすることで、この小説の、やや非現実的な世界を読者に暗示している。やがて愛子、お母さん、柏翠の三人は敦賀駅で下車する。

この「第一章」が実は時系列としては「物語」最後の部分であり、「物語」の時間は、ここから一旦逆戻りする。

そして第二章（本文は特に章立てしてあるわけではない。）の書き出しは、まことに巧妙に読者を小説世界に誘う。まさに「名文」と呼ぶべき部分なので、センテンスごとに区切って点検してみる。

①三国の町は九頭竜川に沿ふて其河口迄帯のやうに長く延びてゐる。
②昔の日本海を通る船は大概此所に船繋りしたのださうで、三国港といへば随分殷賑を極めたものであつたといはれる。
③最近まで絃歌の湧き立つ妓楼が沢山あつたさうである。
④今でも町を通つて見るとそれらしい家が軒を竝べてをるのが目につく。
⑤其九頭竜川に臨んだ寺に俳妓哥川の隠栖してをつた寺があるが、さうして其処の住職も永諦といつて柏翠の俳句の弟子であるが、其近所の家に愛子とお母さんは住まつてゐる。
⑥お父さんは別の大きな家に住まつてゐて、ときぐ〵このお母さんの家に来るのださうである。
⑦私は、

川 下 の 娘《こ》 の 家 を 訪 ふ 春 の 水

といふ句を空想して作つたが、其お父さんのゐる本家といふのは町の中央にあつて、愛子の家が矢張り川下であつたことを後になつて知った。

たった七つのセンテンスであるが、実に周到に配置されていることがお判りいただけるであろう。

まず①で越前三国という町を上空から俯瞰してみせる。まるで、テレビドラマのタイトルバックの如く。②では、前文の「空間把握」から、「時間把握」に転じ、江戸時代の「北前船」の殷賑を読者の脳裏に描く。③では、江戸時代においては地域の繁昌とは不可分の「妓楼」の景を具体的に「絃歌の湧き立つ」と描写し、それがつい最近まで「あつたさうである」と、過去の時間と、現在の時間を接近させ、④の具体的な「町並み」の景色で連結させる。そして⑤で、歴史的な遊女俳人「哥川」、その寺の住職「永諦」、虚子の弟子の「柏翠」を一本の糸で繋いで、これから始まる「小説」の空間的、時間的な位置をきっちり、提示する。さらに⑥、⑦において自分の「愛子」への愛情が「父のそれ」に近いものであって、所謂「男女の色恋」とは一線を画すものであることまで暗示している。

　これら七つの「文」は途中、際だった措辞や気の利いた表現は見られないものの、「物語」の導入の役割を見事に果たしている。

愛居より九頭龍川を望む　（みくに龍翔館所蔵）

　それに続いて、今回の訪問の詳細を記し、柏翠・愛子のこれまでの情交、ことに鎌倉の結核療養所時代の様子を述べ、いま、こうして柏翠が三国の愛子の許に身をよせている現実を解説する。

　「第三章」。金沢での俳句会が終わって、虚子は山中温泉吉野家での句会に、愛子、柏翠、お母さん、美佐尾（愛子の友人）を誘う。一行が到着した山中温泉は、

> 山中に着いた時は非常に寒かつた。宿の前の山は一面に紅葉してゐたが、其全山の紅葉の上に雪が

さら〳〵と降つてゐた。それが大変に美しかつた。

こうした夢のように美しい世界の中で、一行の人々は、また「俳句会」に臨んだ。「第四章」は本編のクライマックスと言えよう。

其晩寒々とした広間に三十許りの膳が竝べられて皆そこに坐つた。それは温泉宿によく見る演芸場の一端であつたが、其三十人許りの人が、片隅にちま〳〵とかたまつて坐つてゐた。

はじめ「ちま〳〵」とかたまって淋しげに見えた宴会も酒が回るにしたがって「三十人許りの人も今は座敷一杯にゐるやうに思へて来た」ころ、愛子のお母さんが余興にと唄を唄ったが立派なものであった。さらに立派な手振りで踊りはじめ、それに連れて愛子も踊った。「感極まった」虚子は「涙」を堪えることが出来ずに「声を放って」泣いた。その「涙」についての虚子自身の解説は、その後段に語られることになる。

ところでこの、一連の描写に関して、虚子「写生文」の秘密を知る興味深い事実がある。というのは、この夜のことを綴った文章に、愛子自身の「虚子先生宛の手紙」（『森田愛子全句集』所載、初出は地元の俳誌「花鳥」）というものがあり、それが随所で小説「虹」と微妙に食い違うのである。その一つ。「よしのや」での宴会がたけなわになった頃、愛子は記す。「母の勢につい、うか〳〵と踊つたことのない私までが母、柏翠先生と共に三国踊を踊つてしまいました」。虚子の、小説「虹」では、其時ふと座を立つて其お母さんの後ろに立つたのは愛子であつた。それが亦踊るのであつた。私はあのかぼそい弱々しい愛子がこゝに現れやうとは予期しなかつたので、忽ち胸にこみ上げて来るものがあつた。

愛子は母と柏翠と自分の三人で踊ったと回想しているのであるが、小説では「母と子」だけにされている。たしかに、この場面では「柏翠」の姿はない方が美しい。この「柏翠」の「消去」こそが、「写生文」がそのまま「小説」になるための小さな工夫なのである。

さらに愛子は宴会が果てて虚子を部屋まで送って行き、虚子から「気にかけてくれるな」との慈愛溢れる言葉をもらい、「誰も居ない廊下に出て宴席でも、先生の前でも泣けなかつた心をさらけ出して声を上げて泣きました」と記す。小説では最後まで「泣いていた」愛子が、「宴席でも泣けなかった」と書く。どちらが真実であったか。

鈴木療養所の庭にて扇子を持つ愛子
（みくに龍翔館所蔵）

宴席の場面で「本田一杉」が幹事達を叱る逸話は若干演出過多にも見えるが、おそらくは事実であったのであろう。

「第五章」は、その夜立子、愛子、美佐尾の三人が温泉に入る話。三人の乳房が話柄となるが、「艶」というより愛子の子供っぽさが強調されている。

「第六章」は翌朝山中温泉を出立する場面。小説では「其翌朝は天気がよかつたので皆打ち晴れた顔をして宿を出た」とするが、前出「愛子の手紙」では「十九日朝は紅葉山に牡丹雪があとから〳〵降りつづいていました」となる。この件については、かつて筆者が伊藤柏翠氏に問い合わせたところ、こんなお返事をいただいた。

北陸の十一月末は天候不順にて、時雨て虹が立つかと思へば霙とか霰になり、雪が降るかと思へば忽ち青空になる事にて、『虹』の本文は翌朝は晴となつてゐても実際に山中の「よしのや」を馬車で駅へゆく途中、馭者台にゐた小生は牡丹雪まみれになつた記憶あり（中略）だから、山中は雪で出発、大聖寺へ着いたら晴天となり敦賀まで車窓に虹が立つたわけです。

やや虚子を庇っての「言い訳」めいては聞こえるが、「小説」としては、どうしても「晴天」であらねばならなかった。

「第七章」は前章から一年の後、虚子は信州小諸に疎開し、無聊の日々を送るある日、浅間山にかけて素晴らしい虹の立つのに出会い、

虹たちて忽ち君の在る如し　虚子
虹消えて忽ち君の無き如し　同

と詠んだ。

筆者は嘗て小説「虹」は「虚の文学」の傑作であると書いた(「俳句研究」平成元年十月号所載、「「虹」私論」)。その考えは今も変わっていない。つまり、この小説は「病気」、「妾」、「裏日本」、「時雨」などなど「陰」・「虚」の要素に充ちており、その「虚」の最たるものこそが「虹」なのである。さらに言えば、虚子は「よしのや」の宴席での自身の「歔欷」を、謡曲「木賊」の翁の「酔ひ泣き」に擬えた。その、「木賊」の舞台である、信濃の国、薗原の「帚木」こそ実体の無い、「虚」そのものであった。

▼「虹」その後

「虹」発表後、虚子は立て続けに、愛子・柏翠にまつわる写生文小説を発表する。所謂「虹もの」である。

「愛居」は、「虹」と同じ昭和二十二年一月、「小説と読物」が初出。小説の舞台は昭和二十年十一月の越前三国である。終戦後三ヶ月、漸く世間が落ち着き始めた初冬、信州小諸に疎開していた虚子は思い立って丹波竹田の西山泊雲の墓参りと、但馬和田山の年尾の疎開先を一見する旅に出た。その途次三国の愛子・柏翠を訪ねたのである。

それ以前、三国では柏翠が自然気胸を起こし、危篤の状態が続いていたが、奇跡的に恢復、虚子一行を出迎えた。

九頭竜川の河口近く川面を望む二階家を虚子は「愛居」と名付け、その二文字を揮毫した。河口に舫ってある漁船がにわかの時雨に慌てている様などが印象的に写生された。

「音楽は尚ほ続きをり」は「苦楽」昭和二十二年七月号に掲載された。虚子の「愛居」訪問から半年後、小諸で開催された「ホトトギス」六百号記念俳句大会に愛子・柏翠・お母さんの三人が参加する話から始まる。小諸で愛子を慈しみをもって見守る人々の中に京極杞陽があった。彼は愛子をモデルに〈詩の如くちらりと人の炉辺に泣く　杞陽〉と詠み、小諸からの帰途も三国に立ち寄って但馬へ帰った。さらに半年後、虚子が三度三国を訪ねた折、愛子の病状はいよいよ重り、すでに寝たままの状態であった。虚子は「愛居」に滞在しながら土地の俳句会などにも出席する。文中に愛子の写生文「わがまゝ」（地元の俳誌「花鳥」所載）を引用しながら夢のような時間を記述する。さらに時間は半年過ぎて昭和二十二年三月、小諸の虚子が悪性のインフルエンザで病臥している頃、三国の愛子の病状はさらに悪化、〈ニジ　キエテスデ　ニナケレド　アルゴ　トシ　アイコ〉といった電報が届くまでに切迫していた。愛子の訃報が小諸にもたらされたとき、虚子は〈虹の橋渡り遊ぶも意のまゝに　虚子〉と詠む。

「小説は尚ほ続きをり」は昭和二十三年七月執筆とされているが、初出は単行本『椿子物語』（昭和二十六年九月刊）。愛子が死んで百日と経たぬある日、柏翠とお母さん、さらに信子という愛子の友人が小諸の虚子を訪ねて来る。お母さんは愛子の赤い帯を形見に持参した。三人は翌日、妙高高原で泊まって帰った。そして新盆の話などが柏翠、杞陽からの手紙にあった。その後、一周忌までの愛子にまつわる、諸方面からの手紙・葉書を適宜配列して、愛子の面影が虹の薄れる如くだんだんに薄まる様子を綴る。

「寿福寺」は「ホトトギス」昭和二十三年七月号が初出。昭和二十三年四月二十二日、柏翠が愛子の墓標を持って鎌倉虚子庵を訪れ「愛子の墓」との揮毫を依頼したので書いた。その後寿福寺の墓域を虚子、柏翠、たけし、実花で訪れた。たけしがシャベルで土を掘って、虚子の墓の予定されている矢倉の近くに、その墓標は立てられた。

女弟子へのプラトニック・ラブを、この世ならざる、夢のような物語として発想した「写生文小説」は虚子が意図した通りの大団円を迎えることとなった。

▼「国子の手紙」（昭和二十三年作）
「国子の手紙」は「文体」昭和二十三年十二月号が初出。その後昭和三十年『現代写生文集』（角川書店刊）に収録された。全体を三章に分かち、第一章は書翰の差出人である国子（杉田久女がモデルとされている）についての解説。第二章はその国子の死を報じた娘町子（久女の娘、石昌子氏がモデルとされる）の書翰二通。第三章は昭和九年に国子から届いた十九通の書翰である。所謂「書簡体小説」と言うべきもので、『現代写生文集』版の冒頭には、

これは人の手紙を集めたといふに過ぎず、作者の働きは少しも無いといふ説があるかもしれぬ。正宗白鳥氏は此文を評して「小説以前」のものであると言つた。併し私はこれでいゝと思つてをる。これでも写生文として相当の注意は払つてある。


とあり、事実の取捨選択に依って写生文が「小説」として味わうに足る文章となることをここでも主張している。

「国子（久女）からの書翰」そのものの存在については、上村占魚に「眼力——虚子先生の半面」（『占魚の世界』所収）に詳しい。それによれば「先生（註・虚子）は机上にあらかじめ選別した

久女の手紙をあれこれと広げ、あるときは長い時間を瞑想されては口述された。晦渋と思われる文面をゆがめないようにとおもんばかっての思案であったに違いない」とある。その「口述筆記」の時期としては、「墓に詣り度いと思つてをる」から余り時間をおかない時期が考えられる。「墓に詣り度いと思つてをる」は昭和二十一年十一月号「ホトトギス」に掲載したもの。虚子はその頃、「ホトトギス」六百号の記念大会で日本各地を旅しており、機会としては「十二月十九日、句一歩、占魚、健一、格太郎来。小諸山廬」と「句日記」にある日が考えられる。ともあれ、現在のところ、「国子の手紙」は実在の書翰（現在その所在は不明である）に殆ど手を加えずに書かれた小説であると考えるべきものであろう。

第一章では国子からの手紙が少し「おかしい」と思い始めてから捨てずに置いたがそれが二百三十通に達した。その国子が昭和二十一年に死んだ。書翰は捨ててもよいのだが沢山の良い句を残した国子の書翰も国子を知ろうとする人の役に立つと思った。そこで公表してもよいか娘の「町子」に問い合わせた、という。

第二章中の、昭和二十一年一月二十八日付書翰で町子は、

一月二十一日午前一時三十分保養院にて只一人母は永眠致しました。最後には誰も肉身《ママ》が間に合ひませんでした。全く寂しい死に方でございました。申上げますのは私にとり心苦しいことなのですが、十年あまりひどい憂鬱症とヒステリー、精神分裂の状態でありました。

と母の最期を報じており、虚子としては、身内からの報告によって、「国子は狂人」であったと

いう認識を得たことになる。町子からの第二信は半年後の九月七日、

なほ母の手紙発表につきお尋ねに預り恐れ入りました。どうか如何様にも先生のお宜しき様に願上げます。

と書翰の発表に同意した旨を記す。

こうした、第一章、第二章の「手続き」を経て、第三章には十九通の「国子の手紙」が列べられ、独りの「女流俳人」が「狂人」となって行く様子を、虚子念願の「写生文にして小説」として執筆することになる。

十九通の日付は五月五日から十二月三日まで、ほぼ日付順に配列されている。

各書翰には、「師」への尊敬の念を過大に表現した箇所があるかと思えば、ひどく尊大な物言いもあり、日本の本来の「書翰」のマナーを大きく逸脱していることは、十九通全てに共通している。例えば、

私の文章を余り御削り下さることは私の性格として非常に不愉快に思ひます。私は先生と反対の立場の人々とも親しみ、全国的に多くの知己もありますから、色々な話を絶えず耳に致しますので、僭越を忘れて言上します。

同じ不満を漏らすにも、もう少し言いようがありそうなものだが、このような読み手が「鼻白

む」ような言い回しは随所にある。ところが一方では随所で、自分は先生の「三世の門下」であるといったやや過剰な表現も目立つ。

また周囲に自分を陥れようとする勢力が跳梁していて非常な恐怖感を抱いているとも言い、「K女」、「Y夫人」、「E女」などアルファベットで表現した（原書翰での表現か、筆者虚子による書き換えか不明）女流俳人達への嫉妬、羨望の文言が繰り返し述べられてもいる。

一方、「S」（これも原書翰での表現かどうか不明）なる男性俳人については、何カ所かで非常に好意的に語っている。

S氏の鴛鴦の句の短冊を下ろして朝夕唯一人静かに籠り暮らさうと思ひます。（中略）S氏にもB氏にも暫く文通しません。（中略）

私は淋しい孤独に立ち帰ります。これも致し方がございません。師に対し不遜なやり方をしたからです。S氏へ暫くでも心を向けた私の罪です。　（手紙四）

先生、私は昔からS様の句が大好きでございました。今も好きです又S様も好きです。私はこの間上京した時S様を訪問しましたが、其の時、鴛鴦の句を書いて下さいました。私が三熊野の如意輪観音さまを日夜礼拝してをるのは事実でございます。しかし芸術の上で互に敬愛することは私の自由だと存じます。しかし又芸の上の迎合で私は一個の女性としてS氏の純情と、S氏の俳句は、筒井筒振分髪の幼ない恋のやうに一生これは忘れることは出来ませぬ。師を敬し又たS氏の純情を愛する心持は、十一面観音も国宝であり、三熊野の如意輪観音もみな観世音菩薩のおん姿であるが如くであります。　（手紙五）

「如意輪観音」、「十一面観音」など思わせぶりで、よく判らない部分もなくはないが、ここまで「S氏」への思いがあるなら、「先生、先生と縋ることもあるまいに」と普通の読み手なら思う処かもしれない。「S氏」のモデルについては、さまざまに空想するばかりである。

「国子の手紙」のモデルとされる杉田久女と虚子のエピソードを綴った小説、評論は数々ある。その多くは昭和十一年、虚子が「不当にも」久女を「ホトトギス同人」から削除したことで、久女は苦しみ、終には精神の安定を著しく損ない、晩年は孤独な「死」を強いられたという立場のもので、虚子の非道・冷血をなじるものが少なくない。

本稿は、そうした「久女の悲劇」を語るのが目的ではないので、「虚子の散文」という観点からだけ何点か指摘しておく。

まず一点、注目しておくべきは、前出の如く、虚子は「国子の手紙」を昭和三十年、角川書店から出版した『現代写生文集』に収録したという事実であろう。本書は、虚子の晩年に虚子周辺で写生文を執筆していた何人かとの共著で、明治に起こった「写生文」の現代に於ける成果を世に示さんと企画されたもの。虚子以外では山口青邨、大岡龍男、佐藤漾人、京極杞陽、富安風生、星野立子ら四十二名執筆の合同文集である。虚子は「国子の手紙」ほか七篇を書いているが、虚子は立場上、余程の自信作を掲出せざるを得まい。つまり、虚子の認識では「国子の手紙」は写生文の至り着いた「一つの到達点」であったと考えてよいのである。世間で喧伝するような「いじめ・バッシング」といった低次元の発想から書かれたものではない点をまず認識しておくべきであろう。

では虚子が、「国子の手紙」で執着したものは何か。それを解く鍵が『虚子自伝』（昭和三十年、朝日新聞社刊）中、「「井筒」と「三井寺」と「班女」」という小文にある。

「能」に描かれてゐることは現世よりは遠い事のやうに一寸は考へられる。私はさうは思はない。「能」に描かれてゐるやうな事が私等の目の前の現実の世の中にも有る。

譬へば「井筒」のキリに業平の形をした井筒の女が左右の手で芒をおし分け井筒をのぞく所がある。之は「筒井筒振分髪」といふ其の若い男女が井筒のそばに睦み遊んでゐた昔を恋ふる姿である。今の世でも井筒のそばで男女の子供が睦み遊ぶといふことはあり得る事である。又「三井寺」の狂女が月明に乗じて鐘をつくといふ事、それに似た事も今日の世に有り得る。現に今は亡き私の知つてゐる女の人が、感情の昂ぶつた時は物狂に近い挙動をする人であつたが、月明の夜筑紫の観世音寺の鐘を心ゆく迄乱打したといふ事であつた。

この「観世音寺」の鐘を乱打する話は「国子の手紙」その十三、

先日観世音の祀つてあるお寺に詣りました。暗い本堂内に僧と唯二人、灯を捧げ、菊を捧げて観世音を拝しました。まことに麗はしく気高く、物寂びたお姿でございました。それから月光を浴びつゝ、梵鐘を何度も〳〵撞きました。鐘にも月が映つてゐました。鐘の音は静かな平調で、何とも云へぬ懐かしい響きを伝へて呉れました。

とぴたりと一致する。幼少の頃から能に親しんだ虚子にとって、所謂「狂女もの」は極く親しいものであった。嘗て夏目漱石と遊んだ「俳体詩」でもその代表作「尼」は「狂女」が主人公であった。つまり「国子の手紙」は現代の「狂女もの」として、虚子が何時かは書いてみたいと思っていたテーマだったのではあるまいか。写生文に使われた事実は、たしかにどれも事実には違いなかった。しかし、それらの事実を綴り合わせて、描き出した人物像は必ずしも現実の「その人」ではなく、虚子の心を昔から占めていた「能の女」だったのかも知れない。

第十一章　最晩年の傑作

▼「有明月」（昭和二十四年作）

昭和二十四年十二月号の「ホトトギス」に虚子の写生文とも小説とも、あるいは詩ともつかぬ不思議な散文が掲載された。極く短い作品なので全文を掲げる。

有明月　　高濱虚子

今朝も亦起き出て著物を著かへるとステッキを持つてすぐ散歩に出た。裏戸を出ると西の空に有明の月が鏡のやうに明るく懸つてゐた。昨夜は十五夜であつたが、それが東雲の薄明りの空に、円盤のやうな明るい有明月として残つてゐた。

此頃は毎日のやうに海岸を散歩するので、海岸に出るまでの道で出会ふ人は大概きまつてゐる。ガタ〳〵ガタ〳〵音をさせて来る自転車の牛乳配達などもその一つである。開襟シャツにズボンだけを穿いて、手に鞄を提げてゐる勤人らしい人にも二三出会ふのであつた。が、その中で十六七ばかりの娘が、私が海岸近くに歩を運んだ時分に、必ず向ふ《（ママ）》から来るのにもよく出会つた。

其の娘は海の方から現れて来るのであつたが、私に一向頓著なしに通り過ぎるのであつた。始めの時分はさうであつたが、段々度重なるにつれて、私の方に近づく時には、わざと他所見をしたり俯向いたりして、多少私といふものを意識しはじめてゐるらしかつた。

或る朝のことであつた。ふと二人の顔が出合つたはずみに私の方から口を利いて、

「よく出会ひますね。」

娘は一寸笑顔を作つて、

「お早うございます。」

さう云つて別に足を留めるでもなくすた〳〵と行き過ぎた。

それから四五日の間は行き逢ふ度に先方の方から先に、

「お早うございます。」

と挨拶した。こちらも、

「お早う。」

と挨拶をした。

此の娘が何処から来るものか分らなかつた。兎に角、海の方からやつて来るのであつた。其の後も相変らず、

「お早うございます。」

「お早う。」

といふ言葉を交すのみで過ぎた。

ところが或る時向うから桃色のスカートを穿いてゐる女が一人来るのが目にとまつた。いつもあの娘が来る時分だと思つて見ると、果して其の娘であつた。大概白いワンピースを著てゐたが、そろ〳〵と朝寒を感ずる時分になつたから、衣を更へて来たのであらうかと思ふうちに近づいて来て、やはり、

「お早うございます。」

「お早う。」

と云つて過ぎ去つた。

其の翌日であつたが、今度は水色のワンピースを著て来るのであつた。此の間の桃色のスカートは特別の服であつたのであらうと思はれた。それから続いて水色のワンピース姿に出会ふのであつた。

或る日ふと私は杖をとめて、

「どこかへお勤めですか。」

と聞いて見た。娘は行き過ぎやう（ママ）とした足をとめて、

「学校です。」

と答へた。私は、

「大変早いのですね。どこの学校？」

と聞いた。娘は顔を横に向けて、お下げの髪が前に来てゐるのを口に啣へて云ひ淀んでゐる様子であつた。私は強ひて聞くでもなく、

「行つてゐらつしやい。」

と云つてそのまゝ歩き出した。娘は私に二三歩遅れて歩き出した様子であつた。

　有明の月といふと、いつも紙で描いたやうな光りの無いものを見るのであつたが、今日の有明月は磨ぎ澄ました鏡のやうな光を持つてゐた。海岸に出る前に見ると、稲村ケ崎の上を三四間離れたところの空に其の明鏡はかゝつてゐた。折節満ち潮であらうと思はれる由比ケ浜の波は、沖の方から高く崩れて近く押し寄せて来てゐた。其の時であつた。かの娘は又海の方から現れてこなたへ近づいて来た。さうして、

「お早うございます。」

と云つた。私も、

「お早う。」

と答へた。


　虚子が、東京から鎌倉の地に移り住んだのは明治四十三年の十二月。折りから「江の島鎌倉電鉄」、所謂「江ノ電」が藤沢・鎌倉間の全線開通を果たした直後であった。虚子は鎌倉で二回転居、即ち「三箇所」に住まったことになるが、実際は、三箇所ともごく近隣で、由比ガ浜までの距離も道順もほぼ変わらない。

　現在も「終焉の地」に句碑が建ち「浪音の由井ヶ浜より初電車」と刻まれているが、まさに、風の強い日には「潮騒」が聞こえてくるほどに近い。実際、虚子庵の「裏戸」（当時、表戸は江ノ電の軌道敷に面していた）を出て、左方向（南西）へ歩くと約五百メートル（徒歩七分ほど）

で由比ガ浜の海岸に到る。虚子にとって海岸に杖を引くのはごく普通の日課であった。

さて、その海岸への散歩の途次、虚子は「十六七の娘」と頻繁に出会うようになり、いつからか「お早うございます」、「お早う」と挨拶を交わすようになった。大概は白いワンピースを纏っているが、ある時「桃色のスカート」という出で立ちで現れ、翌日は「水色のワンピース」であった。そんな若干の変化はありながらも、相変わらず二人は朝の挨拶は交わしていた。ある日「私」は、その娘に「お勤めですか」と聞くと、娘は「学校」だと言う。そこで「私」が「どこの学校」かと聞くと、お下げ髪を口に啣へて云ひ淀んでゐる様子であつた。「私」は強いて追求はしないで別れた。その一瞬の「気まずい時間」のあったあと、「有明月」の磨いだように輝いた朝、その娘はまた「海」の方から現れて、二人は、それまでと変わらない挨拶を交わして別れた。

なんの不思議も事件もないような文章であるが、よく読むと妙な処がある。それは「私」が、

海岸に出る前に見ると、稲村ケ崎の上を三四間離れたところの空に其の明鏡はかゝつてゐた。折節満ち潮であらうと思はれる由比ケ浜の波は、沖の方から高く崩れて近く押し寄せて来てゐた。其の時であつた。かの娘は又海の方から現れてこなたへ近づいて来た。

それまで、「娘」は「海岸近くの家」に住んでいて、海岸へ散歩に行く「私」と、途中の路上で出会っていたと読めていたが、「私」が「海岸の手前」まですでに来ているのに、それでもさらに「海」の方からやって来たとなると、娘の家は「海中」にあるとしか考えられなくなってしまう。日常の些事を坦々と記す「写生文」として読んできた読者は、にわかにはぐらかされ、「娘」

の正体が問われることとなる。「海」から立ち現れる「此の世の者でないもの」。西洋流には「ヴィーナス」の誕生などが空想される。しかし「学校」を問われ「言いよどむ」シーンに注目すれば、学齢に達することなく夭折したものの「霊」が、「私」の前に立ち現れたと解することもできる。ここで一つ勝手な空想が許されるなら、筆者としては「六」を思い浮かべたい。虚子の生涯中、最大の痛恨事「六」を死なせてしまったこと。さらに「六の死」に臨んで積極的に介護の手を差し伸べなかったという「後ろめたさ」。それが「六」が生きていたならば、こんな「娘」に育っていたかも知れぬという、幻影となって虚子の前に立ち現れたのではあるまいか。老人がその生を終える日の近づいた時、人生最大の痛恨事が、老人の心を捉えて放さなかったのであろう。こうした虚子の「思い」は、その題名からも窺うことができる。「有明月」は月齢でいえば、十五日を過ぎ二十日頃の月。つまり夜も更けて東から昇り、夜が明けても西の空に残っている月である。人の暮らしを中心に言えば、前の晩に見た月が、一夜明けて再び空を見上げたところ、未だ空に懸っているのである。一度失った愛嬢の「六」が、実はまだ生きていた、ということにもなる。娘の「白いワンピース」は、まさに有明月の「白」なのである。

つまりは、「超常現象」というか、「怪異」とでも呼ぶべきものを「写生文」として描いたことになる。言い換えれば、虚子の心に写った「幻影」を写生した文章ということになろうか。「怪異」という点では、この後虚子には「バスの横を歩いてゐた婦人」(昭和三十二年九月号「ホトトギス」)という作品もある。一読をお勧めする。

▼「椿子物語」(昭和二十六年作)

「椿子物語」は昭和二十六年七月号「中央公論」に初出。全体を上・中・下三段に分かつ。「上」では、鎌倉虚子庵に椿の木の多きことを述べ、椅子に腰かけて、それらの赤い椿を見ていると、何時か自分は「旅」にあるような心地になって、それらの「赤い椿」が「私を取り囲んだ女の群」のように見え、「いつか浮雲にでも乗つてゐるやうな心持になつて、自分は自由自在に心の欲する処に行く事が出来、足は軽やかに空中を踏んで歩き廻ることが出来るやうな幻覚を覚えるのであつた」と記し、近作、

造化また赤を好むや赤椿
小説に書く女より椿艶
椿艶これに対して老一人

を挙げる。そんな虚子の許に山田徳兵衛が人形を送って来た。

折節山田徳兵衛君から女人形を送つて来た。それは七八ツかと思はれる女人形であつて、髪はおかつぱで、赤い著物を著て錦のやうな帯を締めてゐた。両手をだらりとさげてゐるのは普通の人形の通りであつた。さうして手紙には、粗末な人形だが私の座右に置いて呉れゝば仕合せだ、といふ意味の事が書いてあつた。丁度赤い椿の盛りであつたところから、私はこれに椿子といふ名を付けて傍の本箱の上に置いた。

山田徳兵衛は東京、浅草橋の人形店「吉徳」社長（第十世）。徳兵衛の回顧談（『虚子物語』所

収）によれば、昭和二十二、三年のころ、虚子に「俳号」を付けて呉れるよう依頼したところ「土偶」という名をつけて呉れた、その礼にと「窮余の一策で」商売物の「おかっぱさんの少女の振袖姿の人形」を贈ったという。虚子は、

椿子と名付けて側に侍らしめ
椿子に日傘もたせてやるべきか

などと、詠みつつ、次のような小唄も作詞した。

女人形を　お側に置いて
明け暮れ眺めしやんすが　気がかりな
わしや人形に　悋気する

そして自分の気持ちを小説中で次のように分析する。

前後左右を顧みても、此の女人形に悋気するやうな人影は見当らない。矢張りこれは庭の椿の花を眺めてゐるうちに禁足の自分を自ら憐んで、天地を自由に飛翔する事が出来る夢の天国を描き出し、自ら楽しんで居るのと同じやうに、孤影悄然と本箱の上に置いてある八九歳の少女の椿子に対して居る自分を僂なんで、夢の国を描き出さうとするやうな、そんな欲求に駆られたものかも知れなかつた。「わしや人形に悋気する」といふのは椿子それ自身か、若しくは椿子に対する幻影の女か、それすらはつきりと判らぬやうな心持がするのであつた。

虚子にしては珍しく、長いセンテンスで執拗に「老の心」を語っているが、すでにここに「椿子物語」のコンセプトは明示されている。喜寿を越えた「老虚子」の中に、前作「虹」の心持ちが、「愛子を失ったあとでも」まだまだ生きていて、何か新しい対象を求めて彷徨っていたのである。昭和二十六年一月の「俳諧日記」(「玉藻」に連載)中に、次のような箇所がある。

一月五日。老妻余に「急に年をとりましたね、七十八といふと、どつかと衰へるのですね」と言ふ。余は「うん」と答へしが、内心はさうは思はず。

この「さうは思はず」は、なかなかしたたかである。糸夫人は、虚子を「おじいさん」と決めてかかっているのであるが、虚子の心の内は「庭の椿の赤」に揺れ、「おかっぱさんの椿子」に躍っていたのである。

「椿子物語―中」は六年前の回想である。昭和二十年十一月、敗戦の混乱が漸く収まり、なんとか「旅」も出来るようになった。虚子はまず前年の秋に亡くなった愛弟子西山泊雲の墓参りと、但馬和田山に疎開をしている年尾一家を見舞う旅に出た。ついでに但馬豊岡の京極杞陽を訪ねた後、虚子は再び和田山にとって返し、安積素顔を訪ねた。素顔は和田山一の名家の当主であるが、若くして光を失うという不幸な身の上にあった。素顔は俳句を泊雲に、泊雲没後は杞陽に習っていた。虚子の来訪を歓んで先祖の墓地などを案内するが、その折りは「セーラー服を著て髪を束ねて後に垂らしてゐる十五六位の少女」の肩に手を掛けて歩いた。それが素顔の長女叡子であった。「叡子さんは淋しさうに素顔君のそばに立つて居た。叡子さんは始めから終りまで一言もものを言はなかつた」。

その後素顔は小諸に虚子を訪ねたりもしたが程なくして没した。戦後の「農地解放」の嵐が盲素顔をひどく悩ましたあげくの死であった。

「椿子物語―下」は素顔の死から三年を経て叡子が同志社を卒業、親戚を訪ねて上京のついでに虚子庵を訪れる場面から始まる。

久しぶりに逢つた叡子さんは、昔、素顔君に肩をかして黙々として歩いて居つた一少女とは見違へるほどに人と成つてゐた。矢張り髪は後に綰ねて垂らしてゐて女学生の名残りはとゞめてゐたが併しもう立派な一個の女性となつてゐた。昔は沈黙であつた一少女も、今はこちらの問ふ事に対してはき〳〵と返辞をした。物に臆するやうな処は少しもなかつた。

虚子はその日は生憎午後から俳句会で他出せねばならなかったので、四畳半に虚子夫妻と叡子、叡子を引率して来た和田山の古屋敷香葎の四人で簡単な昼食を摂った。小さいコップ一杯ずつの酒で乾杯をしたが、その酒に叡子の顔は赤くなった。「まあ、叡子さん、まつかになつて」と老妻も笑った。その初心な叡子の様子に虚子の心は揺れた。

私は此の時の叡子さんを美しいと思つた。嘗て素顔君に肩を貸して黙つて蓼川までの道を歩いて行つた時の陰気な淋しい面影は払拭されて、つゝましやかではあるが、快活で、それで今斯く目のあたりに見て、別に粧ひを凝らしてゐるとも思へない顔を真赤にして、一杯の酒の酔を持てあましてゐるらしい、それを大変美しいものと眺めた。

「虹」の愛子は、「コケットリー」と「病気」が不思議に調和して虚子をやるせない気分にした。祇園や新橋の「女達」は、きちっと自立し、「分を弁えた」嗜みで虚子を楽しませた。そして、それらとはまるで違う「健康な現代の女性」の魅力を叡子は備えていた。翌年の新年放送の俳句会に虚子は、〈この女この時艶に屠蘇の酔〉という句を詠んだ。京極杞陽は「叡子さんが『この女』になつたのですね」と笑った。実体としての安積叡子とは、ちょっとずれた「叡子像」を虚子はこれから描こうとしていることにいち早く気づいた杞陽の「笑い」がそこにはあった。

その後帰郷した叡子からの手紙に、虚子の留守中、「椿子」を見た話などがあったことから、虚子は「椿子」を叡子に贈ることを決める。なぜ叡子に贈ることにしたか虚子自身にも判らなかった。

「椿子」が和田山に到着して、和田山では歓迎句会が開かれ、豊岡から杞陽夫人の昭子が出席、〈逝く春の卓に椿子物語〉と詠んだ。「椿子物語」という題名の発端である。

杞陽京極但馬守高光の令夫人であり、大和郡山柳沢家の令嬢であった昭子が「貴婦人」として、「人形」と「叡子」を祝福することが、この物語に品格を与えている。

その後、杞陽が鎌倉から「椿子」の句を認めた虚子の短冊と、ガラスケースを但馬に運ぶ時に「恋の使」とか「恋の重荷」などと戯れた。これによって虚子庵の「庭の椿」の「艶」を、実在する「叡子」に仮託することともなった。

その後昭和二十九年、叡子に結婚話が持ち上がり、香葎が和田山での「椿子句会」も終わると報じてきたのに対し虚子は〈椿子も萩も芒も焼き捨てよ〉と詠んだ。すくなくとも「句日記」にはその句が録され、「椿子物語」の決着がつけられた形になった。が、しかし、叡子にもたらされた短冊は〈たぐひなき菊の契りとことほぎぬ〉と〈椿子も萩も芒も名残惜し〉であったという（「夏潮」二〇〇九、一〇号）。実在の「叡子」と物語の「叡子」の間には最後まで、きちっとした峻別があった。「椿子」はその後も叡子に大切にされ、そのお嬢さん方にも可愛がられたという。

▼「絵巻物」（昭和二十七年作）

「絵巻物」は昭和二十七年十月刊、「中央公論」臨時増刊号が初出。全体を十七章に分かつ。「一、絵巻物」は京極杞陽の妻昭子から立子に宛てられた書簡の紹介である。一読、「絵巻物」という表題の解説のように見えながら、実は小説の構成にまで影響を与えた重要なものと考えることもできる。以下第一章の全文を掲げれば、

比叡、高野の旅を終つて帰つた後に、立子に宛てた京極昭子さんの手紙に斯うあつた。

「比叡、高野の御旅、お疲れの御事と存じ上げます。でも虚子先生御はじめ皆々様、お元気の御様子、何よりとうれしく存じました。杞陽事、いつも乍ら終始御家族様と同じ様な御相伴に預り、誠に恐縮いたしてをります。御土産話をきゝ乍ら、虚子先生の「短夜」の御句など、しみぐ〳〵味はせて頂いてをります。

御旅の数日がそのまゝ絵巻ものゝ様でございますね。」

今度の旅が絵巻物であるか、七十九翁の旅行雑記であるか、それは何れにしても、私は此の昭子さんの手紙によつて「絵巻物」といふ表題にした。此の前の「椿子物語」といふ名前も

行く春の卓に椿子物語　昭子

から取つた先例に倣つたのである。

京極杞陽という人物が虚子晩年の文学世界で特別の存在であることは多くの人が認めるところである。昭和十一年のベルリンでの虚子との出会いをきっかけに、虚子に入門、虚子を囲む若手の会「九羊会」（立子・草田男・汀女・たかし・茅舎・蓼汀ら）にも参加。戦前は式部官、貴族院議員なども務めたが、戦後は虚子のアドバイスもあって、俳誌「木兎」を主宰し、職に就く事はなかった。この「絵巻物」という表現もあるいは、昭子夫人ではなく、杞陽の発想であったかも知れない。

虚子はたかだか原稿用紙八十二枚ほどの短編小説を、わざわざ十七の章に分かつことで、あたかも「絵巻物」が、ゆっくり時系列を辿りながら「場面」を展開して行くように構成している。ここで大切なことは、「絵巻物」が後から付けたタイトルではなく、始めから「絵巻物」を念頭に置きながら構成・執筆されているという点である。永い歴史を持つ虚子の写生文が、この作に至って、短い章（チャプター）を十、二十と時系列に沿って列べ、あたかも日本古来の画法である「絵巻物」のように展開するという構成法を得たのである。

「二、堅田夜話」は、こう始まる。

はじめに頭に浮ぶものは、近江の堅田の琵琶湖に望んだ余花朗邸の応接間である。

「はじめに頭に浮ぶもの」は、まさに「絵巻物」の劈頭に相応しい。まるで「絵」のように、琵琶湖畔の造酒屋の応接間が「浮かび上がる」。そこで虚子は、翌日の「祖先祭」を前に、京都遊学時代からの比叡山でのエピソードを語る。約四十分、テープレコーダーに録音された懐旧談を杞陽は「堅田夜話」と名付けた。

「三、祖先祭」は、比叡山東塔の大講堂で催された法要が済んで「私」が表に出ると、但馬和田山から安積素顔未亡人と近々結婚することになった娘の叡子が待っていた。「椿子物語」の叡子がここで合流することで、この小説が「椿子物語」の続編であることが、読者には判る。

「四、駕」は祖先祭の翌日の話。虚子一行、三十数名は四挺の駕を雇い横川へと志す。元三大師堂での俳句会が終わって、一行は仰木村を経て京都に戻った。

「五、墓」。この横川行きには、もう一つの目的があった。それは虚子の「墓」を、所縁の深い横川に建てるについて、その場所を決めるためであった。虚子は惠心廟に近い木立の中を選んだ。

「六、勾当内侍」は一行中の、四女新田宵子に、新田義貞の妻、「内侍の墓」を舟で案内する話。六行ばかりの短いもの。「絵巻物」の構成上、背景が、「湖畔」、「東塔」、「横川」、「横川」、と続いた後に「湖水」が繋がることで、絵画的には豊かなバリエーションとなった。

「七、美人手を貸せば」の舞台は京都市内、「枳殻邸」に於ける俳句会。虚子はこの句会に〈美人手を貸せばひかれて老涼し〉の句を投じたが、その句を巡って人々が色々に詮索をする。その後の旅中でも、奈良鹿郎などは虚子のエスコートを「叡子」に任せ、「椿子」以来の仄かな「艶」を虚子に味わわせようとする。

「八、夢も現も」は、枳殻邸の俳句会の後に赴いた藤井葭人邸での俳句会について、その後俳誌「比叡」に掲載された叡子の文章を「転載」する形で報告するもの。ことに〈短夜や夢も現も同じこと　虚子〉を、自身の解説でなく、叡子の「どういふお考へか私にははかり知る由もないけれども、しみ〴〵と胸にこたへて忘れられぬ夜の集ひであつた。」と感想を述べさせることで、結婚を直前に控えた娘の心にも通ずる意味深長なものとなった。構成の上でも、虚子の文章でない、という点で変化がついた。

「九、高野」は、その後一行が向かった高野山が舞台。空海の没年を六十二歳と聞いた虚子は「私は心の中で随分若死であつたなと思つた」と記す。

「十、牡丹」は文章三行と俳句二句のみ。「絵巻物」に「連句」的な要素も合わせて味わえば、「牡丹」ながら、「花の座」といった趣か。

「十一、足袋工場」は、高野山の帰り、堺の福助足袋工場を見学する話。現代の「俗」の要素を「絵巻物」の一端にそえた趣と言えよう。

「十二、昔のわたし」は一行が堺の南宗寺境内放光庵に秋琴女を訪ねた折りの模様。当時、すでに京撰寮を手放し、嵯峨に住まっていた三千女（「風流懺法」の三千歳）もその場に同行、〈叡子涼し昔のわたし思ひ出す　三千女〉という句を詠む。虚子の手を引いて、何かと世話を焼く役目を、今は叡子が担っている、ということへの祝福と、若干の嫉妬であろうか。

「十三、大和屋」。堺を経て、大阪に到着した一行が宗右衛門町の大和屋へ繰り出した話。ついでに下田実花の話から、箱根の木賀の宿の思い出話へと進み、さらにその場に居た芸子に句を揮毫する。同行した娘の宵子が「お父さんは芸者の前で嬉しさうであつた」という科白を入れて「上品に」纏めている。仮に連句の趣向として考えれば、さしずめ「恋の座」とでも言うべきところである。

「十四、垂訓」。大阪の宿、坂口楼の一室での、虚子、坤者、杞陽の三人の話柄が「美人談」という趣となった。杞陽は「これも垂訓ですか」と戯れた。この「垂訓」という言葉については、時間が遡るが、比叡山の東塔に泊まった夜、虚子が珍しく熱心に俳論を語ったのを、杞陽が「山上の垂訓」と呼んだことに拠る。旅行中の大切な場面には、必ず杞陽が登場して、大事な「キーワード」を語る。これもその例である。

「十五、椿子流し」。高野口から難波までの車中、虚子は叡子に、結婚を機会に「椿子」を但馬の円山川に流すように提案する。叡子は仰天する。それに続けて前作「椿子物語」の粗筋が記され、「椿子物語」を読んでいない読者にも話の流れが把握できるよう配慮されている。

「椿子流し」の提案は、その後、当然ながら大いに反響があった。当の叡子からは嫌々ながらの受諾の報、それに対して虚子は真意を開陳する。途中、

椿子はもと〳〵私の空想の産物でした。現実に人形は存在してをりますけれども私の空想の衣を纏はしてそれを椿子と名づけました。それが大過なくすぎて今日に至り、殊に愛撫して下すつたあなたの手で円山川に流されるといふことは又私の空想の満足するところであります。

とあり、「椿子」および「叡子」への虚子の想い、つまり、すべてが「老虚子」の脳中での「空想」の「物語」であったことが、さらには「絵巻物」という小説までが、現実の進行そのものではなく、「空想」の美しさをこそ味わうものであることが暗示されている。

仰向けのまま、どこまでも流されていく「少女」。読者の多くはジョン・エヴァレット・ミレー描くところの「オフィーリア」を思い浮かべるかもしれない。筆者も実はその一人である。あるいは虚子の心の奥底にも、そんな幻影が浮かんだかも知れない。しかし、そんなことは「おくびにも出さない」ところに虚子らしい、したたかさがある。

虚子の予想通り、杞陽からも、昭子からも来信がある。さらに叡子からは二信、三信が届いて結局、「椿子」は流さずに、その「形代」を流すこととなった。さらに反響は虚子の想いもしない方面からも届いた。

このあたりは虚子が、わざわざ小池に石を放って、波の立つのを楽しむような趣が見え、少々の「嫌み」が感ぜられなくもない。しかしここに至って「絵巻物」が完全に「椿子物語」の続編として存在していることが確認される。

「十六、円山川文明」。「玉藻」に虚子が執筆した小文「円山川文明」の粗筋を繰り返す。丹波に発して但馬を流れる「円山川」流域に勃興する「俳句文明」。豊岡の京極杞陽、和田山の安積素顔を中心に多くの若者が俳句に親しむ「文明」であるとする。

「十七、古浴衣」。話はがらりと変わって、米原の久米幸叢が七百匹ほどの螢を鎌倉へ持って来てくれた。当初は金殿玉楼の如く光ったが、いつの間にやら数を減じ、遂に二匹残った螢も消えた。虚子は「なまじひに生きてゐるもの、哀れを感じさゝれるのでありました」と記す。
「二」から「十六」までの「絵巻」とは全く違う、真っ暗な闇に「螢」が燦然と輝く「絵」が閉めに描かれたような気分を起こさせる。その光も徐々に明るさを減じ、ついには「真の闇」で、物語は終わる。

▼「新橋の俳句を作る人々」（昭和二十六年作）

「新橋の俳句を作る人々」は昭和二十六年九月刊の『椿子物語』に収録されたものが初出と思われる。『椿子物語』では末尾に「昭和二十六年四月二十九日稿」とある。特に章立ては無く、虚子と主として新橋の花柳界で働く芸者や料亭の女将との交流を坦々と綴る中に、ふとした人間関係の「緊張」や「翳り」が微妙に描き出されていて、面白い作品になっている。

嘗て新富座の芝居茶屋の息子だった中村秀好が中心になって、阪東蓑助、その妹で芸者の萬龍、さらには小くに、五郎丸といった芸者が俳句を始めたのは二十年も前のこと。小時は今日出海・今東光兄弟の従姉妹、実花は山口誓子の妹、おはんは大阪大和屋の初代おはんだが、東京に来てはん彌を名乗り、現在は廃業して灘万東京店の専務を

歌舞伎座にて、三人の芸妓と虚子
後列左から・小時、はん、実花
（昭和 17 年 9 月）　（虚子記念文学館所蔵）

する傍ら、地唄舞の師匠をしている。

こうした芸者衆との付き合いは、戦前は赤星水竹居が取り持つことが多かった。また待合の田中家の老女将、樋田千穂は俳句も文章も達者であった。昭和十二年からは「二百二十日会」という句会も発足、戦後は「艶寿会」という名で続いていた。

戦後、虚子の喜の字の祝いも終わったあるとき、灘万で「虚子を慰める会」という俳句会を催すことがあった。戦前は主として「田中家」を会場にすることが多かったので、田中家の千穂に知らせてあるのかどうか虚子は心配した。そこで実花が田中家に連絡、相手は「伺う」との返答であったとのことであった。無事、田中家の女将も参加した俳句会が終わって田中家の女将は灘万の女将とさまざまに話をしているようであった。

間も無くチリ〳〵と門の鈴が鳴つて田中家の女将は帰つた。私は耳を欹て丶此の二人の女将の会話を聞いた。チャーチルとルーズヴェルトの会話よりも興味が深かつた。

にこにこと微笑みながら俳句会に呼ばれたことを感謝していた田中家の女将と、結局事前に知らせることをしなかった、灘万の女将との「和気藹々」の丁寧な言葉遣いの会話の中にも、きりきりと鎬を削るような緊張した遣り取りを、虚子は察知している。表面何一つ事件らしいことはない中での心理的な駆け引きが描かれているのである。

また或る時は、鎌倉の虚子庵に芸者衆が遊びに来る事になった。昭和二十六年二月十日（「句日記」では二月一日）のことである。午前十一時過ぎ、実花、小時、田中家の女将、五郎丸、小くにの他にもう一人いるのは、当時、新橋一との評判の「まり千代」であった。座敷に入って、珍客の「まり千代」が虚子の隣に座り、老妻、立子、真砂子も加わっての昼食となった。その後「まり千代」と小くにと五郎丸は、熱海での贔屓筋の宴会のために中座して出かけていった。後で実花が語ったところによると、「まり千代」は、「俳句を作らなくても良い」ということで同道したという。また後日、「まり千代」は「あんなに喋らないで良いんなら又行くわ」と言ったともいう。また違う日に田中家で出会った「まり千代」に虚子が俳句を作る気はないかと聞いてみると「私はものを見ても感じといふものが起らないのですから、駄目でせう。」と言う。その後、新橋組合の頭取まで務めた「まり千代」の虚子の期待に迎合しない様子が、坦々と記されていて面白い。虚子の内心の「残念さ」が、うすうすとした「曇り」となって描かれている。薄味なりに極上の写生文と言えよう。

▼「小国」（昭和二十八年作）

小説「小国」は昭和二十八年五月号の「中央公論」が初出。その後、非売品として笹原耕春が単行本としたが、流通に乗らなかったために、あまり世間では読まれていない。原稿用紙にして七十四枚ほどの分量を十九の断章に分かって描くところは先行の「絵巻物」に似た構成となっており、虚子の「写生文小説」の一つのモデルが出来上がったようにも見える。

物語の発端は、この旅を遡ること三年、昭和二十四年十月、虚子・立子ら一行が九州別府、耶馬溪を訪れた際、小国へも立ち寄る予定であったが、立子の急病で取り止めとなった。その通知を受けた小国の俳人は皆落胆。中でも笹原耕春の妹梨影女は泣きだしてしまったという。その事を伝え聞いた虚子は〈火の国の火の山裾の乙女子が泣きしと聞きぬわが心痛む〉という短歌を送った。それ以来、虚子の心に、いつかは必ずと思っていた小国訪問が昭和二十七年十一月に実現したのであった。

第一日目の行程。鉄道を日田で降りた一行は、貸し切りバスに乗って途中の杖立温泉まで進む。そこに客待ちをしていた自動車があったので虚子・立子・それに案内役として梨影女と耕春が乗り、バスに先んじて出発。珍しいほどの好天に乗じて、今日のうちに阿蘇の大観峰の眺めを楽しもう、ということになる。自動車は小国を素通りして大観峰に向かった。大観峰では大きな眺望を楽しみ、竜胆や梅鉢草を摘んで遊んだ。帰途放牧牛の番小屋で耕春兄妹の従姉妹である扶美女をもピックアップした。扶美女は満州から引き揚げてきた人で、小国で美容室を開いている。その夜虚子は立子、汀女を伴って耕春居に宿泊した。

二日目。耕春の家に目覚めた三人は昨日一瞥した杖立温泉を再訪、温泉を一巡りして再び小国へ戻る自動車には虚子、立子、梨影女、耕春、凜女、扶美女、萩波子の七人が無理矢理に乗り込んだ。自動車はやがて小国の「火の宮」「高橋」両神社に到着。その後「鏡ケ池」を一見、土地の名物「芋水車」を見ながら耕春居に戻った。午後は俳句会があり、近くの料理屋で晩餐会。その後大久保橙青が当時珍しかったテープレコーダーを持ち込んで、一座の人々が記念にさまざまの感想を述べ合った。

小国を出立する朝は雨が降っていた。出発前、虚子が扶美女の「ハト美容室」を見物に行くと同行の潮原みつるが丁度パーマをかけて貰っているところで、後からやってきた立子もセットしてもらうことになった。その後虚子一行は小国の人々に見送られて熊本へ向かう。途中では、虚子の希望を容れて霧の中で竜胆を摘んだりもした。阿蘇谷に下って内ノ牧では最近亡くなった小島偉邦居で小句会をした。その後熊本に向かい江津荘泊。

翌日は江津湖散策、中村汀女の実家にその母堂を訪ねた。その後水前寺、熊本城を経て公会堂の俳句会に列席。その日も江津荘に宿泊した。

翌日は早朝、福岡を志して出発。都府楼址に至り、思いがけなく梨影女、扶美女に再会した。さらには吉岡禅寺洞も現れ久闊を叙した。その後太宰府天満宮で俳句会。途中停電の中での俳句会も印象的であった。その晩は二日市の延寿館泊。夕食後、隣の宿に泊まっていた梨影女、扶美女が来訪。しみじみと別れの語らいを楽しんだ。翌朝の博多出発に際しては、梨影女も扶美女も見送りの中にあった。

これらの日々を十九の断章に分けて記してあるのであるが、途中「行脚の俳諧師」の章で、奈良鹿郎の文章を挿入。貞享・元禄の頃に多くの俳諧師が、阿蘇から日田へ、あるいは逆のコースを辿って小国を訪れた歴史を示す。また「鏡ケ池」の章ではその名の発端となった醍醐天皇の御代の「小松女院」の伝説を詳細に伝え、また熊本での一切は阿部小壷執筆の「虚子を迎へて」に委ねている。さらに最終章は梨影女・扶美女・耕春他の「小国俳人」の近詠十五句を並べたままのもの。こうした、さまざまのバリエーションにより、「絵巻物」的手法が、前作より一層巧緻となり、読む者を飽きさせない。

また、「四人がけのところへ」という、一台の自動車に男女七人を詰め込むエピソードは、大人げないはしゃいだ一騒ぎの中に、若干の「肉感的お楽しみ」の要素もあり、「二日市」の最後の団居の座でも、そこへ梨影女、扶美女の二人が漸く現れた。私はそれを歓迎する意味で二人に酒を勧めたが二人は飲まなかつた。

と小説では叙すが、「玉藻」掲載の「俳諧日記」では「歓迎の意味にて晩餐の節両女に酒を勧む。不成功」と記す。「不成功」とは、穏やかではないが、若い美人を酔わせてみたい茶目っ気が虚子の心の中に燻っていたのである。

そして、何と言っても最大の読ませ場は、「都府楼址」で、虚子の耳元に立子が「あら、扶美女さんに梨影女さんよ。」と囁いた瞬間であろう。小国の二人の美女と別れてからやや意気消沈していた虚子が蘇ったように目を見開く様子は、想像に難くない。読者にしても、あれほど盛り上がった梨影女、扶美女との小国の出会いが、あの小雨の別れでプッツリと終わってしまっては物足りなかった。そんな読者の心理を百も承知で、わざとフェードアウトさせておいた二人の美人を突然都府楼址に登場させるのであった。

「小国」は虚子最晩年の傑作と言えよう。

第十二章　番外篇―虚子と演劇と

▼虚子と演劇

虚子が初めて演劇に触れたのは、一家が松山郊外、風早に帰農していた、彼の幼年期であった。幼い虚子が母に負われて、近くの北条という村に掛かっていた旅芝居に入ったところ、あたかも「切腹」の場面で、舞台では役者が夥しい血潮にまみれているところであった。怯えて鳴きだした清（虚子の本名）少年を、母は背負って家まで帰って来てしまった。少年は途中で母が気の毒になり、もう一度芝居小屋に戻ろうと言ったところが、母は「芝居などはもう見なくてよい、二人でさえいれば、それが母には一番嬉しいことだ」と言ったという。虚子と演劇との出会いは、ほろ苦いものであった。

八歳で松山城下に戻った一家は、質素に暮らすが、年に二度の東雲神社での演能の時ばかりは、弁当を拵えて「お能見物」に出かけた。虚子の父はその演能の中心人物で、虚子自身も謡を習い、能を見るのも好きであった。

また当時の松山にはよく泉祐三郎一座の照葉狂言が訪れて公演をすることがあり、それらの芝居を見るのも少年虚子の楽しみとなっていたという。

その後、京都、仙台での遊学の果てに学業を抛擲した虚子は文学への夢を棄てきれずに、結果として「ホトトギス」を経営するようになるのが明治三十一年秋のこと。虚子自身は「ホトトギス」を当初、一般文芸誌として企画経営するつもりで、誌名も「日本文学」としたい旨を子規に提案するが、自分自身に因む「ホトトギス」の名を変えることを子規は断固反対して、虚子の思うようにはならなかった。

このことは子規のリーダーシップの下で「ホトトギス」を運営する限り、「俳句」、「和歌」、「写生文」、「絵画」以外の世界には踏み出せない、ということを意味し、虚子の漠然と想い描いていた文芸綜合雑誌とは、やや異なる現実を受け入れざるを得ない、ということであった。

子規の没後、この局面は少しずつ動き始める。雑誌「ホトトギス」が「演劇」の世界に、一歩一歩近づいていったのも、その現れと見てよい。

「ホトトギス」明治三十六年五月号に虚子は「文学美術評論」として「本郷座に不如帰を見る」と題する評論を執筆する。

本郷座に壮士芝居が徳富蘆花の不如帰を芝居にしちよるから見に行かないかと芝居好きの友達に誘はれて見に行った。面白かつた。

壮士芝居といふものが始まつてもう何年になるだらうか。詳しくは知らぬが十年以上のものだらう。川上オッペケペーの話などは久しく聞いてゐたが、余が時々壮士芝居といふものを見たのは日清戦争頃であつたと思ふ。何でも戦争といふ事が非常に壮士芝居の人気を引き立て、菊五郎が歌舞伎座で壮士芝居の真似をして原田重吉をやるといふ勢になつた事があつた。其後平和が恢復されると同時に旧劇が又盛り返して来て例の桜痴居士もの黙阿弥もの其他之に類似のものが流行して、後々には壮士俳優が旧俳優の尻を甜つて所作事をやつたり、近松研究などいふ事にうき身をやつす様になつた。先づ之が目下の形況だ。

と先ず、新演劇の趨勢を整理した後、紅葉訳、市村座の「夏小袖」（原作はモリエールの「守銭奴」）と徳富蘆花作、本郷座の「不如帰」を俎上に載せて丁寧に評し、結語として「新俳優は笑ふ方には成功しても泣く方には不成功だらうと思はれたのが兎も角も泣く方にも成功した。」「旧俳優の大頭株は日々に凋落しつゝある。さうして新俳優仲間には漸く頭角を擡げんとするものが二三ならずある」と演劇界の新勢力に対して大いにエールを送っている。

その後も「ホトトギス」は（つまり、虚子は）折りにふれて、新しい演劇についての文章を誌上に掲載した。

明治三十年代末、坪内逍遙の「文芸協会」が旗揚げすると、その明治四十年十一月の第二回試演について、翌年一月号「ホトトギス」に内藤鳴雪がこまごまと評論をした。鳴雪は見巧者として、それまでも旧劇については一家言ある人物であったが、その鳴雪を以て、それまで素人として侮っていた新劇が充分に楽しめるものに成長していることを認めるという内容であった。

さらに、このころから虚子は片上天弦の弟子で、まだ早稲田の学生だった加能作次郎を登用、西洋の、特に戯曲の趨勢などに関する評論を毎号のように「ホトトギス」に執筆させた。それらは「文芸協会」や、左団次の「自由劇場」が採り上げる作品を、先取りする形で紹介されていった。一端を紹介すれば、「薬種屋時代のイブセン」（明治四十一年十一月）、「ゴンチャロッフの『オブローモフ』」（同十二月）、「ストリンドベルヒの劇に就いて」（明治四十二年二月）、「ゴルキイの『木賃宿』」（同三月）、「メーテルリンクの片影」（同八月）、「ブランデスのゴルキイ論」（同九月・十月）、「ハウプトマンの戯曲」（明治四十三年三月・四月）、「ヘルゲランドの海豪（イプセン）」（明治四十四年一月・二月）、「近代社会劇（クレイトン・ハミルトン）」（明治四十四年七月・八月）などなど。

俳句雑誌として出発した「ホトトギス」が西洋文芸の紹介窓口と化したかと思われるほどに賑やかなものであった。

さらに折りから開場した「帝国劇場」や、「文芸協会」の公演についても野上臼川、東渡生、島田青峰、山崎楽堂らが筆を揮った。

そんな中、当の「ホトトギス」に文芸雑誌としての大変革の時期が訪れる。明治四十四年十月号。虚子は「本誌刷新に就いて」という文章を掲げて、「ホトトギス」の社員制度の解散と、原稿料の廃止を発表。今後は自らが出来るだけ多く執筆し、さらには好意的な寄稿を受け付けると宣言したのである。

その「出来るだけ自分で多く書く」の具体的な現れとして、虚子筆の「帝国劇場女優第二期卒業式」（十月号）、「自由劇場」（十一月号）と二つの、演劇関係の文章が「ホトトギス」に掲載された。「帝国劇場」の方には、小山内薫との立ち話の内容として、さらに渋沢栄一の雑談として「近代劇に良い脚本の無いこと」が記され、「自由劇場」の方でも、脚本と演技とのことが問題とされている。

こうした機運が虚子をして「脚本」執筆へと向かわせたきっかけであると筆者は考えている。

▼「女優」（明治四十五年作）

「女優」は「ホトトギス」明治四十五年一月号に掲載された虚子の初めての「脚本」である。ただし「脚本」としての体裁に未だ整わぬ処もあって、場面、登場人物などの詳細について、きちっと記されている訳ではない。

舞台は大きく三つ、即ち「捨子の家にて」、「馬車の中」、「劇場の廊下」の三場に分けられる。主な登場人物は「捨子」、「咲子」、「秀夫」の三人。

「捨子」は今をときめく「新劇」の女優で、現今舞台での「喝采」を独り占めにしている。あえて、そのモデルを求めるとすると、当時の松井須磨子がそれに当たる。「咲子」は別の組織で女優教育を受けて、一年半ほど前までは、今の捨子のような「喝采」を浴びた経験がある。こちらのモデルとしては帝劇女優養成所出身の森律子あたりを考えるべきであろう。また「（坂田）秀夫」は二十年以上前に文壇での脚光を浴び、現在は「捨子」を女優として仕立て上げた恩師という設定。モデルとしては、当然、坪内逍遙ということになる。

物語は、この三人が今日の舞台を控えた「捨子の家」に会して、女優としての「人気」といった話をしている。「女優」として（文学者の場合に於いても）、大衆に「唯一人」の傑出した存在となれるか、「或一人」という、ほどほどの存在で終わってしまうか。「咲子」と「秀夫」は自分たちの過去を振り返りながら、「捨子」の現在の輝きを賞賛し、同時に、遠くない未来の凋落を予見するが、「捨子」には理解できない。

「馬車の中」では、今日の劇場への「乗り込み」に「馬車」を雇った三人が車上でも、家での会話の続きをしている。劇場に近くなると、車上の三人は電車に乗っている人や、歩いている人から手を振られたりする。

「劇場の廊下」では「鶴子」という女優が登場する。「鶴子」は「咲子」と同じ女優養成所で学んだ同僚。ただ体を壊してトップの座にはつけなかった。「咲子」と「秀夫」のやりとりの中に、当日の出し物の原作者が「北欧の土中深く其偉大なる精神と身体とを横たへてゐる」云々とイプセンを匂わしていること、上演の季節が「小春日和」という文言から、この「劇場」での公演が明治四十四年十一月、帝国劇場で催された文芸協会のもので、「捨子」の演じたのは「人形の家」の「ノラ」らしいことも読者には想像できる。

なお、この「劇場の廊下」の場の「賑わい」は、虚子の小説「東京市」の十一、「日本座の廊下」の場面と酷似している。「東京市」の方では、平塚らいてう率いる「青鞜」一派を思わせる女達も登場し、雰囲気を盛り上げるが、こちらには出て来ない。というより、こちらにはその「余裕」が見られない。

いずれにしろ充分に練り上げた作とは言いがたいのであるが、勃興時の「新劇」に脚本が不足していると聞いた虚子の、新ジャンルへの試みであったに違いない。

▼「鳥羽の一夜」(明治四十五年作)

「ホトトギス」、明治四十五年二月号にも虚子は戯曲を発表した。こちらは前作と比べて、脚本としての体裁も整っており充分上演可能なものと思われるが、結果として舞台に上せられることはなかった。

作品は一幕七場。第一場は志摩、鳥羽港の船宿の二階。主人公「良助」が仲居のお米に夕食の用意を命じているが、銚子を付けるかどうかで迷い、お米を困らせている。酔って頭が変になるのが恐いというのである。良助は一種の「神経衰弱」らしく、何に対しても不安を抱き、それを隠さない。途中、芸者が部屋を間違えて入って来たり、隣室の酔客に酒席に誘われたりしながらも、少々酒を飲んで寝る。

第二場はどこことも分からぬ良助の「夢」の中。布施田という友人の許に嫁した、良助の昔の恋人濱子が座っている。その近くには濱子の姑の老婆もいるが、こちらに気づかない。濱子はかつて良助が二人の秘密を、他人に話したことを責める。また良助が濱子と別れた後、誰とも結婚しないことをも責める。すると突然、老婆が碇を上げる轆轤の音がすると言ったかと思うと、急に良助に武者振りついてきたりする。「良助」と「濱子」の関係は、どこか漱石の「それから」を思わせる雰囲気でもある。

第三場は第一場と同じ。良助、眼が覚めて、驚いて起き上がる。良助、現とも夢とも分からぬ態で、幻覚の犬と闘っている。

第四場は場所は不明の階段に、濱子の兄、的矢卓郎が座っており、良助と出会う。良助は問われるままに、恐ろしい「犬」の話をする。ところが卓郎もその夢を見たと言う。そして急にそわそわし始める。良助が卓郎の脈をとっている間に、良助も具合が悪くなる。良助が卓郎から離れようとすると卓郎が良助にしがみつく、良助はそれは「犬」だと直感する。

第五場、場所は二方を岩に取り囲まれた入海。海上には小舟、八人以上の海女がいる。海女の一人は濱子。海女達はそれぞれに明るく漁りをしている。海女達は海上に浮かび出ては歌を歌う。そのうち海女達は十五尋の深い海に死骸が沈んでいると言い出す。その死骸こそ良助なのだが、不思議なことに、それとは別にもう一人良助がいる。

第六場は海底。海女達は死骸を引きあげるべく、潜水を繰り返す。通りかかった黒鯛が死骸に触れると、死骸は少し浮かぶ。時計が五時を打つ。「お米」が良助を起こしている声だけがする。舞台では海女達が良助の死骸を抱えるように浮かんで行く。

第七場は第一場と同じ。良助は何とか目覚めながらも苦しがる。お米とのやりとりがあって、良助は蒲郡行きの便船に間に合うべく飛び出して行く。

明治四十五年の始め虚子自身が伊勢・志摩を旅したことが各場面の発想の原点としてある。「十五尋」の海底から「良助」の溺死体を掬い上げる場面など、現代の演出に任せたら面白そうなところだが、当時の舞台では難しかったのであろうか。前作「女優」に比べると遥かに戯曲として整っているが、「神経衰弱」的な「不安」、「もどかしさ」といった作者のモチーフが観客にどう伝わるか難しいところでもある。

▼「お七」（明治四十五年作）

この年、虚子は根気よく脚本に取り組む。「ホトトギス」、明治四十五年四月号および「ツボミ」大正元年八月号に発表したのは「お七」であった。俳誌「ツボミ」は千葉県流山で創刊された俳誌で高田蝶衣、渡辺水巴らが指導していたもの。「お七」は第一幕三場を「ホトトギス」に、第二幕一場は「ツボミ」に分けて掲載された。その理由は詳らかでない。その「あらすじ」は、

全二幕四場。第一場は八百屋の仮普請らしき二階。ここの娘「お七」の居間になっている。「お

七」の思い出を所作のみで示し科白はない。内容は前年の大火事で家を焼かれたお七一家が旦那寺に仮住まいをし、「お七」はその寺の若衆「吉三郎」と出会って恋に落ちるというもの。

第二場、前と同じ二階。「お七」と下女「梅」。「梅」を「吉三郎」に見立てて「お七」が痴話遊びをしている。すると遠く牛込あたりに火事騒ぎ。下男が屋根に上って騒いでいる。主人の「八兵衛」も心配げにやって来る。「八兵衛」は「お七」の浮かぬ様子を心配、明日は気分転換に亀戸へでも物詣でに出て見ろと言い、「吉三郎」などに惚れられては駄目だぞと釘を刺すことを忘れない。「吉三郎」への思いの叶わないと観念した「お七」は急に姿を隠してしまう。

第三場、前と同じ二階。「梅」が「お七」を探しているうちに、家には煙が立ち籠めて、火事となる。その煙の中から「お七」が現れ出て、梯子を登り、「吉三郎さん」と叫ぶ。

第二幕（これ以降は「ツボミ」掲載分）。場所は或見付外、春風駘蕩の景。「お七」が馬に乗せられて「引き回し」に遭っている。群衆がさまざまに噂している。ある人は「お七」は親に憂き目を見せた点からも大罪人だと言い、またある人は、親が二人を逢わせてやればこうはならなかった、結局因縁で可哀相なのは馬上の娘だとも言う。その時群衆の後にいた「八兵衛」は、わっと泣きだし、自らが親であることを告白し、娘を大罪人とは思うが、また可愛い娘でもある、しかし皆様の中に「娘を憐れんでやれ、それが親へのいゝ慰めだ」と言って下さったので胸が収まった。ところで娘に聞きたいのは、せっかくお奉行様が放火ではなく失火だったのでは、と聞かれたのになぜ放火をしたと言ったのか、と問うと、娘はそうすれば「吉三郎さん」に逢えると思ったからだ、でも逢えなかった、今は死にたくなくなったと歎く。「八兵衛」は娘が「生きたい」と言ったことを喜ぶ。しかし、後生安楽を望むべきだと群衆に諭されて、「八兵衛」は納得。「お七」も覚悟を決める。「八兵衛」に、「吉三郎」への伝言はと聞かれた「お七」は、「吉三郎」には出家して自分の冥福を祈って欲しいと托す。

第一幕第一場は西鶴の「好色五人女」をそのままなぞった導入部で、演出としてはスマート。第二場のお七とお梅のやりとりは、虚子の「俳諧師」中の、「お鶴」と「お常」のやりとりの呼吸がそのまま再現されており、虚子の独壇場ともいうべきところだ。また第二幕の「八兵衛」では、思い千々に乱れて歎く父親の姿が遺憾なく描かれていて、見応えがある。誰もが知っている大事件の脇役を、今度は主役に据え換えて、その視線で「事件」捉え直す、という手法で、一定の効果を挙げていると思われる。

ほんの短期間の間に、「女優」、「鳥羽の一夜」、「お七」と脚本を書いて、結局どれも上演には至らなかったが、着実にその腕を上げていったことはたしかであったろう。就中「お七」などは、現代でも鑑賞に堪えうると思う。

▼虚子と能楽

次に、虚子の新作能を紹介する前に、虚子と能楽について簡単に触れておく。虚子の父、池内庄四郎政忠は伊予松山藩、久松家に仕えて六代目、剣術・水練の技に長け、嘉永年間には九州方面へ剣術修業の旅にも出た。帰国後、祐筆、剣術監を仰せつけられた文武両道の侍であった。また能楽にも堪能で藩主の催しには必ず召されて「地方」をつとめた。ご一新後、東雲神社での演能では地頭をしていたが、明治二十四年に他界している。松山はもともと能楽の盛んなところで、「十分なら小鼓一つ打てぬようでは」というほどであったという。

虚子演能アルバム「歌占」より
（大正７年７月28日　鎌倉能楽堂　シテ虚子）　（虚子記念文学館所蔵）

また虚子が池内から出て名跡を襲った高濱家第五代（虚子の曾祖父）、久米五郎高年という人も能楽に長け、江戸勤番中に宝生流を習い、その折り筆写した謡本が「高濱本」として尊重され、宝生宗家が版本を刊行するにあたって、その元本とされたという逸話も残っている。

明治二十七年夏には、東京から松山へ宝生新朔を招いての指導会が五十日以上開かれ、当時京都遊学中だった虚子、碧梧桐もその会に参加している。

一方、中央の能楽界は、明治になってからも衰退に歯止めがかからず、それを見かねた虚子の仲兄、池内信嘉が能楽復興を志して上京、雑誌「能楽」を発行、特に囃子方の育成に力を注いだ。この兄は後年、東京音楽学校（現東京芸大）に邦楽を取り入れることにも成功、自ら教授の職についている。

虚子はその後も謡に親しんではいたが、どこまでも素人としてのそれであった。大正二年、「ホトトギス」二百号に際しては、記念の演能を東京飯田町、喜多舞台で催し、森鷗外、泉鏡花、与謝野鉄幹・晶子夫妻、志賀直哉など、多くの文壇人を招待して能楽の普及に努め、兄、信嘉を側面から応援した。

また明治四十三年に転居した鎌倉では、意気投合した鎌倉能楽会の仲間達と盛んに謡会などを催し、ついに大正三年七月には「鎌倉能舞台」を建設。東京から松本長、近藤乾三らを招いて舞台開きをした。この能舞台の日々については、虚子の「(鎌倉の)一日」(本稿第八章参照)に詳しい。また虚子の能楽方面の著作としては昭和十七年刊行の『能楽遊歩』(丸岡出版社)がある。

▼「鉄門」机上観能(大正五年作)

「ホトトギス」大正五年三月号所載の「机上観能」は注目すべき記事であった。これは虚子の新作能「鉄門」についてその詞章ばかりを掲げるのでなく、読み手があたかも能舞台に繰り広げられる「能」を見るが如く解説をほどこしたものであった。舞台上で行われる所作を文字で再現するばかりでなく、作者の意図や、演者の思い入れまでを事細かに記してある。ちょうど近年歌舞伎芝居などで行われている「イヤホンガイド」のような側面まで兼ね備えていると言ってもいいだろう。新作能「鉄門」は虚子が二年前、「自由劇場」における左団次の「タンタジールの死」を観たときから、その戯曲は能仕立てにした方が寧ろ原作の心持ちを伝えると感じ、何時かはと温めていた作品。それが、この年の正月、鎌倉能舞台での新年会で舞台に乗せてみることになり、たった二時間ほどで書き上げたものという。

三間四方檜作りの能舞台、それに数間の橋掛がついてゐる。其橋掛の行きつまりに赤や青の絹のだんだら幕が下つてゐる。其を揚幕といふ。其揚幕の片隅が開くと笛、小鼓、大鼓を持つた三人の囃子方が出て来て舞台面の奥の方に坐着く。それから今度は揚幕が大きく揚つて、そこから角帽子、水衣の着流し僧（袴を穿いて居らず、着物だけでゐるのを着流しといふ）がそろ〳〵と出て来る。

それから舞台に這入つて来て謡ふ。

「これは諸国一見の僧にて候。われいまだ善光寺に参詣仕らず候ほどに、此度び思立ちて候。」

（「机上観能」）

我々が能楽堂に能を見に行って、揚幕が開いて囃子方がしずしずと舞台に現れるところから、脇の登場。その出で立ちの解説を丁寧にし、しかる後に台詞がある。ある意味では舞台で行われる一部始終を写生文として文字に写し取ったと考えてもよい。

ところでこの机上観能の材料となった新作能「鉄門」のあらすじはこうだ。

諸国一見の僧が狂言方の里人から善光寺本尊下の「暗穴道」（虚子の造語で善光寺では「戒壇巡り」と呼ぶ）の由来を聞き、その暗穴道に入る。するとそこにシテ「衛門の介」とツレ「姫」が登場する。二人は、昔ある国の城で父母に死なれた姫君と、それを守った武士であり、武士はかの「綾の鼓」のように姫に恋心を抱いていた。ところがある晩、死の使いの「悪尼」が姫を拉して死の国へ連れて行ってしまった。姫を「鉄の門」（生と死の間の門）の彼方に連れ去られた衛門の介は妄執を残したまま舞台から消え去る。

「此門こそは死の門と。はじめて知れば恐ろしや。われも同じく亡き数に。入りて久しき身なれども。妄執の念いつまでも。残る端山の月の雲。晴る、隙なき苦しみを。助け給へや御僧と。かき消すやうに失せにけり。〳〵。」

男は「此門こそは」で起ち上り、揚幕の方を見、それから徐々として舞台に戻つて来、「われも同じく亡き数に」の辺で扇を開き、サシヒラキをし、「残る端山の月の雲」で扇を翳し月を見る科《しぐさ》をする。

（「机上観能」）

読み手の我々はいつの間にか虚子の術中に嵌って、文章を読んでいるのではなく、舞台を見ているような気分になってしまう。

なお、「机上観能」の末尾、「新作能について」に虚子ははなはだ興味深いことを記す。曰く。能の上演は多色刷りの版画のようなもので詞章と節付けと型がそれぞれに活躍する。従って詞章などは部分部分の意味は他に譲って、寧ろ文章だけ見たら不完全に見えるくらいに抑えるのが肝要だ。多くの文学者は作者の感情を文章だけで表そうとして、舞や型でそれを運ぶことを忘れているのであると。まことに能に精通した虚子ならではの言と言えよう。

この「鉄門」。メーテルリンクの翻案であることは虚子自身が明かしているところであるが、大正二年、彼自身が善光寺に参詣したことも、その一つのきっかけになっていよう。そして何より、一年半前の愛嬢「六」の死が虚子の心の奥底にずっしり蟠っていることによる作品であることを忘れてはならないだろう。本作は後には「善光寺詣」と改題されている。

因みに平成二十八年六月、京都観世会館に於いて、西野春雄氏監修の百年目の復曲を拝見した。

携わられた方々の御努力に敬意を表したい。

▼「実朝」（大正八年作）

新作能「実朝」は中央公論の依頼で作詞、大正八年一月号「中央公論」に発表。リードの部分に『金槐集』の歌を五六継ぎ合せた丈のもの、中央公論社の勧めに従つて倉卒に筆を執り一回の推敲も無しに差出す。大正七年十二月十六、七日。」とあり、ともかく急いで執筆したものらしい。

そのあらすじは、諸国一見の僧が伊豆から鎌倉にやって来て、鶴岡八幡宮の庭掃きの男と、実朝に関するさまざまの出来事について話す。入唐の志や和歌の話。そのうち庭掃きは、自分は実朝の幽霊であると名乗って、「銀杏」の作り物の中に身を隠す。そこに狂言が現れて、「シャベリ」をする。それに拠れば、境内の銀杏の葉は実朝以来今までの世の中を全部見てきた。その「シャベリ」が済むと、「先づ梢の一番尖に在る一葉が風も無いのにはらりと散る」と謡い初めて、狂言小謡を謡う。ワキが「待謡」を謡うと、シテが再登場。衣冠束帯に粧い、大船に乗って船出の姿を見せる。その後公暁に討たれた夜を再現して能は終わる。

この能で面白いのは、初出と単行本『奥の細道・嵯峨日記など』（昭和十九年、甲鳥書林刊）で、間狂言の謡がまるで異なる点であろうか。初出では、「……唯一枚の梢の葉の落ちたのが、おしまひには数限りも無い木の葉となつて、大地へ網を広げたやうに落ちる」とやや平板でリズム感に乏しいものであったのが、単行本では、

一葉梢をはなれたり。ひら〳〵と落つるなり。それが下葉を誘ふなり。（中略）下に男の子

と女の子。両膝ついて拾ひをる。サヽと其子の上に降る。帰りゆく子の上に降る。泣いてゐる子の上に降る。子捕ろ〳〵の尻が切れ。ころがりし子の上に降る。母の無い子の上に降る。

リズミカルな調子の中に、一寸悲しいような、寂しいような、子供たちが点出され「実朝」の聴かせ場所になっている。ところがこの工夫が「ホトトギス」雑詠欄（昭和九年二月号・三月号）掲出の、松尾いはほの句によることはあまり知られていない。つまり、

母ある子母のない子に銀杏ちる　松尾いはほ
拾ふ子にあはたゞしくも銀杏ちる　同
夕餉とて帰りゆく子に銀杏ちる　同
泣きながら立つてゐる子に銀杏ちる　同
子とろの尾切れてころべり銀杏ちる　同

虚子の作詞家としての自在さには、ただただ驚かされる。詩句を使われた松尾いはほ博士も嬉しかったであろう。

▼「髪を結ふ一茶」（昭和十年作）

本作は歌舞伎役者、初代中村吉右衛門丈の希望によって虚子が執筆した戯曲である。昭和十年八月、箱根芦ノ湖畔に滞在中であった虚子に修善寺新井屋投宿中の吉右衛門から電話が入り、それに応じて虚子が修善寺に赴き、新井屋の主人を交えて、「一茶」を扱った脚本を書くことに決まっ

た。美術は安田靫彦、小村雪岱という豪華スタッフにて同十一月東京劇場での公演となった（脚本は十一月号「改造」に発表）。その三幕四場のあらすじは、

第一幕、信州柏原に生まれた一茶は、幼い時に母と死別、後添いの母とは上手く行かず、江戸へ出て暮らすうちに、一廉の俳諧師となっている。一茶には夏目成美という江戸の札差をしている、よき俳句友達もいる。そこへ故郷から又右衛門という男が訪ねてくる。又右衛門に一茶は、国へ帰って家を持って、女房が欲しい内心を語り、公儀に訴えても、父の遺言通り、家も田畑も半分相続する決意を語る。途中、各長屋に通じる小さな木橋を盗む「かつぱらひ」なども登場、江戸の生活の生き馬の目を抜くようなすばしこい人情を描くことで、一茶の田舎者らしいおっとりしたところを際立たせている。

第二幕、舞台は亡父十七回忌を迎えている柏原一茶宅。何もかも半分ずつにして、一茶は柏原に住み着き若い女房をもらい、小さな子供まで授かっている。舞台は一茶の家と、継母・弟の家と半分半分見えている。始め継母の「さつ」の方に法事に行った旦那寺の坊主は、今度は一茶の方にやって来る。坊主や一緒に来た村人は継母や弟と一茶の仲を取り持とうとはするが、一茶の頑なな心は中々解けない。人々が去った後、一茶は戯れに妻きくの髪を解いて結ってやる。きくは困りながらも、そんな優しい一茶を受け入れる。

旦那寺の坊さん達が継母の家にいる間、舞台が半分々々になっているが、その間、一茶の家での所作は丁度パントマイムのように演じられる。このあたりは虚子の工夫と言えよう。

第二幕第二場は、旦那寺、小林家の墓所。一茶は父の十七回忌の墓参にやって来る。父の墓、祖母の墓、母の墓と参りながら、すでに弟が挿した花を抜き捨てて自分の花と取り替えたりする。

また母の墓の前では記憶にはない母を慕って赤ん坊の真似さえしてみせる。そこへ一粒種の「混蔵」が急死したという知らせがとび込む。

第三幕は、前場から五年後。あれから一茶は中風を病んで、今は足どりも覚束ない。そのため俳諧師としての旅も出来なくなっている。また、この間一茶と妻きくとの間に子供が三人生まれたが、全て夭折してしまっていた。

この頃には一茶と弟の仲もやや好転し、一茶が弟の家で酒を飲むというようなことも出来るようになっている。そうなると今度は弟と妻きくの仲を疑い始める一茶であった。虚子は決して一茶を人格者と捉えているのではなく、むしろ不幸な生い立ちによって、ゆとりなく意固地になってしまった老人として描いている。弟と妻きくへの嫉妬は、若い妻を持った老人の、自分の血を後世に残したいと熱望する「オス」の業のようにも見えてくる。

題名の「髪を結ふ」は、第二幕第一場の一茶が妻きくの髪を結う場面からきているが、虚子には昔から女性の髪へのフェチシズム的傾向が強く、小説「朝鮮」にも夫が妻の髪を結う場面が登場するし、同じく小説「俳諧師」では、ドイツ語の教師、渥美先生のお嬢さんの「お鶴」さんが、お母さんに髪を結って貰う一部始終を丹念に写生文風に描いている。普通の日本の男性にはあまり見られない傾向かも知れない。その虚子の女性の髪への興味は〈山川にひとり髪洗ふ神ぞ知る〉、〈泣きじやくりして髪洗ふ娘かな〉、〈髪の先蛇の如くに洗ひをり〉といった俳句に顕れている。

なお平成八年十月、「ホトトギス」創刊百年を記念して、片岡我当が一茶に扮し、歌舞伎座で再演された。

▼「時宗」(昭和十五年作)

新作能「時宗」は日本放送協会の依頼を受けての新作、昭和十五年十一月十一日、紀元二千六百年祝典挙行の当日放送されたもの。シテ桜間金太郎、ワキ宝生新、笛一噌鉄二、小鼓幸悟朗、大鼓川崎利吉、太鼓金春惣右衛門、間野村万蔵らが演じた。昭和十五年十一月号「ホトトギス」に発表された。あらすじは、

諸国一見の僧が法隆寺に参詣すると、庭掃きの男の子が登場、法隆寺の堂宇、仏像について、一つ一つその有り難さを解説する。特に夢殿の解説にいたり、聖徳太子の「驕れる随」に膝を屈しなかったことを讃え、鎌倉へ来たれといって消え失せる。間狂言は「雛売り」であるが、その語るところによれば、国難に際しては相模の太郎時宗の幽霊が庭掃きに身をやつして現れるという。僧は先程の庭掃きは時宗であったことを悟り、鎌倉へ赴く。鎌倉では時宗が現れ、嘗ての元寇の有り様、神風の模様を語る。なお、法隆寺門前に立つ「雛市」については、明治四十年、「国民新聞」に連載した写生文「塔」の中にも出てくる。虚子の記憶の中に静かに蔵されていた「雛市」が、三十三年の歳月を経て甦ったのである。

如何にも国策にそった新作能ではあるが、当時の評判は悪くなかったようで、初代中村吉右衛門が虚子に依頼して脚本に書き直し、昭和十七年九月の歌舞伎座、十八年の五月の南座でも公演された。

▼「義経」(昭和十七年作)

観世会の依嘱により作詞したもので、昭和十七年四月号「ホトトギス」に掲載された。その後

演能、ラジオ放送もされている。登場人物は、前シテ里の女、ワキ僧、狂言工事の者。諸国一見の僧が満州の移民の村に来る。狂言方が「エンヤラサー、エンヤラサー」と土木工事を進めている所へ、いつもの餅売りの里の女（前シテ）が現れ、所望されるままに身の上話を始める。それは吉野の山で静御前と別れて、その後逃避行の末に成吉思汗となったというものであった。間狂言では、成吉思汗になってからの義経の武勲を語る。その後ワキ僧が成吉思汗の墓所を訪ねると義経の幽霊が現れ、これまでの軍の数々を語り、最後に、

虚空を飛ぶと思ふ間に。虚空を飛ぶと思ふ間に。何時しか今の世にありて。戦ひは南に。北に東に西にまた。黒雲雷霆乱れ飛び。砲火剣光閃きわたり。鵬翼銀影空を制し。艨艟長鯨海を圧す。戦へば勝ち攻むれば取る。東亜の民族所を得しめ。天日洽く四海を照らし。御稜威のもとに武士の。武勇はもとより神助あり。われ義経も後れじものをと。愛馬に跨がり雲に乗り。愛馬に跨がり雲に乗りて。行方も知らずぞなりにける。

所謂「義経成吉思汗説」をそのまま新作能として取り入れた形になっているが、最後の「行方も知らずぞなりにける」で、現実の戦線にこの「義経」が現れて勇猛果敢に戦って呉れるに違いないという、全国民の悲痛な思いに応えているとも言えよう。

▼「嵯峨日記」（昭和十八年作）

日本文学報国会による芭蕉二百五十年忌記念の上演で、中村吉右衛門一座によって昭和十八年

十一月歌舞伎座で演じられた。音楽は竹本浄瑠璃。おおよそ元禄四年四月の「嵯峨日記」に擬えながら、去来夫妻、凡兆夫妻の芭蕉を師として仰ぐ様子が心地よく描き出されている。ある夜の「今宵は羽紅夫婦をとゞめて、蚊帳一張りに、上下五人、挙りて伏したれば、夜もいねがたうて、夜半過ぎより、をの〳〵起出て、昼の菓子・盃など取り出して暁ちかきまで、はなし明かす」(「嵯峨日記」)子弟の睦まじい有り様、江戸に病態の寿貞尼を残したままにしてある芭蕉の心配などが、ゆるゆると語られていく。俳優の台詞回しと、義太夫の語りが独特の悠長な絡み方を見せる。末尾の

　実に俳諧の祖師にして、芭蕉庵桃青と、伝へて二百五十年、こゝに忌日を迎へつゝ、日本文学報国の、まことをさゝげ先哲と、仰ぎまつるぞかしこけれ。

の文言に、時代を感ぜざるをえない。

おわりに

さて、ここまでの十二章をふり返りつつ、これからの虚子散文研究のために、いくつかの問題を提起しておきたい。

▼世界一なるべし

ところで、それに先だって、虚子の晩年に書かれた文章に興味深いものがあるので紹介しておこう。それは昭和二十三年に、かに書房から出版された『ホトトギス同人第二句集』に収められた「自己プロフィール」である。

ちなみに、「ホトトギス同人句集」と称するものは現在まで四冊刊行されている。「その一」は「ホトトギス」五百号を記念してのもので、昭和十三年に三省堂から出版。「その二」がこれから紹介するもの。「その三」は、「ホトトギス」九百号を記念して、昭和五十一年に。さらに「その四」が「ホトトギス」一千百号を記念して昭和六十三年に刊行されている。

高濱清　明治七年二月二十二日伊予松山に生る。池内庄四郎の末子。祖母の家系高濱家を継ぐ。明治三十一年よりホトトギスを主宰して今日に及ぶ。小説、写生文、俳句に関する著書多く、活字となりたる文字の多きこと恐らく世界一なるべし。

現住所　神奈川県鎌倉市原ノ台

一読、誰でも、「えっ」と驚くフレーズがある。そう、「活字となりたる文字の多きこと恐らく世界一なるべし」である。必ずしも正確に、世界の文筆家と呼ばれる人々と比較したのでは無いであろう。しかし誰でも思いつくような滝沢馬琴とか中里介山などのことは念頭にあっての文言に違いない。

考えてみれば本書でも紹介したように明治二十七年「木曾路の記」が新聞「小日本」に掲載されて以来、特に明治三十一年秋、俳誌「ホトトギス」を主宰して以降は、毎号、必ず「ホトトギス」には執筆。さらに「国民新聞」文芸部長の職にあった頃は、無署名の埋草なども含めて、「国民新聞」にも大いに健筆を揮った。六十年以上を、途中中断無く、第一線で執筆し続ければ、「世界一なるべし」ということになるのも、納得がいく。自ら主宰、執筆する月刊誌を数十年にわたって持つということは、そういうことなのである。

ところで、虚子の文章執筆についてやや特徴的な事実があるので紹介しておこう。それは「口授」、つまり「口述筆記」ということである。『俳談』という座談会中の虚子発言だけを集めた書物があり、その中にこうある。

私の文章は時々鉛筆で多少下書をして置いてそれを口授することもあるが大概いきなり口授するのです。文章の妙は落筆の間にあるといふのが蘇峰先生の主張で何もかも自分で書かれる。本当はさうなんかもしれんが。

字が下手で書いて居るのが乙構だ。口授は石鼎の居る時分だから大分古い。是迄に筆記する人が大分変つてゐる。

石鼎、（島田）青峰、（柴田）宵曲、それから（大畠）一水、たけしなんかもやつたな。この頃は（柏崎）夢香、（市川）東子房なんかゞやつてくれてゐる。

以前の小説の時分はさうぢやない。あれは大概一回宛自分で書いて、午後に新聞社に届けたものだ。鎌倉から来る汽車の中で書いたこともある。

（「口授」昭和九年八月）

原石鼎がホトトギス社に勤務していた時代というのであるから、大正の初めの頃からということになる。文中虚子は「字が下手で」云々と語っているが、虚子は所謂「書痙」であって、それは既に明治期に余りにも大量の文章を筆記した結果であったのである。

虚子の「口授」「口述筆記」はその後も没年まで続き、文章ばかりでなく、書簡、葉書の類いまで自筆は少なく、筆記者の代筆が多いのである。

▼音声と文章と

大正以降、虚子の文章が「口述筆記」によって書かれたということは虚子の文体は一度、彼の口から「音」として発せられたものの文字化であるということである。このことは存外重要な問題と言えよう。

近年、従前の如く、「万年筆」・「ボールペン」・「鉛筆」等で原稿を書く人々と、文章を「キーボード」で叩き出す（筆者もその一人だが）人々との文体の違いを云々する評論も現れていると聞く。頭に浮かび来る言葉を、目に見える文字列に変換していく、その所要時間が著しく異なれば一語一語への作者の思い入れにも自ずからなる違いが生ずるであろうことは想像に難くない。

こうした「キーボード」と「ペン」等の筆記用具との差以上に、「口述筆記」の場合は、その速度が遅くなる分、一層「一語一語」への思いは深くなるであろう。筆記者の筆記スピードにもよるであろうが、一語一語を噛みしめるように、そして「短く区切りながら」発せられた言葉の一つ一つに籠められた作者の思いは深い。

こうした「音声と文章」の問題は実は「虚子文学」のスタート時点にもあった。「山会」である。明治三十三年、子規枕頭で始まった文章会、「山会」では文章を持ち寄った参会者によって、一つ一つ読み上げられた。その山会の文章朗読というものは、どこか「落語」に通ずる「間」のようなものも演出されることがあったようで、

山会の文章は、やはり滑稽なところに重きを置くといつたやうな傾きがあつたのでありました。四方太も心得たもので、自分の文章を朗読する時分に、山のところにくると、少し読むのを止めて一座の様子をうかゞつてゐる。さうすると笑ひが座中から起つてくる。四方太もやゝ得意になつて、次を読み始める、といつたやうな工合でありました。

（『俳句の五十年』）

と虚子は往時を回想する。「滑稽」とか「山」といったものに虚子自身は必ずしも同調していたわけではないが、少なくとも「黙読」とはまるで異なる時間の流れの中に文体が置かれていたことを忘れてはなるまい。

虚子の文体について、かつてこの問題に触れた研究がなされたことを聞かない。今後、この方面からのアプローチの進むことを期待する。

▼散文と俳句と

ところで虚子の散文作品は筆者の把握しているだけでも一千篇を優に超えている。「書痙」になってしまうほどであったのだから当然であろう。それなのに散文作家として虚子が注目されなかったのは、俳人としての仕事があまりに目立たしいものであったから、とも言える。人々は虚子の俳人としての評価に精一杯で、散文にまで目が届かなかったのである。生涯散文に意を尽くし、「写生文にして小説」という新たなジャンルを目指した虚子にとっては皮肉な結果になってしまったと言わざるを得ない。そこで以下に、虚子の俳句作品と散文作品の接点になるような例を幾つか挙げてみよう。虚子の散文を読むことが、虚子の俳句を味わう一助ともなることを知って頂くために。

○君と我うそにほればや秋の暮　虚子

明治三十九年九月十七日、十二社梅林亭に於ける「俳諧散心　第二十五回」での作である。「俳諧散心」は河東碧梧桐がその周辺の作家達と新しい句境を模索した「俳三昧」に対抗して、虚子派が催した勉強会である。

その日の席題が「秋の暮十句」ということで、虚子の作は六句残っている。掲出句以外は、

お末等の寄りてかしまし秋の暮　虚子

淋しさに小女郎泣かすや秋の暮　同

ともす迄障子あけ縫ふ秋の暮　同

秋の暮子等笑はせて我淋し　同

影法師のをどり遠目や秋の暮　同

「秋の暮」の題に対した虚子の想念は「新古今」の「三夕の歌」とは違う、もっと自らの心に適う「秋の暮」の世界を彷徨ったのであろう。それが、まだ子供のような女中をいじめて泣かせてみたり、惚れても居ない女と、刹那的に「恋」を楽しむような、そんな、ややデスペレートな気分だったのだ。それは虚子という人物の心の奥にいつでも蟠っている「なげやりな淋しさ」であり、本書第七章で扱った「子供らへ」の世界でもある。

そして虚子は五年後の小説「朝鮮」で、莫連女「お筆」に、その「なげやり」な気分を持たせたのだ。「朝鮮」の末尾に近い場面で、平壌に集まった登場人物たちが大同江に船を浮かべて川遊びをする、その船が岸に着いた夕暮れ時に、主人公の「余」と「お筆」は「仮の夫婦」になったつもりで、淋しく二人だけで歩く。「朝鮮」中、最もよく書けた部分である。この句のことは、晩年の特異な句集『喜寿艶』中にも、

君と我うそにほればや秋の暮　虚子

「貴方御夫婦になるのが怖いの。卑怯な人。」とさげすむやうに言つて「たつた二十分間、貴方は旦那様で私が女房といふやうな心持でゐるといふ事に貴方は趣味は無いの。」

「浮気な旦那を出して遣つたあとの物思ひよ。」

「人と契るならうすく契りて末をば遂げよ、紅葉葉を見よ、うすいがちるか濃いがまづちるものと知れ、さうぢやわいな。そんなのはいや。」

「君と寝ようか、五千石とろか。もいや。」

「露は尾花と寝たといふ、尾花は露と寝ぬといふ、あれ寝たといふ寝ぬといふ、尾花が穂に出てあらはれた。馬鹿な尾花ね。」（お筆の一節）

とある。まず俳句が出来ていて、その世界を散文で再現した例である。

○造化已に忙を極めたるに椶木かな　虚子

大正四年四月十八日。発行所例会での吟。「椶木十句」の内の一である。こちらは前掲の「秋の暮」の逆で、散文作品が先行している。明治四十五年九月発表の小説「造化忙」は鎌倉に暮らす主人公一家の犬たちを中心にした作品であるが、「造化」、すなわち宇宙を司る大きな力の中で、一つ一つの小さな命の運命が転変していく。そうした宇宙観を土台にして見るとき「椶木」という行為が、唯でさえ「忙」を極めている「造化」に、さらにまた活動を強いるようにも見えて来る、というのである。虚子が「椄木」という席題に接したときに三年前に執筆した自らの小説世界に戻って行った心の過程も見えて来る。

「造化」の語は、

造化又赤を好むや赤椿　虚子

に至るまで虚子の心の中で重要な語としてあった。

○麦笛や四十の恋の合図吹く　虚子

大正五年六月十一日。発行所例会での吟。こちらもすでに散文作品が先行していた例と言えよう。明治四十一年八月、「朝日新聞」発表の「温泉宿」（本書一二〇頁参照）の世界である。小説発表の明治四十一年、虚子は数え歳三十五歳であったが、四捨五入すれば四十歳。

小説の中では初老の主人公が、同行の若い弟「勇吉」とすっかり仲良くなった同宿の娘「お雪ちゃん」に対して、自らの「中年」をも顧みず「恋」の感情を抱く。若い二人にとっては迷惑千万であるが、「余」は執拗に二人の仲に割って入り、結果として自らの「老い」の辛さを味わう。

何歳になっても虚子の心のどこかには「恋」への憧れが蟠っていた。掲出句はそうした虚子の散文作品に底流する基本的な感情を、「麦笛」という席題を得て表出したものに違いない。

○かりに著る女の羽織玉子酒　　　　虚子

大正十五年一月の作である。『喜寿艶』に以下のごとき自注がある。

女の許に行つてゐる晩、寒いから玉子酒でもしようといふことになつた。又女はこれでも着ていらつしやいと云つて後からその女の羽織をかけてくれた。

いかにも、妾宅での男の振舞いである。虚子が現実生活で妾宅を構えたことは無かった。逆に事実であったらこんな自注は書くまい。そこで思い当たるのが「風流懺法後日譚」中、「お三千」を囲っている「小寺」という人物。いかにも鷹揚とした、愛人というよりは保護者のような「旦那」である。「一念」と「三千歳」の恋をうすうす知りながら、性急に追及したりはしない。あるいは「俳諧師」の中に出て来る「小光」の家で鉢合わせをしてしまう、パトロンのような「男」。こちらも落ちついた雰囲気をもった大人であった。

この句など、虚子が題詠で俳句を詠む場合、すでに自分が小説で作り上げた世界に自ら入り込んで「写生」をした例と考えて良いだろう。小説執筆時にさまざまに練り上げた「人間くさい場面」を題詠で俳句を詠む場合にも利用しているのである。現実の「生活」に取材するしか手段を持たない現今の俳人と比較すれば、その「豊かさ」の違いは歴然としている。

○浅間かけて虹の立ちたる君知るや　　　　虚子

虹かゝり小諸の町の美しき　虚子
虹立ちて忽ち君の在る如し　同
虹消えて忽ち君の無き如し　同

昭和十九年十月二十日。虹立つ。虹の橋かゝりたらば渡りて鎌倉に行んかといひし三国の愛子におくる。

と「句日記」にある。前年の昭和十八年十一月、鎌倉からわざわざ北陸道を辿り、三国の愛子を見舞って、伊賀上野の芭蕉二百五十年忌に参じた虚子。「虹がたったら、それを渡って鎌倉へ来い」と言った。ところが、その後の緊迫した疎開の成り行きから、その鎌倉にいま自分はいない。そして思いがけず移り住んだ小諸の空に立った「虹」から、愛子を思いだしているのである。このあたりから虚子の心のなかで小説「虹」の構想が固まっていく。詠まれた日付からも判るように、この後虚子にとっての「虹」は、必ずしも夏の季題ではなく、「はかなくも慕わしきもの」の象徴であった。

昭和二十一年七月十九日には小諸山廬で、

虹を見て思ひ〳〵に美しき　虚子
人の世も斯く美しと虹の立つ　同
虹消えて音楽は尚ほ続きをり　同

虹消えて小説は尚ほ続きをり　同

虹の輪の中に走りぬ牧の柵　同

虹消えて静かにもとの小村かな　同

と詠む。六句目の「覚醒」——我に帰って現実の「小村」を見回す句、からも判るように「虹」の立っている間、虚子自身は現実から離脱して、「虹」の小説世界に遊んでいる。

同じく八月十二日。稽古会、第四日。

虹立ちて消えぬ三国に人の病む　虚子

翌十三日。稽古会、第五日。

虹立ちし昨日は遠し鰯雲　虚子

その後の愛子死去に際しての虚子句については、本書の「虹」の項で紹介した。そしてさらに、虚子の心に次のような句が生まれては消えて行く。

虹を見て思ひ出しつゝ消えにけり　虚子

虹渡り来と言ひし人虹は消え　同

人の世の虹物語うすれつゝ　虚子
（昭和二十二年）

虹立ちぬ女三人虹五色　虚子
（昭和二十八年）

愛子の虹消えて十年虹立ちぬ　同
十年になりぬ三国の虹消えて　同
小説の虹の空しき如くなり　同
我生の美しき虹皆消えぬ　同
（昭和三十二年）

小説「虹」、病弱の愛弟子「愛子」の「はかなくも慕わしき」印象は、終生、虚子を虜にしたのであった。

ところで小説「虹」の表現上の最大の特徴は、俳句作品が散文中に絶妙に配置され、散文だけでは表し得なかった抒情を醸し出している点であろう。散文と俳句の融合が虚子七十歳にして漸く完成したということである。

以上示したものは、虚子の「散文」と「俳句」とを結びつける、ほんの幾つかの例に過ぎない。これからの研究者が、こうした例を多く発掘することで、虚子の「俳句」も「散文」も、ともども魅力あるものとなってこよう。

▼「虚子散文の世界」への誘い

高濱虚子という文学者は六十年以上の永きにわたって、律文（俳句）と散文（写生文・小説）の両分野で作品を生み続けた希有な人物であった。その作品数は俳句で数万句以上、散文で一千篇以上はある。その分量は、全容を見渡すに大いに困難を感ずる域に達している。そして、まさにそのことが、これまで「虚子研究」を立ち後れさせていた最大の要因であった。この困難さはこれからも決して軽減するものではない。しかし、この仰ぎ見るような膨大な量と質の作品群も、今後多くの研究者・読者が動員されて「読み込まれる」ことで、いつかは正確に評価される時が来るに違いない。

さて本書を読み返してみると、拙い「ブック・レビュー」の域を出ていないことは筆者が一番判っている。が、しかし本書によって「虚子散文の世界」に興味を抱かれ、直接、この世界に踏み込んでみる方が何人かおられるなら、「虚子再評価の一歩」として、有意義な事であるし、筆者として、これに勝る喜びはない。

本書を製作するに当って、「WEP俳句通信」の大崎紀夫氏にすっかりお世話になった。氏の懇篤なるご誘掖がなければとても一書をなすに至らなかったと思う。また製作の実際に於ては土田由佳氏にお世話になった。記して感謝の意を表したい。

本書は「ＷＥＰ俳句通信」第79号（２０１４年2月）～第90号（２０１６年2月）連載分に加筆したものです。

著者略歴

本井　英（もとい・えい）

1945（昭和20）年7月26日、埼玉県生まれ。

高校時代に清崎敏郎に師事、その後星野立子、高木晴子に師事。

2007（平成19）年8月、「夏潮」創刊、主宰。

日本伝統俳句協会会員、俳人協会幹事、俳文学会会員。

句集に、『本井英句集』（本阿弥書店、1986年）、『夏潮』（芳文館、2000年）、『八月』（角川平成俳句叢書、2009年）、『開落去来』（ふらんす堂、2016年）、著作に、『高浜虚子』（蝸牛俳句文庫）、『虚子「渡仏日記」紀行』（角川書店、2000年）など。


現住所＝〒249-0005　神奈川県逗子市桜山8－5－28

虚子散文の世界へ

2017年5月30日　第1刷発行

著　者　本井　英
発行者　池田友之
発行所　株式会社　ウエップ
〒160-0022　東京都新宿区新宿1-24-1-909
電話　03-5368-1870　郵便振替　00140-7-544128

印刷　モリモト印刷株式会社

ISBN978-4-86608--041-3
※定価はカバーに表示してあります